COLLECTION
L'IMAGINAIRE

Sylvia Plath

La cloche de détresse

*Traduit de l'anglais
par Michel Persitz*
Préface de Colette Audry
Note biographique de Lois Ames

Denoël

Née en 1932 dans le Massachusetts, Sylvia Plath passe un an à l'Université de Cambridge. Elle se marie à Londres avec le poète Ted Hughes, dont elle eut deux enfants. Les difficultés matérielles du jeune ménage, une mauvaise santé, les obstacles que rencontra Sylvia Plath pour faire éditer ses poèmes semblent avoir brisé un être exceptionnellement doué mais atteint depuis l'enfance par l'angoisse de vivre.

La cloche de détresse est son unique roman, écrit en 1963. Un mois après sa parution, Sylvia Plath s'est donné la mort.

PRÉFACE

Lors de sa parution à Londres en 1963, un mois avant le suicide de son auteur, ce livre écrit par une Américaine de trente ans, mariée au poète anglais Ted Hughes et poète elle-même, fut accueilli avec un vif intérêt en Angleterre et aux États-Unis. Mais c'est en 1971, quand il fut réédité à New York que lui vint la célébrité.

En 1963, le récit n'était encore que prémonitoire de la révolte féminine qui allait se développer : The Feminine Mystique [1] *de Betty Friedan, qui devait tant contribuer à son déferlement, paraît la même année que* The Bell Jar. *Huit ans plus tard, en revanche, toute une jeunesse pouvait se reconnaître dans cette étudiante de dix-neuf ans, écartelée entre sa vocation d'artiste et d'intellectuelle et le modèle féminin que lui impose l'entourage ; entre les routines, l'assoupissement de sa petite ville d'origine et le tumulte publicitaire de son expérience new-yorkaise. Aventure datée et située donc — et datée, de surcroît, par le fait qu'elle baigne dans l'atmosphère trouble des premiers temps du maccarthysme — mais ni plus ni moins datée après tout que celle de* Werther *ou de* René.

Pour que The Bell Jar *en vienne à prendre la place qui lui revenait dans la littérature anglo-saxonne, il a donc fallu*

---

1. Traduit en français aux éditions Denoël-Gonthier sous le titre : *La femme mystifiée.*

quelques circonstances favorables. Et cela parce que d'autres circonstances lui avaient au départ obstrué la voie. Tout s'était conjugué, en effet, dans un premier temps, pour que le caractère de témoignage *du livre rejette au second plan l'exceptionnelle réussite artistique de* l'œuvre.

Et d'abord la réputation déjà assurée du poète qu'était Sylvia Plath. Public et critiques sont portés à croire en pareil cas qu'un roman, a fortiori *un roman autobiographique, ne recueille que la surabondance créatrice de l'écrivain. Ils ne veulent y voir qu'un moyen d'accès à la lecture des poèmes, une sorte de glose marginale. Or, Sylvia Plath elle-même a involontairement prêté la main à cette méconnaissance.*

Elle avait écrit ses premiers vers à huit ans. A dix-sept ans, elle conduisait son apprentissage de poète avec autant de rigueur que de passion. Le travail du pur intellect, qui consiste à se mettre en disposition de faire accéder au jour l'imaginaire profond avant que de le maîtriser, et qui est la marque des très grands poètes, était chez elle exemplaire. Par contre, et bien qu'elle eût écrit des nouvelles dès l'adolescence, elle se sentait beaucoup moins sûre d'elle en prose : « J'étais traumatisée à l'idée d'écrire un roman », confie-t-elle à une amie. Et il est vraisemblable que le temps lui a manqué pour se détacher de l'histoire qu'elle s'était arrachée (parce que, dit-elle, rien ne pue autant qu'un tas d'écrits non publiés... Je tiens toujours à ce que le rituel s'achève par l'édition) et apprécier à sa valeur sa propre création.

Et telle était son incertitude qu'elle publia The Bell Jar *sous un pseudonyme, celui de Victoria Lucas.*

Car de ce procès-verbal implacable et désespéré émanait un parfum de scandale. Nul n'y était bien traité (à commencer par l'auteur) et tous pouvaient s'y reconnaître. « Sans commentaire, ce livre représente la plus vile ingratitude » écrit en 1970 la mère de Sylvia Plath à l'éditeur américain. Elle sait que toute tentative pour empêcher la publication est d'avance vouée à l'échec. Mais elle s'efforce de montrer dans cette lettre — pour minimiser la portée du livre ? pour décourager le public de le lire ? — que sa fille n'était pas elle-même quand elle l'écrivit. Et elle se réfère aux paroles mêmes de Sylvia : « Ce que j'ai fait — je me souviens l'entendre — c'est ramasser ensemble des événements de ma propre vie, ajouter de la fiction pour donner de la couleur... Cela donne une vraie soupe, mais je pense que cela indiquera combien une personne solitaire peut souffrir quand elle fait une dépression nerveuse. »

Tel était bien l'ultime danger de marginalisation qui guettait le livre de Sylvia Plath : celui d'être versé une fois pour toutes au dossier du morbide, de l'anormal, du pathologique, d'aller rejoindre ces documents saisissants mais inclassables que sont les dessins de fous. Car tout l'intérêt que porte notre époque à ce genre de production, la modification qui s'est opérée dans le regard que nous portons sur les névrosés et les aliénés ne change rien au fait que cet intérêt même, appliqué à une œuvre littéraire, risque de nous détourner, si nous n'y prenons garde, de nous arrêter sur sa dimension littéraire. Alors que le fait littéraire est justement la voie royale qui nous amène à sympathiser en profondeur avec celui qui écrit, à oublier qu'on a abordé son histoire comme une curiosité, à cesser de le considérer, lui, comme un autre que nous — les gens normaux. L'Aurelia de Gérard de Nerval nous avait déjà appris ces choses, mais nous n'avons que trop tendance à les oublier.

C'est au tour du public français aujourd'hui de pouvoir relire ce livre et le découvrir « tel qu'en lui-même » — dans toute sa richesse.

Il y trouvera bien un témoignage en effet, un constat sans la moindre complaisance, la description clinique d'une dépression vécue de l'intérieur et qui s'achève par un suicide raté — mais qui aurait dû réussir si le cœur de Sylvia Plath n'avait pas été exceptionnellement constitué. Il y trouvera aussi l'histoire d'une longue bataille au jour le jour et à ras de terre — bataille perdue — menée par une fille brillante et pleine de vie contre l'attirance de la mort. Et c'est encore, ce livre, le poème du miroitement de la mort dans les replis fouillés et décapés d'un monde humain sans consistance. Poème heurté, éclaté comme ceux qu'écrivait Sylvia Plath, mais splendidement construit, comme on le voit par l'introduction, la reprise et l'irrésistible orchestration finale de ses deux thèmes fondamentaux que sont le vide et le suicide.

Le premier apparaît dès la seconde page : « Je me sentais très calme, très vide, comme doit se sentir l'œil d'une tornade qui se déplace tristement au milieu du chaos généralisé. » Et l'on voit par l'image qu'il ne s'agit pas d'un vide qui serait simple absence, mais du vide aspirant, celui de la cloche transparente et isolante en train de descendre.

Quant au second thème, il fait son apparition en plein cœur du récit, le jour où la jeune fille apprend à skier. On ne l'entr'aperçoit alors que du coin de l'œil.

« Une voix intérieure me conseillait de ne pas me conduire en idiote — sauver ma peau, enlever mes skis, et descendre par la forêt de pins qui bordait la pente — elle s'est envolée comme un moustique inconsolable. L'idée que je pourrais bien me tuer a germé dans mon cerveau le plus calmement du monde, comme un arbre ou une fleur. »

Et, curieusement, tandis qu'elle fonce vers l'accident, elle sent ses poumons s'emplir d'air.

L'écriture poétique du livre est perpétuellement brassée, malaxée avec une écriture parlée : langage de film américain, humour robuste et positif.

COLETTE AUDRY

C'était un été étrange et étouffant. L'été où ils ont électrocuté les Rosenberg. Je ne savais pas ce que je venais faire à New York. Je deviens idiote quand il y a des exécutions. L'idée de l'électrocution me rend malade, et les journaux ne parlaient que de ça. La « Une » en caractères gros comme des boules de loto me sautait aux yeux à chaque carrefour, à chaque bouche de métro fleurant le renfermé et les cacahuètes. Cela ne me concernait pas du tout, mais je ne pouvais m'empêcher de me demander quel effet cela fait de brûler vivant tout le long de ses nerfs.

Je pensais que ce devait être la pire chose au monde. New York était déjà assez moche comme ça. Dès neuf heures du matin la fausse fraîcheur humide et campagnarde qui s'était infiltrée on ne sait comment pendant la nuit, s'évaporait comme la fin d'un rêve agréable. D'un gris de mirage au fond de leurs canyons de granit ; les rues brûlantes flottaient dans le soleil, les toits des voitures chuintaient et étincelaient, la poussière sèche et cendreuse m'emplissait les yeux et la gorge.

Je continuais à entendre parler des Rosenberg à la radio et au bureau, je n'arrivais plus à me les sortir de la tête. C'était comme la première fois que j'ai vu un cadavre. Pendant des semaines, la tête du cadavre — ou plutôt ce qu'il en restait — flottait derrière les œufs au bacon de mon petit déjeuner, derrière le visage de

Buddy Willard qui était responsable en premier lieu de cette découverte. Très vite j'ai eu la sensation de trimbaler cette tête de cadavre partout avec moi, au bout d'une ficelle, comme une sorte de ballon noir, sans nez, puant le vinaigre.

Je me rendais bien compte que cet été quelque chose ne collait pas en moi. Je ne pouvais penser qu'aux Rosenberg ou comme j'avais été idiote d'acheter tous ces vêtements inconfortables et chers qui pendaient comme des poissons morts dans mon placard, ou bien comme tous ces petits succès que j'avais accumulés joyeusement au collège et qui se réduisaient à néant devant les façades de verre ou de marbre scintillant de Madison Avenue.

J'étais censée être on ne peut plus heureuse.

J'étais censée être jalousée dans toute l'Amérique par des milliers d'autres collégiennes comme moi. Leur plus beau rêve est de se balader dans les mêmes chaussures en cuir verni, pointure 7, achetées chez Bloomingdale à l'heure du déjeuner, avec une ceinture de cuir noir verni et un sac en cuir noir verni assorti. Lorsque le magazine pour lequel nous étions en train de travailler toutes les douze a publié ma photo — buvant des Martini dans un corsage étriqué en imitation de lamé argent, planté sur un gros nuage dodu de tulle blanc, dans un jardin suspendu, entourée de jeunes gens anonymes à l'allure typiquement américaine, prêtés ou loués pour l'occasion — tout le monde a dû penser que j'étais prise dans un véritable tourbillon.

Il y en aurait pour dire : « Regardez ce qui arrive dans ce pays. Une fille vit pendant dix-neuf ans dans une ville perdue, elle est tellement pauvre qu'elle ne peut même pas se payer un magazine, et puis elle reçoit une bourse pour aller au collège, elle gagne un prix ici, remporte un concours là, et elle finit aux commandes de New York, comme s'il s'agissait de sa propre voiture. »

Seulement, je ne contrôlais rien du tout. Je ne me contrôlais même pas moi-même. Je ne faisais que cahoter comme un trolleybus engourdi, de mon hôtel au bureau, du bureau à des soirées, puis des soirées à l'hôtel et de nouveau au bureau. Je suppose que j'aurais dû être emballée comme les autres filles, mais je n'arrivais même pas à réagir. Je me sentais très calme, très vide, comme doit se sentir l'œil d'une tornade qui se déplace tristement au milieu du chaos généralisé.

Nous étions douze lauréates à l'hôtel.

Nous avions toutes remporté un concours organisé par un magazine de mode, en écrivant des essais, des poèmes, des histoires et des slogans publicitaires. Nos prix consistaient en un emploi pendant un mois à New York — tous frais payés, plus des monceaux de cadeaux : places réservées pour des spectacles de ballet, billets de faveur pour défilés de mode, bons gratuits pour se faire coiffer dans des salons célèbres et hors de prix, occasions de rencontrer des gens ayant réussi dans la branche de notre choix, également des conseils concernant le traitement de nos peaux respectives.

Je possède toujours la trousse de maquillage qu'ils m'ont donnée ; une trousse pour brune aux yeux bruns : une pastille oblongue de mascara brun avec une brosse minuscule, un godet rond avec de l'ombre bleue, juste assez grand pour pouvoir y tamponner le bout d'un doigt, trois bâtons de rouge à lèvres allant du rouge au rose, le tout encastré dans une petite boite dorée équipée d'un miroir sur une des faces. J'ai aussi un étui à lunettes de soleil en plastique blanc avec des coquillages coloriés, des sequins et une étoile de mer en plastique vert, le tout cousu dessus.

Je comprenais bien que si nous ne cessions d'entasser tous ces cadeaux, c'était parce que cela représentait de la publicité gratuite pour les firmes concernées, mais je n'arrivais pas à être cynique. J'étais trop impressionnée par tous ces cadeaux gratuits qui nous dégringolaient dessus en avalanche. Pendant longtemps je les ai gardés cachés, mais plus tard, quand je me suis sentie bien à nouveau, je les ai ressortis et je les ai toujours, dispersés dans toute la maison. Je me sers du rouge à lèvres de temps en temps, et la semaine dernière, j'ai découpé l'étoile de mer en plastique de l'étui à lunettes pour que mon bébé puisse jouer avec.

Donc, nous étions douze à l'hôtel. Dans la même aile, sur le même palier, dans des chambres à un lit, toutes voisines, et cela me rappelait mon dortoir au collège. Ce n'était pas un vrai hôtel — je veux dire un hôtel où il y a à la fois des hommes et des femmes mélangés un peu partout sur le même palier.

Cet hôtel, l'*Amazone,* était réservé aux femmes. Pour la plupart des filles de mon âge ayant des parents fortunés qui voulaient être sûrs que leur fille vive dans un endroit où des hommes ne pourraient ni l'atteindre, ni abuser d'elle. Elles fréquentaient toutes des écoles de secrétariat sophistiquées comme Katy Gibbs où elles devaient porter, un chapeau, des bas et des gants ; ou bien elles venaient de quitter une école comme Katy Gibbs et elles étaient secrétaires d'administrateurs, ou d'administrateurs subalternes. Elles tiraient leur flemme dans New York en attendant de se faire épouser par un homme arrivé.

Ces filles semblaient s'ennuyer ferme. Je les voyais au solarium, bâillant et peignant leurs ongles, essayant de conserver leur bronzage des Bermudes... elles avaient l'air de s'enquiquiner à mourir.

J'ai parlé avec l'une d'entre elles, elle en avait marre des yachts, marre de voyager en avion, marre de skier en Suisse à Noël et marre des hommes au Brésil.

Des filles comme ça me rendent malade. Je suis tellement jalouse que j'en perds la parole. Pendant dix-neuf ans je n'ai pas mis les pieds hors de la Nouvelle-Angleterre si ce n'est pour cette balade à New York. C'était ma première grande chance, mais j'étais là, vautrée dans mon fauteuil, la laissant filer comme de l'eau entre mes doigts.

Je crois que Doreen était un de mes problèmes.

Je n'avais jamais rencontré de fille comme Doreen. Doreen venait d'un collège pour filles de la haute société dans le Sud. Elle avait des cheveux blancs, éclatants, qui entouraient sa tête d'un duvet cotonneux comme de la barbe-à-papa, des yeux bleus comme des billes d'agate, durs, brillants et qui semblaient indestructibles, sa bouche était figée dans un ricanement perpétuel. Pas un ricanement indécent, mais un ricanement amusé et mystérieux, comme si tous les gens qui l'entouraient étaient de fieffés imbéciles et comme si elle pourrait en raconter de drôles sur leur compte.

Doreen m'a instantanément remarquée. Elle a fait en sorte que je me sente plus intelligente que les autres et elle était merveilleusement drôle. Elle s'asseyait à côté de moi à la table de conférence, et lorsque les célébrités en visite tenaient leurs discours, elle me chuchotait dans le creux de l'oreille des remarques sarcastiques et spirituelles.

Elle prétendait que son collège était tellement huppé que les filles portaient des sacs à main recouverts du même tissu que leur robe, et chaque fois qu'elles changeaient de robe, elles avaient le sac assorti. Ce genre de détail m'impressionnait. Cela évoquait toute une vie de décadence merveilleuse et subtile qui m'attirait comme un aimant.

La seule chose pour laquelle Doreen m'engueulait, c'était que je me faisais du mauvais sang pour rendre mon boulot dans les délais impartis.

— Pourquoi te fais-tu suer avec ça ?

Doreen flemmardait sur mon lit dans un déshabillé rose pêche, polissant ses ongles effilés et jaune nicotine avec une lime d'émeri pendant que je tapais le brouillon de l'interview d'un romancier à succès.

Il y avait ça aussi : nous portions toutes des chemises de nuit en coton amidonné, des robes de chambre matelassées, à la rigueur des peignoirs en tissu éponge qui servaient aussi pour la plage, mais Doreen elle, portait ces trucs maxi, à moitié transparents, tout en nylon et dentelles, des déshabillés couleur chair, qui lui collaient à la peau grâce à je ne sais quel magnétisme. Elle avait une odeur intéressante de sueur légère qui me rappelait les feuilles très découpées des jeunes fougères que l'on peut casser puis écraser entre ses doigts pour en respirer le musc.

— Tu sais, cette vieille Jay Cee[1] s'en fiche pas mal si cette histoire passe demain ou lundi.

Doreen avait allumé une cigarette, elle laissait la fumée s'échapper par ses narines et voiler ses yeux.

— Jay Cee est moche comme un pou, continuait calmement Doreen, je parie que sa vieille peau de mari éteint la lumière avant de s'approcher d'elle pour ne pas dégueuler.

---

1. Jay Cee : prononciation phonétique des initiales « J.C. ». On utilise fréquemment les initiales d'une personne pour former de tels surnoms, par exemple page 46, en rêvant à son avenir, Esther se donne le surnom de « Ee Gee » soit E.G., pour : Esther Greenwood.

Jay Cee était ma patronne, je l'aimais beaucoup, malgré tout ce que pouvait dire Doreen. Ce n'était pas une de ces vamps de magazine de mode, avec des faux cils et tout un tas de verroterie. Jay Cee avait de la matière grise, ses allures débraillées ne comptaient pas. Elle lisait deux ou trois langues et connaissait tous les écrivains de talent dans la branche.

J'essayais d'imaginer Jay Cee sans son tailleur strict de bureau sans son chapeau de cérémonie, au lit, couchée avec son gros mari, mais je n'y arrivais pas. Cela m'a toujours été difficile d'imaginer les gens ensemble au lit.

Jay Cee voulait m'enseigner quelque chose, toutes les vieilles bonnes femmes que j'ai connues ont toujours voulu m'apprendre quelque chose, mais je pensais tout d'un coup qu'elles n'avaient plus rien à m'apprendre. J'ai refermé le couvercle de la machine en faisant claquer les serrures.

— Petite futée, a ricané Doreen.

Quelqu'un a frappé à la porte.

— Qui est-ce ? (Je ne me suis pas donné la peine de me lever.)

— C'est moi, Betsy. Tu viens à la soirée ?

— Je suppose. (Toujours sans aller à la porte.)

On venait d'importer Betsy droit du Kansas avec sa queue de cheval voltigeante et son sourire en cœur de Sigma Chi. Je me souviens qu'un jour nous avions été convoquées toutes les deux dans le bureau d'un producteur de T.V. quelconque. Il avait le menton bleuté, portait un costume à fines rayures et voulait savoir s'il y avait en nous quoi que ce soit dont il pût tirer une émission. Betsy s'était lancée dans une histoire de maïs mâle et femelle dans le Kansas, elle s'emballait tellement avec son fichu maïs que le producteur en avait les larmes aux yeux ; malheureusement, avait-il affirmé, il ne pouvait rien faire de ça.

Par la suite, la rédactrice du Département « Votre Beauté » avait persuadé Betsy de se faire couper les cheveux pour devenir cover-girl... J'imagine de temps en temps son visage souriant sur une de ces publicités du genre : « La femme de P.Q. s'habille chez B.II. Wragge ».

Betsy m'invitait toujours à faire trente-six choses

avec elle et les autres filles, comme s'il s'agissait du salut de mon âme. Elle n'invitait jamais Doreen. Par-derrière, Doreen la surnommait « Pollyanna la Cow-girl ».

— Veux-tu partager mon taxi ? a demandé Betsy à travers la porte.

Doreen a fait « non » de la tête.

— Merci Betsy, mais j'irai avec Doreen.

— Entendu...

Je pouvais entendre les pas de Betsy décroître dans le couloir.

— On va y aller jusqu'à ce qu'on en ait marre.... a dit Doreen en écrasant sa cigarette sur le pied de ma lampe de chevet, après, on se baladera en ville. Toutes ces soirées qu'ils organisent ici, ça me rappelle mes vieux bals dans le gymnase du collège. Pourquoi n'invitent-ils que des anciens de Yale ? Ils sont tellement ballots.

Buddy Willard sortait de Yale et maintenant que j'y pensais, ce qui ne collait pas chez lui, c'est que c'était un imbécile. Oh... il se débrouillait pour avoir de bonnes notes et pour coucher avec une affreuse serveuse de Cape Cod qui s'appelait Gladys, mais il n'avait pas une étincelle d'intuition. Doreen, elle, en avait. Chaque chose qu'elle disait était comme une voix secrète, sortie du plus profond de moi-même.

Nous étions bloquées dans un embouteillage à l'heure de la ruée sur les théâtres. Notre taxi était collé à celui de Betsy et précédait un autre taxi avec quatre autres filles. Rien ne bougeait.

Doreen avait l'air terrible. Elle portait une robe de dentelle blanche sans bretelles, à fermeture Éclair, avec en dessous une espèce de corset qui lui creusait la taille pour mieux la faire rejaillir de façon spectaculaire au-dessus et en dessous. Sa peau avait un vernis bronzé sous le fond de teint clair. Elle embaumait comme une parfumerie.

Je portais un fourreau de shantung noir qui m'avait coûté quarante dollars. J'avais raclé le fond de ma bourse d'étudiante en apprenant que j'étais une des heureuses élues qui iraient à New York. Cette robe était coupée de façon tellement étrange que je ne pouvais porter aucune sorte de soutien-gorge dessous, mais ça n'avait pas d'importance puisque j'étais maigre comme un garçon et pratiquement dénuée de poitrine, et puis, j'aimais bien me sentir presque nue les chaudes nuits d'été.

La ville m'avait pâli le teint. J'étais jaune comme une Chinoise. Normalement j'aurais dû être nerveuse, préoccupée par ma robe et ma couleur bizarre, mais la présence de Doreen me faisait oublier mes soucis. Je me sentais terriblement intelligente et cynique.

Quand l'homme en chemise de bûcheron, jeans noirs, bottes de cuir ouvragées, nous a foncé dessus depuis la marquise rayée d'un bar que nous observions de notre taxi, je n'avais plus d'illusions à me faire. Je savais pertinemment qu'il venait pour Doreen. Il s'est frayé un chemin à travers les voitures immobilisées et il s'est penché à la portière de façon engageante.

— Puis-je vous demander ce que font deux mignonnes comme vous, toutes seules dans un taxi, par une si belle nuit ?

Il souriait à tout va comme une publicité de dentifrice.

— On va à une soirée, ai-je maladroitement laissé échapper, puisque Doreen était devenue aussi muette qu'une carpe et jouait de façon blasée avec la fermeture de dentelle de son sac du soir.

— Ça doit pas être marrant, a fait l'homme, pourquoi ne venez-vous pas toutes les deux dans le bar de l'autre côté, on pourrait boire un verre ou deux ? J'ai des copains qui attendent. Il a hoché la tête en direction de plusieurs types habillés de façon fantaisiste qui traînaillaient sous la marquise. Ils le suivaient des yeux, et lorsqu'il leur a cligné de l'œil en retour, ils se sont esclaffés.

Le rire aurait dû me mettre en garde. C'était une sorte de hennissement profond et désabusé. Le trafic allait redevenir fluide et je savais que si je ne faisais rien dans les deux secondes, je regretterais de n'avoir pas saisi cette occasion de découvrir autre chose de New York que ce que les gens du magazine avaient si soigneusement prévu de nous faire voir.

18

Vont au bar
avec l'homme

— Qu'est-ce qu'on fait, Doreen ?

— Qu'est-ce qu'on fait, Doreen ? a répété l'homme en souriant de son gros sourire. Jusqu'à aujourd'hui je ne me souviens pas de quoi il avait l'air quand il ne souriait pas. Il a dû sourire tout le temps. Ce devait être très naturel pour lui de sourire comme ça.

— Bon, d'accord, a répondu Doreen.

J'ai ouvert la portière et nous sommes descendues du taxi au moment précis où il repartait, pour nous diriger vers le bar.

Il s'est produit un terrible grincement de freins suivi d'un bruit sinistre.

— Hep, vous ! Notre chauffeur allongeait la tête par la portière, le visage violacé de fureur.

— Qu'est-ce que vous croyez ? Il avait stoppé sa voiture si brutalement que le taxi suivant lui était rentré droit dedans et nous pouvions voir les quatre filles gesticuler, se débattre, trépigner...

L'homme nous a laissées sur le trottoir et il est retourné en riant donner un billet au chauffeur au milieu d'un concert de cris et de klaxons. Puis nous avons assisté au défilé des filles du magazine, un taxi après l'autre, à la queue-leu-leu, comme pour un mariage, sauf qu'il n'y avait que des mariées.

— Viens, Frankie, a dit l'homme à un de ses amis, et un petit type minable s'est détaché du groupe pour pénétrer avec nous dans le bar.

C'était le genre de type que je ne peux pas supporter. Je fais un mètre soixante-quinze pieds nus et quand je suis avec des hommes petits, je me penche un peu, j'ondule des hanches, une plus basse, une plus haute, pour avoir l'air plus petite, je me sens godiche et morbide comme si je me donnais en spectacle.

Un instant j'ai nourri l'espoir insensé qu'on allait s'assortir en fonction des tailles. J'aurais été la partenaire de l'homme qui nous avait parlé au début et qui semblait faire plus d'un mètre quatre-vingts, mais il s'en est allé avec Doreen et sans même me jeter un coup d'œil. J'ai fait semblant de ne pas voir Frankie qui me talonnait à hauteur d'épaule et je me suis assise à côté de Doreen.

Il faisait si sombre dans ce bar que je ne pouvais rien voir excepté Doreen. Avec ses cheveux blancs, sa robe blanche, elle était tellement blanche qu'elle avait l'air en argent. Je crois qu'elle devait réfléchir les néons au-dessus du bar. Moi je me sentais fondre dans l'ombre comme le négatif d'une personne que je n'aurais jamais vue de ma vie.

— Bon, qu'est-ce qu'on boit ? a demandé l'homme avec un grand sourire.

— Je crois que je vais prendre un Old Fashioned, m'a dit Doreen.

Commander un verre me cloue le bec à tous les coups. Je ne distingue pas le gin du whisky et je n'arrive jamais à me faire servir quelque chose qui me plaise. Buddy Willard et les autres collégiens que je connaissais étaient trop fauchés d'habitude pour payer de l'alcool, tout en affectant de mépriser jusqu'à l'idée de boire en bande. C'est fou le nombre de·collégiens qui ne fument pas, ne boivent pas. A croire que je les ai tous rencontrés. Le maximum qu'ait pu atteindre Buddy Willard dans ce domaine, ç'a été d'acheter une bouteille de Dubonnet, et seulement pour prouver qu'il pouvait avoir bon goût tout en étant étudiant en médecine.

— Je prendrai une vodka, ai-je déclaré.

L'homme m'a regardée d'un peu plus près.

— Avec quelque chose ?

— Sec, je bois toujours sec.

J'avais peur de me rendre ridicule en disant que je la prendrais avec de la glace, du soda, du gin, etc. Un jour, j'ai vu une publicité pour de la vodka, c'était un simple verre de vodka au milieu d'une tourmente de neige et de lumière bleue ; la vodka avait l'air claire et pure comme de l'eau. J'ai donc pensé qu'une vodka nature ça devait être parfait. Mon rêve a toujours été de commander quelque chose un jour et de découvrir que c'était délicieux.

Le garçon est arrivé et l'homme a commandé les consommations pour nous quatre. Il avait l'air tellement à l'aise dans ce bar mondain avec son équipement de ranch que j'ai pensé qu'il pouvait bien être quelqu'un de célèbre.

Doreen ne pipait mot. Elle jouait avec son dessous de verre en liège, puis elle s'est décidée à allumer une cigarette, mais ça n'avait pas l'air de gêner l'homme.

l'homme — l'animateur de radio

Il la dévorait des yeux comme les gens devant le grand ara blanc au zoo, en attendant qu'il parle comme un être humain.

Les consommations sont arrivées et la mienne avait l'air pure et limpide comme sur la publicité.

— Que faites-vous ? ai-je demandé à l'homme pour rompre le silence qui s'épaississait autour de moi comme les broussailles dans la jungle. — Je veux dire, qu'est-ce que vous faites ici, à New York ?

Lentement et au prix d'un effort considérable, l'homme s'est arraché à la contemplation de l'épaule de Doreen.

— Je suis animateur à la radio, vous avez sans doute entendu parler de moi, je m'appelle Lenny Shepherd.

— Je vous connais, a soudain répondu Doreen.

— Ça me fait bien plaisir, poupée, a dit l'homme et il a éclaté de rire. — Ça tombe à pic, je suis bougrement célèbre.

Et Lenny Shepherd a lancé un regard appuyé à Frankie.

— Et vous... d'où venez-vous ? a demandé Frankie en se redressant sur son siège d'une secousse. Comment vous appelez-vous ?

— Ça, c'est Doreen ! Lenny a glissé son bras autour du bras nu de Doreen et il le lui a serré.

Ce qui m'a étonnée, c'est que Doreen ne paraissait pas remarquer ce qu'il était en train de faire. Elle était simplement assise là, avec son teint sombre de négresse décolorée, dans sa robe blanche, à siroter délicatement le contenu de son verre. *l'héroïne*

— Je m'appelle Elly Higginbottom, je viens de Chicago, ai-je déclaré. Après ça, je me suis sentie plus rassurée. Je ne voulais pas que quoi que je fasse ou dise durant cette soirée puisse être associé à moi, à mon nom véritable, et au fait que je venais de Boston.

— Bon, Elly, qu'est-ce que tu dirais de ça, qu'on danse ? L'idée de danser avec ce petit nabot portant des chaussures à semelles compensées en daim orange, un tee-shirt étriqué et un blouson de sport bleu délavé, m'a fait rigoler. S'il y a quelque chose que je méprise, c'est bien les hommes qui s'habillent de bleu. Noir, gris, marron, peu importe, mais bleu, ça me fait rigoler.

— J'ai pas la tête à ça, ai-je répondu sur un ton

glacial en lui tournant le dos et en rapprochant ma chaise encore plus près de Doreen et de Lenny.

Ces deux-là avaient maintenant l'air de se connaître depuis des années. Doreen ramassait des morceaux de fruit au fond de son verre avec une cuiller en argent. Lenny grondait et faisait semblant de mordre chaque fois qu'elle amenait la cuiller à sa bouche, comme s'il était un chien ou je ne sais quoi, il essayait d'attraper le fruit dans la cuiller. Doreen gloussait et continuait à manger ses fruits.

Je commençais à croire qu'enfin la vodka était bien ma boisson préférée. Ça ne ressemblait à rien d'autre, ça descendait dans mon estomac comme le sabre d'un avaleur de sabres, je me sentais puissante et divine.

— Vaut mieux que je m'en aille, a dit Frankie en se levant.

Je ne pouvais le distinguer très nettement, le coin était trop sombre, mais pour la première fois j'ai réalisé combien sa voix était aiguë et stupide. Personne ne lui a prêté la moindre attention.

— Hé... Lenny... tu me dois quelque chose, tu te souviens, Lenny, tu me dois quelque chose, pas vrai, Lenny ?

Je trouvais ça déplacé que Frankie rappelle à Lenny devant nous qu'il lui devait quelque chose, alors que nous étions deux parfaites inconnues, mais Frankie restait là, à se dandiner et à répéter toujours la même chose, jusqu'à ce que Lenny plonge la main dans sa poche pour en ressortir un gros rouleau de billets verts et en détacher un qu'il a donné à Frankie. Je crois que c'étaient dix dollars.

— Ta gueule et fous le camp.

Un instant j'ai cru que Lenny s'adressait aussi à moi, mais j'ai entendu Doreen lui dire : « Je n'irai pas si Elly ne vient pas avec nous. » J'ai dû m'avouer que ça valait un coup de chapeau la façon dont elle s'était souvenue de mon faux nom.

— Oh, Elly viendra, n'est-ce pas, Elly ? a fait Lenny en m'envoyant un clin d'œil.

— Bien sûr que je vais venir.

Frankie avait disparu dans les ténèbres, donc je suivrais Doreen. Je voulais en voir le plus possible.

J'ai toujours adoré observer les autres dans des situations critiques. Quand il y avait un accident de voiture, une bagarre ou un bébé conservé sous cloche dans un laboratoire, je m'arrêtais toujours et j'observais avec tant d'avidité que je m'en souvenais pour la vie.

C'est ainsi que j'ai appris des tas de choses que je n'aurais jamais apprises autrement, et même lorsqu'elles me surprenaient ou me rendaient malade, je n'en disais rien, au contraire, je prétendais que j'avais toujours su que les choses se passaient ainsi.

CHAPITRE II

Pour rien au monde je n'aurais loupé l'occasion de voir l'appartement de Lenny.

Il était conçu comme la réplique d'un ranch, seulement il se trouvait dans un immeuble new yorkais. Il nous a expliqué qu'il avait fait abattre des cloisons pour donner de l'espace, fait recouvrir les murs de lattes de sapin et construire sur mesure un bar en forme de fer à cheval, également en sapin. Je crois que même le sol était recouvert de latté.

On marchait sur de grandes peaux d'ours blancs, et le mobilier se limitait à quelques lits bas, recouverts de couvertures indiennes. Au lieu de tableaux sur les murs, il avait accroché des bois de cerfs, des cornes de buffles et une tête de lapin empaillée. Lenny nous a montré du doigt le doux petit museau gris ainsi que les longues oreilles de lièvre.

— Ecrasé à Las Vegas.

Il marchait dans la pièce, faisant sonner ses bottes comme des coups de fusil.

— Acoustique, nous a-t-il expliqué. Puis il a semblé diminuer jusqu'à disparaître au loin par une porte.

Brusquement la musique provenant de tous côtés a envahi la pièce. Elle s'est arrêtée et nous avons entendu la voix de Lenny.

— Et maintenant, ici Lenny Shepherd, votre animateur pour la nuit. Nous allons passer en revue ensemble les meilleurs disques pop. Cette semaine le numéro dix dans le Train du Succès n'est autre que cette petite aux cheveux d'or que nous avons souvent déjà eu l'occasion d'entendre... la seule, l'unique : « Tournesol ! »

Je suis né dans le Kansas
J'ai grandi dans le Kansas
Et quand je me marierai
J'me marierai dans le Kansas...

— Quel numéro ! a dit Doreen, tu ne trouves pas ?
— Tu parles !
— Ecoute Elly, rends-moi un service. Elle avait l'air de me prendre pour de bon pour Elly.
— Bien sûr...
— Reste là, je ne m'en sortirai jamais s'il pousse la bagatelle un peu trop loin. T'as vu les muscles qu'il a ? Doreen en gloussait.
Lenny a jailli d'une pièce.
— Y en a pour dix briques de matériel d'enregistrement ici...
Il s'est glissé derrière le bar, a sorti trois verres, un seau à glace en argent, un grand shaker, et il s'est mis à préparer des cocktails avec toutes sortes de bouteilles.

... avec la fille au cœur pur
qui m'a dit qu'elle m'attendrait.
Elle est comme le tournesol,
Comme le tournesol du Kansas !

— Terrible, pas vrai ? Lenny s'approchait en portant les trois verres. Des grosses gouttes s'y collaient comme de la sueur et les glaçons tintaient lorsqu'il nous a tendu les cocktails. Puis la musique s'est arrêtée dans un trémolo et nous avons entendu la voix de Lenny annoncer le disque suivant.

— Y a rien de tel que de s'écouter parler... Mais... le regard de Lenny s'est attardé sur moi : « Frankie t'a laissée tomber, il te faut quelqu'un, je vais passer un coup de fil à un de mes potes... »
— Ça ne fait rien, c'est pas la peine. (Je ne pouvais

tout de même pas lui dire tout de go de chercher quelqu'un plusieurs pointures au-dessus de Frankie.)

Lenny a semblé soulagé.

— C'est bon, comme tu voudras, mais je ne voudrais pas me montrer incorrect avec une amie de Doreen.

Il a fait un sourire resplendissant à Doreen.

— Pas vrai, mon petit chou ?

Il a tendu la main à Doreen et sans un mot ils se sont mis à se trémousser, sans pour autant lâcher leurs verres.

J'étais assise les jambes croisées sur l'un des lits, et j'essayais de prendre un air flegmatique et impassible, comme un homme d'affaires que j'avais vu observer une danseuse du ventre algérienne ; mais dès que je m'adossais au mur, sous le lapin empaillé, le lit commençait à rouler dans la pièce et j'ai dû m'asseoir par terre sur une peau d'ours, adossée cette fois-ci au montant du lit..

Mon verre était humide et triste. A chaque gorgée je lui trouvais un peu plus le goût d'eau stagnante. A peu près à mi-hauteur du verre il y avait peint un lasso et des poids jaunes. J'ai bu jusqu'à trois centimètres sous le lasso et j'ai attendu un peu, mais quand j'ai voulu reprendre une gorgée, il était de nouveau rempli jusqu'au lasso.

La voix de fantôme de Lenny s'est mise à tonner de partout.

— Pourquoi-ouahh-ouahh, ohh, pourquoi ouahh-ouahh, ai-je quitté mon Wyoming ?

Les deux n'arrêtaient même plus de se trémousser entre les disques. Je me sentais fondre et devenir un tout petit point noir perdu sur toutes ces couvertures rouges et blanches et ces panneaux de bois. Je me sentais comme un trou dans le plancher. Il y a quelque chose de déprimant à regarder deux personnes devenir de plus en plus enragées l'une de l'autre, surtout si on se sent la seule personne en trop dans la pièce.

C'est un peu comme voir Paris du dernier wagon d'un train express qui s'éloigne toujours plus vite de la ville qui diminue, diminue, et on se sent devenir vraiment de plus en plus petite, de plus en plus seule, fuyant toutes ces lumières et toute cette vie fébrile, à des millions de kilomètres à l'heure.

Toutes les trois minutes, Lenny et Doreen se collaient l'un à l'autre puis ils se séparaient pour boire une gorgée, après ils se refermaient à nouveau comme une huître. Je pensais que je ferais aussi bien de me coucher sur une des peaux d'ours pour dormir jusqu'à ce que Doreen veuille rentrer à l'hôtel.

C'est à ce moment que Lenny a poussé un rugissement terrible. Je me suis précipitamment redressée, Doreen se suspendait par les dents à l'oreille gauche de Lenny.

— Lâche ! Salope !

Lenny s'est baissé, Doreen a volé sur son épaule, son verre lui a échappé de la main pour décrire une large courbe qui s'est achevée par un cliquetis idiot en s'écrasant sur la cloison de sapin. Lenny continuait à rugir et tournait sur lui-même si rapidement que je ne pouvais plus distinguer le visage de Doreen.

J'avais remarqué sans y prêter attention, comme on remarque la couleur des yeux de quelqu'un, que les seins de Doreen avaient déserté sa robe et se balançaient comme deux melons bruns pendant qu'elle tournoyait, le ventre sur les épaules de Lenny, secouant ses jambes en l'air, poussant des cris perçants. Puis ils se sont mis à rigoler et ils ont ralenti. Lenny essayait de mordre la hanche de Doreen à travers sa jupe. J'ai quitté l'appartement avant qu'il se passe autre chose. J'ai réussi à descendre l'escalier, m'appuyant des deux mains sur la rampe et me laissant glisser la moitié du chemin.

Ce n'est qu'une fois sur le trottoir que je me suis rendu compte que l'appartement de Lenny était climatisé. La chaleur tropicale et viciée que les trottoirs avaient absorbée toute la journée me frappait au visage comme une insulte. Je n'avais aucune idée de l'endroit où je pouvais bien me trouver.

Un instant j'ai caressé l'idée de prendre un taxi pour aller à cette soirée, mais j'ai décidé que non, car à cette heure-ci, personne ne danserait plus, et je ne me sentais pas de taille à terminer la soirée dans la porcherie d'une salle de bal — jonchée de confettis, de mégots de cigarettes et de napperons de cocktail chiffonnés.

J'ai marché prudemment jusqu'au premier carrefour, essuyant les murs des immeubles avec un doigt de ma main gauche pour conserver l'équilibre. J'ai regardé le nom de la rue. J'ai sorti mon plan de New York de mon sac ; j'étais cinq blocs trop à gauche et à quarante-trois blocs de mon hôtel.

Marcher ne m'a jamais fait peur. Je me suis engagée dans la bonne direction, comptant mentalement les blocs, et lorsque j'ai pénétré dans le hall de l'hôtel, j'étais complètement dégrisée et mes pieds n'étaient que légèrement enflés, mais ça, c'était ma faute, parce que je ne m'étais pas donné le mal d'enfiler des bas.

Le hall était vide, il n'y avait que le gardien de nuit endormi dans sa cabine éclairée, au milieu des clés et des téléphones.

J'ai pris l'ascenseur et j'ai pressé le bouton de mon étage. Les portes se sont refermées comme un accordéon silencieux. Mes oreilles bourdonnaient et j'ai remarqué une grande Chinoise aux yeux vagues qui me regardait fixement avec un air idiot. Evidemment ce n'était que moi. J'étais déprimée de me voir si ridée et si fatiguée.

Pas une âme dans le couloir, je me suis glissée dans ma chambre. Elle était pleine de fumée. D'abord, j'ai cru que l'air frais s'était transformé en fumée par une sorte de châtiment. Mais je me suis souvenue de la fumée de Doreen et j'ai poussé le bouton qui commandait l'ouverture du vasistas. Les fenêtres étaient fixes afin qu'on ne puisse les ouvrir et se pencher ; je ne sais pas pourquoi, ça m'a rendue furieuse.

En me tenant à gauche de la fenêtre, la joue collée au montant, je pouvais voir le centre de la ville jusqu'au bâtiment des Nations Unies qui se balançait comme une sorte de pain de miel vert alvéolé, venu de Mars. Je distinguais les lumières rouges et blanches qui glissaient dans la rue et les lumières des ponts dont j'ignorais les noms.

Le silence me déprimait. Ce n'était pas le silence du silence. C'était mon propre silence.

Je savais pertinemment que les voitures faisaient du

bruit, que les gens à l'intérieur des voitures et derrière les fenêtres éclairées faisaient tous du bruit, que le fleuve aussi faisait du bruit, mais je ne pouvais rien entendre. La ville était accrochée à ma fenêtre comme une photo géante, brillante et clignotante, mais pour ce que j'en avais à faire, elle aurait tout aussi bien pu ne pas exister.

Le téléphone blanc ivoire près du lit aurait pu me raccorder à bien des choses, mais il était aussi muet qu'une tête de mort. J'essayais de me souvenir des gens à qui j'avais donné mon numéro de téléphone pour pouvoir dresser une liste de tous les coups de fil auxquels j'aurais pu m'attendre, mais je ne pouvais penser qu'à une seule chose : j'avais donné le numéro de téléphone à la mère de Buddy Willard pour qu'elle le donne à un traducteur simultané qui travaillait aux Nations Unies.

J'ai laissé échapper un petit rire.

Je pouvais imaginer le genre de traducteur simultané auquel Mme Willard pourrait me présenter, puisqu'elle ne désirait qu'une chose, c'était me voir épouser Buddy, lequel se faisait soigner pour une tuberculose quelque part dans le nord de l'État de New York. La mère de Buddy avait même réussi à m'obtenir une place de serveuse pour l'été dans ce sana pour qu'il se sente moins seul. Ni elle ni Buddy ne pouvaient comprendre pourquoi j'avais préféré aller à New York.

Le miroir au-dessus de mon bureau me paraissait légèrement déformant et beaucoup trop brillant. Je m'y voyais comme dans la boule de mercure d'un dentiste. J'ai pensé me glisser entre les draps et essayer de dormir, mais cela me faisait l'effet d'introduire une lettre sale et piétinée dans une enveloppe propre et neuve. J'ai décidé de prendre un bain chaud.

Il doit bien exister des maux qu'un bain chaud ne parvient pas à guérir, mais je n'en connais pas beaucoup. Chaque fois que je suis triste à en mourir, trop nerveuse pour dormir, ou bien amoureuse de quelqu'un que je ne verrai pas pendant une semaine... je me laisse aller jusqu'à un certain point et je me dis : « Tu vas prendre un bain chaud. »

Je médite dans mon bain. Il faut que l'eau soit très chaude, tellement chaude qu'on puisse à peine supporter d'y plonger un pied. Alors, on s'enfonce centimètre par centimètre jusqu'à avoir de l'eau jusqu'au cou.

Je me souviens du plafond de toutes les salles de bains où j'ai pris un bain. Je m'en rappelle la matière, les craquelures, la couleur, les taches d'humidité et les montures des lampes. Je me souviens des baignoires aussi : baignoires antiques aux pieds de griffon, baignoires modernes en forme de cercueil, baignoires snobs en marbre rose qui surplombent des bassins de lys, mais aussi de la taille et de la forme des robinets et des différents genres de porte-savon.

Je ne me sens jamais autant moi-même que dans un bain chaud.

Pendant plus d'une heure je suis restée dans cette baignoire au dix-septième étage de cet hôtel pour femmes seulement, loin du jazz et de la tourmente de New York, je me sentais devenir pure. Je ne crois pas au baptême, ni aux eaux du Jourdain, ni à rien de tout ça, mais je crois que j'éprouve pour les bains chauds les mêmes sentiments que les croyants éprouvent envers l'eau bénite.

Je me disais : « Doreen se dissout, Lenny Shepherd se dissout, Frankie se dissout, New York se dissout, ils disparaissent tous et aucun d'eux ne compte plus. Je les ignore. Je ne les ai jamais vus. Je suis très pure. Tout cet alcool, tous ces baisers gluants, échangés devant moi, la boue qui se collait à ma peau sur le chemin du retour, tout cela se métamorphose en quelque chose de très pur. »

Plus je restais dans l'eau claire et chaude, plus je me sentais pure, et quand finalement, je suis sortie et que je me suis enveloppée dans une énorme serviette de bain douce et blanche de l'hôtel, je me sentais aussi pure et douce qu'un nouveau-né.

Je ne sais pas depuis combien de temps je dormais quand j'ai entendu frapper. Au début, je n'y ai pas prêté attention, parce que la personne qui frappait ne cessait de répéter : « Elly, Elly, Elly, laisse-moi entrer... » et je ne connaissais aucune Elly. Mais j'ai entendu une autre sorte de coups, un tap-tap-tap, sec, qui recouvrait les premiers assez monotones. Une autre voix bien plus ferme disait : « Mlle Greenwood, Mlle Greenwood, votre amie voudrait vous voir », alors, j'ai compris qu'il s'agissait de Doreen.

J'ai sauté du lit et j'ai titubé quelques instants comme une somnambule dans la pièce obscure. J'en voulais à Doreen de m'avoir réveillée. Ma seule chance de sortir de cette triste nuit était de bien dormir et il fallait qu'elle me réveille et vienne tout gâcher. J'ai pensé que si je faisais celle qui dort, les coups à la porte cesseraient peut-être... j'aurais la paix. J'ai attendu, et ils ont redoublé.

— Elly, Elly, Elly... murmurait la première voix, pendant que l'autre continuait à siffler — « Mademoiselle Greenwood, Mademoiselle Greenwood », comme si j'étais deux personnes à la fois.

En ouvrant la porte j'ai été éblouie par le couloir violemment éclairé. J'avais l'impression que ce n'était ni le jour, ni la nuit, mais une sorte d'intervalle blafard qui s'était soudain glissé entre les deux et ne s'achèverait jamais.

Doreen était avachie contre le montant de la porte et quand je suis sortie elle s'est effondrée dans mes bras. Je ne voyais pas son visage parce que sa tête tombait sur sa poitrine et ses cheveux blancs et raides formaient une frange qui partait des racines sombres.

J'ai reconnu la petite bonne femme trapue et moustachue dans son uniforme noir. C'était la femme de chambre de nuit, qui repassait les robes et les tenues de gala dans un cagibi encombré sur notre palier. Je ne comprenais pas d'où elle connaissait Doreen ni pourquoi elle tenait à aider Doreen à me réveiller au lieu de la conduire tranquillement dans sa propre chambre.

Voyant Doreen dans mes bras, silencieuse, mis à part quelques hoquets humides, la bonne femme s'en est allée dans le couloir rejoindre sa vieille machine à coudre Singer et sa planche à repasser blanche. Je voulais lui courir après et lui crier que je n'avais rien à voir avec Doreen, parce qu'elle avait un air sévère et travailleur, moralisant, comme une immigrante d'Europe à l'ancienne mode et elle me rappelait ma grand-mère autrichienne.

— Laisse-moi me coucher, laisse-moi me coucher,

balbutiait Doreen, je veux me coucher, je veux me coucher...

Je pensais que si je tirais Doreen dans ma chambre pour la coucher sur mon lit, je n'arriverais plus jamais à m'en débarrasser. Son corps était chaud et doux comme une pile d'oreillers contre mon bras sur lequel elle reposait de tout son poids, elle traînait stupidement des pieds dans ses chaussures à talons aiguilles.

Elle était beaucoup trop lourde pour que je la trimbale tout le long du couloir.

J'ai décidé que la seule chose à faire était de l'abandonner sur le tapis, de verrouiller ma porte et de retourner au lit. Quand Doreen se réveillerait, elle ne se rappellerait plus ce qui s'était passé et elle penserait s'être évanouie devant ma porte pendant que je dormais, elle se lèverait toute seule et retournerait sagement dans sa chambre.

J'ai commencé à doucement étendre Doreen sur le tapis vert du couloir, mais elle a poussé un gémissement sourd, m'a échappé des bras. Elle a rendu un jet de vomi brunâtre qui a formé une grande flaque à mes pieds.

D'un seul coup Doreen est devenue encore plus lourde. Sa tête s'est affaissée dans la mare, les mèches de ses cheveux blonds baignaient dedans comme les racines d'un arbre dans un marécage. Je me suis rendu compte qu'elle s'était endormie. J'ai reculé, moi aussi je me sentais à moitié endormie.

Cette nuit-là j'ai pris une décision au sujet de Doreen. J'ai décidé que je la surveillerais, que j'écouterais ce qu'elle avait à dire, mais au fond de moi-même, je n'aurais plus rien à voir avec elle. Au fond de moi-même, je serais loyale avec Betsy et ses innocentes amies. De cœur, je ressemblais à Betsy.

Je suis rentrée dans ma chambre et j'ai fermé la porte. Finalement je ne l'ai pas verrouillée, je n'ai pas pu m'y résoudre.

Lorsque je me suis réveillée dans la chaleur triste et sans soleil du matin, je me suis habillée, je me suis aspergée le visage d'eau froide, j'ai mis un peu de rouge à lèvres et j'ai doucement ouvert la porte. Je crois que je m'attendais à trouver Doreen toujours couchée là dans sa flaque de vomi, comme un témoi-

33

gnage horrible et concret de ma propre perversion naturelle.

Il n'y avait personne. Le tapis s'étendait tout au long du couloir, immaculé et éternellement verdoyant, mis à part une vague tache irrégulière et sombre devant ma porte, comme si par accident quelqu'un avait renversé un verre d'eau immédiatement essuyé.

CHAPITRE III

Disposés sur la table de banquet du « Ladies'Day »
il y avait des moitiés d'avocats vert jaune, farcies de
crabe et de mayonnaise, des plats de rôti saignant, de
poulet froid, et à intervalles réguliers des coupes de
verre ciselé remplies de caviar noir. Ce matin-là je
n'avais pas eu le temps d'avaler le moindre petit
déjeuner à la cafétéria de l'hôtel, sauf une tasse de
café bouilli trop longtemps et qui était tellement amer
que ça m'avait pincé le nez ; j'étais affamée.

Avant ma venue à New York, je n'avais jamais été
dans un restaurant digne de ce nom. Je ne compte
pas le Howard Johnson, je n'y ai mangé que des frites
et des hamburgers au fromage ou des milk-shakes
à la vanille en compagnie de gens comme Buddy Willard. Je ne sais pas pourquoi mais je crois que j'aime
la bonne chère plus que tout au monde. Peu importe
la quantité, je ne grossis jamais. Pendant dix ans, à
une exception près, j'ai toujours conservé mon poids.

Mes plats favoris sont riches en beurre, fromage,
crème aigre. A New York nous avons fait tellement
de gueuletons gratuits avec les gens du magazine et
les célébrités en visite que j'avais pris l'habitude d'examiner ces immenses menus écrits à la main, sur lesquels un minuscule plat de petits pois coûte presque
un dollar, jusqu'à ce que je trouve les plats les plus

raffinés et les plus chers, et j'en commandais toute
une série.

Nous étions toujours invitées sur des notes de frais,
donc je ne me sentais pas coupable. Je m'étais fait
un point d'honneur de manger tellement vite que je
ne faisais jamais attendre les autres qui d'habitude ne
commandaient qu'une salade du chef et un jus de
pamplemousse parce qu'elles essayaient de maigrir.

— Nous accueillons ici le plus charmant et le plus
brillant groupe de jeunes filles que nous ayons jamais
eu la joie de recevoir, sifflait d'une voix asthmatique
le maître de cérémonie chauve et bedonnant, dans son
micro-cravate.

— Ce banquet n'est qu'un modeste symbole de l'hos-
pitalité que notre Banc d'Essai gastronomique voudrait
vous offrir en remerciement de votre visite.

Un léger applaudissement très féminin, et nous nous
sommes toutes assises devant l'immense table drapée
dans une nappe blanche.

Nous étions onze filles avec presques toutes les
secrétaires de rédaction ainsi que tout le personnel
du Banc d'Essai gastronomique du « Ladies'Day »,
dans leur blouse blanche à smocks, hygiéniques, avec
des petites coiffes et un maquillage parfait d'une couleur tarte aux pêches uniforme.

Nous n'étions que onze. Doreen était absente. Je ne
sais pourquoi ils l'avaient placée à côté de moi et sa
chaise demeurait vide. Je lui ai gardé son carton —
c'était un miroir de poche avec « Doreen » peint dans
la partie supérieure en lettres blanches et tout autour
courait une guirlande de pâquerettes qui encadraient
la surface argentée où se refléterait son visage.

Doreen passait la journée avec Lenny Shepherd. A
présent elle passait l'essentiel de son temps libre avec
lui.

Avant le gueuleton du « Ladies'Day » — le grand
magazine de la femme qui comporte de luxueuses
doubles pages de festins en Technicolor avec un thème
et une présentation différents chaque mois — on nous
avait fait visiter les cuisines étincelantes et immenses,
on nous avait montré toutes les difficultés de la photo-
graphie de la « tourte aux pommes à la mode » sous
des projecteurs puissants, parce que la crème glacée

fond et il faut la redresser avec les cure-dents chaque fois qu'elle commence à avoir l'air un peu trop fatiguée.

La vue de toute cette nourriture entassée dans ces cuisines m'avait fait tourner la tête. Ce n'est pas que nous n'ayons pas eu assez à manger à la maison, mais grand-mère cuisinait toujours des plats économiques, des rôtis pas chers, elle avait l'habitude de dire à votre première bouchée : « J'espère que ça va vous plaire... ça coûte quarante et un cents la livre ! », ce qui me donnait toujours l'impression de manger des sous et pas le rôti dominical.

Pendant que nous étions debout derrière nos chaises, pour écouter le discours d'accueil, j'avais baissé la tête et repéré discrètement l'emplacement des coupes de caviar. Il y en avait une stratégiquement située entre la place vide de Doreen et la mienne.

Je me rendais compte que la fille en face de moi ne pourrait pas l'attraper à cause de la montagne de massepains qui trônait entre nous. A ma droite, Betsy serait trop bonne fille pour me demander de partager avec elle, surtout si je la gardais en face de moi à côté de mon assiette à pain. De plus, il y avait une autre coupe de caviar un peu à droite de son autre voisine et elle pouvait se servir dans celle-là.

Mon grand-père et moi nous avions une blague traditionnelle. Il était maître d'hôtel dans un Country Club proche de ma ville natale. Tous les dimanches ma grand-mère allait le chercher en voiture pour son lundi de repos. Avec mon frère, nous y allions à tour de rôle, mon grand-père servait toujours le dîner du dimanche à celui de nous deux qui était venu comme à un véritable membre du club. Il adorait me faire découvrir des friandises spéciales et à neuf ans je raffolais de Vichyssoise froide, de caviar, et de purée d'anchois.

La blague était que pour mon mariage mon grand-père veillerait à ce qu'il y ait autant de caviar que je pourrais en avaler. C'était une blague parce que je n'ai jamais eu l'intention de me marier et même dans ce cas, il n'aurait jamais pu m'offrir assez de caviar à moins de dévaliser les cuisines du Country Club et de tout emporter dans une valise.

Dans le brouhaha des tintements de verres, d'argenterie et d'ivoires, j'ai garni mon assiette de morceaux de poulet. Puis j'ai recouvert les morceaux de poulet d'une épaisse couche de caviar comme si c'était du beurre de cacahuètes sur une tranche de pain. Ensuite, je les prenais un à un avec les doigts je les faisais tourner pour que le caviar ne dégringole pas, et je les mangeais. J'avais découvert quelque chose à propos du bon emploi des différents couverts, non sans appréhension. A table, si on affiche un air arrogant, persuadé d'être dans le vrai quand on fait une incorrection, personne ne trouvera rien à redire, personne ne pensera que vous avez de mauvaises manières, ni que vous êtes mal élevé. On pensera que vous êtes original et très spirituel.

J'ai découvert ce truc le jour où Jay Cee m'a invitée à déjeuner avec un poète célèbre. Il portait un veston de tweed marron épouvantable, taché, des pantalons gris et un pull de jersey à carreaux rouges et bleus, avec un col en pointe, dans un restaurant très chic, bourré de fontaines et de chandeliers où tous les autres portaient des costumes sombres et des chemises blanches immaculées.

Ce poète mangeait sa salade avec les doigts, feuille après feuille, tout en me parlant de l'antithèse de la nature et de l'art. Je ne pouvais détacher mes yeux de ses doigts pâles et boudinés qui allaient et venaient du saladier à sa bouche en transportant des feuilles de laitue dégoulinantes. Personne n'avait ri, ni même murmuré la moindre remarque désobligeante. Ce poète en avait fait la chose la plus naturelle et la plus sensée du monde.

Comme aucun des membres de la rédaction du « Ladies' Day » n'était assis près de moi, que Betsy avait l'air douce et gentille, et n'avait pas l'air d'aimer le caviar, je suis donc devenue plus confiante. Après ma première assiette de poulet froid et de caviar, j'en ai garni une autre. Puis j'ai taquiné les avocats et la salade de crabe.

L'avocat est mon fruit préféré. Tous les dimanches mon grand-père m'en rapportait un, caché au fond de sa valise sous six chemises sales et ses bandes dessinées dominicales. Il m'a appris à manger les avocats en remplissant le creux avec un mélange de gelée de raisin et de sauce française. Je regrettais vraiment cette sauce. En comparaison, le crabe semblait fade.

— Comment était le défilé de fourrure ? ai-je demandé à Betsy, n'étant plus préoccupée par une éventuelle rivalité portant sur le caviar. J'avais gratté les derniers œufs noirs salés avec ma cuillère et je l'avais léchée.

— C'était magnifique, a souri Betsy, ils nous ont montré comment fabriquer un col passe-partout en queues de vison, fermant avec une chaînette en or, le genre de chaîne dont on trouve des imitations au Woolworth pour un dollar quatre-vingt dix-huit. Tout de suite après, Hilda a filé dans un magasin de fourrures en gros, elle a acheté avec une grosse remise tout un tas de queues de vison, elle a fait un saut au Woolworth et elle a tout cousu en rentrant dans le bus.

J'ai jeté un œil sur Hilda qui était assise de l'autre côté de Betsy. C'était vrai, elle portait une sorte de foulard apparemment coûteux, fait de queues en fourrure et qui se fermait par une chaîne dorée pendouillante.

Je n'ai jamais vraiment compris Hilda. Elle faisait un mètre quatre-vingts, avec des grands yeux verts bridés, des lèvres épaisses et rouges, un air vide et une expression slave. Elle fabriquait des chapeaux. Elle était attachée à la rédactrice du Département Mode, ce qui la différenciait des plus littéraires d'entre nous comme Doreen, Betsy et moi-même, qui toutes écrivaient des articles, même si certains d'entre eux n'étaient que des conseils de beauté ou de santé. Je ne sais pas si Hilda savait lire, mais en tout cas elle fabriquait des chapeaux étonnants. Elle suivait des cours spéciaux de modiste à New York. Tous les jours, elle arrivait au bureau avec un nouveau chapeau qu'elle s'était fait elle-même avec des morceaux de paille, de fourrure, de ruban ou de voile de couleurs bizarres et subtiles.

— Etonnant, ai-je dit. Etonnant...

Doreen me manquait. Pour me faire sourire, elle m'aurait murmuré des remarques spirituelles et piquantes sur Hilda et ses fourrures miraculeuses.

39

Je me sentais très abattue. Jay Cee m'avait démasquée ce même matin. Je sentais que tous les soupçons désagréables que j'entretenais sur mon compte s'avéraient fondés. Je ne pourrais me cacher la vérité plus longtemps. Après dix-neuf années passées à courir toutes sortes de bonnes notes, de prix, de bourses, je me laissais aller, je ralentissais, je quittais définitivement la compétition.

— Pourquoi n'es-tu pas venue au défilé de mode avec nous ? m'a demandé Betsy.

J'avais l'impression qu'elle se répétait, qu'une minute auparavant elle m'avait déjà posé la même question, mais j'avais certainement dû mal écouter.

— Tu es sortie avec Doreen ?

— Non, je voulais aller au défilé de fourrure, mais Jay Cee m'a appelée pour que j'aille au bureau.

Ce n'était pas tout à fait vrai que je désirais aller au défilé, mais j'essayais alors de m'en convaincre, pour que ce que Jay Cee m'avait fait me blesse encore davantage.

J'ai raconté à Betsy que j'étais restée au lit toute la matinée avec l'idée d'aller au défilé de fourrure. Ce que je ne lui ai pas raconté, c'est qu'avant, Doreen était venue dans ma chambre et m'avait dit : « Qu'est-ce que tu vas encore à cette connerie ? Avec Lenny on va à Coney Island, pourquoi tu viendrais pas avec nous ? Lenny peut te trouver un type très bien, de toute façon la journée est pourrie avec ce gueuleton et la première du film cet après-midi... personne ne nous regrettera... »

Pendant une minute je m'étais laissé tenté. A coup sûr le défilé serait rasoir. Je me suis toujours pas mal fichue des fourrures. Finalement j'ai décidé de rester au lit autant qu'il me plairait. Après, j'irais à Central Park passer la journée couchée dans l'herbe, la plus haute que je pourrais trouver dans ce désert chauve comme une mare à canard.

J'ai dit à Doreen que je n'irais ni au défilé, ni à la première du film, — mais que je n'irais pas non plus à Coney Island, je resterais au lit. Après son départ, je me suis demandé pourquoi je ne pouvais rien faire jusqu'au bout de ce qu'il faudrait que je fasse de toute façon. Cela m'a rendue triste et fatiguée.

J'ignorais l'heure, mais j'entendais les filles qui s'appelaient et se bousculaient dans le couloir. Elles se préparaient pour le défilé de fourrure, puis le couloir est redevenu silencieux, pendant que je restais couchée sur le dos, fixant le plafond blanc, uni, le calme est devenu de plus en plus intense jusqu'à ce que je sente mes tympans éclater. C'est alors que le téléphone avait sonné.

Je l'ai contemplé une minute. Le récepteur tremblait dans son berceau couleur os, il sonnait donc pour de bon. J'ai pensé que j'avais sans doute donné mon numéro à quelqu'un lors d'une soirée dansante ou d'un dîner, et puis j'avais dû oublier. J'ai décroché le combiné et j'ai répondu d'une voix amène et enrouée.

— Allô ?

— Jay Cee à l'appareil, elle parlait avec une vivacité brutale, je me demandais si vous comptiez passer au bureau aujourd'hui ?

Je me suis renfoncée dans mes draps. Je n'arrivais pas à comprendre comment Jay Cee pouvait croire que j'irais au bureau ce jour-là. Nous avions des emplois du temps photocopiés pour pouvoir nous repérer dans toutes nos activités, nous passions de nombreuses matinées et après-midi en ville, loin du bureau, à faire des tas de choses, dont certaines bien sûr étaient en option.

Il y a eu un long silence, et puis j'ai dit faiblement : « Je comptais aller au défilé de fourrure... ». Evidemment, je n'avais jamais rien pensé de tel, mais je n'ai rien trouvé d'autre à dire.

— Et je lui ai dit que j'allais au défilé de mode, ai-je dit à Betsy. Mais elle voulait que je vienne au bureau pour me parler et il y avait du travail pour moi.

— Oh ! Oh ! a dit Betsy avec sympathie.

Elle a dû voir les larmes qui dégoulinaient dans mon assiette pleine de meringue glacée au brandy, parce qu'elle m'a tendu la sienne intacte et après avoir fini la mienne, j'ai attaqué la sienne.

Je m'étais sentie un peu maladroite de pleurer, mais c'était sincère. Jay Cee m'avait dit des choses épouvantables.

Vers dix heures, j'entrai timidement dans le bureau de Jay Cee : elle s'est levée, a contourné son bureau pour refermer la porte. Je me suis assise à ma table de secrétaire, sur la chaise tournante. Elle s'est assise en face de moi dans son propre fauteuil tournant, derrière elle je voyais la terrasse bourrée de plantes vertes, alignées sur des étagères, comme un jardin tropical.

— Votre travail ne vous intéresse pas, Esther ?

— Oh, mais... beaucoup même ! ai-je répondu.

J'ai eu envie de crier comme si cela pouvait rendre mes paroles plus convaincantes, mais je me suis contrôlée.

Toute ma vie je m'étais répété que j'étais heureuse de me tuer à l'étude, lire, écrire, travailler, et en fait ça me paraissait vrai, je faisais tout correctement, j'obtenais d'excellents résultats et quand je suis entrée au collège, plus personne n'aurait pu m'arrêter.

Au collège, j'étais la correspondante de la gazette de la ville, rédactrice d'un magazine littéraire et secrétaire du Comité d'Honneur, une institution populaire, qui traitait des conflits académiques et sociaux, des sanctions, etc. Une femme célèbre, poétesse et professeur, me parrainait pour entrer dans les plus grandes universités de la côte Est, avec des promesses de bourses jusqu'à la fin de mes études. Maintenant je faisais un stage auprès de la meilleure rédactrice en chef d'un magazine de mode à caractère intellectuel et je trouvais encore le moyen de faire ma tête de mule !

— Tout m'intéresse... Mes paroles sont tombées sur le bureau de Jay Cee en rendant le son creux de fausses pièces de monnaie.

— J'en suis heureuse, a répondu Jay Cee avec irritation, vous pouvez apprendre beaucoup pendant ce mois passé au magazine, il suffit de retrousser ses manches. La fille qui vous a précédée semblait se moquer de tous les défilés de mode. Elle est passée directement de ce bureau au « Time ».

— Mon Dieu ! ai-je répondu de la même voix sépulcrale, ça a été rapide !

— Évidemment... vous avez une année de collège en plus, a poursuivi Jay Cee un peu amadouée. Que

12

comptez-vous faire une fois décrochée votre licence ?

J'avais toujours pensé obtenir une bourse confortable ou bien une subvention pour aller étudier un peu partout en Europe, je pensais devenir professeur, écrire des recueils de poèmes et puis devenir rédactrice dans un magazine quelconque. D'habitude je parlais volontiers de tous ces projets.

— Je ne sais pas vraiment... J'ai ressenti un choc profond en m'entendant faire cette réponse, parce qu'à la minute où je l'ai faite, j'ai su que c'était la stricte vérité.

Ça sonnait authentique, et je l'ai admis, comme on reconnaît une personne qui a traîné pendant des années autour de votre porte et qui soudain se présente et déclare : « Je suis ton père... », et qui vous ressemble de façon étonnante ; vous savez donc qu'il s'agit bien de votre père et que l'homme que toute votre vie vous avez pris pour votre père n'est qu'un imposteur.

— Vraiment, je ne sais pas...

— Vous n'irez pas loin comme ça ! Jay Cee s'est mise à réfléchir. Quelles langues parlez-vous ?

— Oh, je lis un peu le français, j'ai toujours voulu apprendre l'allemand. (Depuis cinq ans je répétais à qui voulait l'entendre que je voulais apprendre l'allemand.)

En Amérique, pendant la première guerre mondiale, quand ma mère était petite, elle parlait allemand et les gosses à l'école lui lançaient des pierres. Mon père aussi parlait l'allemand, il était d'un hameau follement déprimant perdu dans la Prusse noire et j'avais neuf ans quand il est mort. Mon frère cadet était à Berlin dans le cadre de l'expérience « Vie Internationale » et il parlait l'allemand comme un indigène.

Ce que je ne disais pas, c'est que chaque fois que j'ouvrais un dictionnaire ou un livre d'allemand, mon esprit se fermait comme une huître à la seule vue de ces lettres épaisses, noires, tarabiscotées...

— J'ai toujours pensé travailler dans l'édition. (Je cherchais un fil conducteur qui me permette de retrouver mes vieilles qualités de baratineuse.) Je crois que je vais me présenter chez un éditeur quelconque...

— Il faudrait parler le français et l'allemand, m'a

rétorqué Jay Cee sans la moindre pitié, et même plusieurs autres langues, l'espagnol, l'italien, voire, mieux, le russe. Tous les ans, en juin, des centaines de filles débarquent à New York et s'imaginent qu'elles vont devenir rédactrices ! Il faut avoir quelque chose en plus de l'ordinaire. Vous devriez apprendre des langues.

Je n'osais pas dire à Jay Cee qu'il ne me restait pas une minute de libre dans mon emploi du temps de dernière année pour m'inscrire en langues. Je suivais un de ces cours de licence libre qui vous enseigne à réfléchir en autodidacte, et à part des cours sur Tolstoï, Dostoïevski, un séminaire sur la création poétique contemporaine, tout mon temps était pris par la rédaction d'une thèse obscure sur James Joyce. Je n'avais pas encore choisi le thème, n'ayant pas encore achevé la lecture de *Finnegan's Wake,* mais mon professeur semblait très emballé par ma thèse et il m'avait promis quelques tuyaux sur la récurrence des dualités chez Joyce.

— Je vais voir ce que je peux faire... ai-je répondu à Jay Cee. Peut-être pourrais-je suivre un de ces nouveaux cours de formation accélérée en allemand de base.

A ce moment, je pensais encore pouvoir effectivement le faire. J'avais le don de convaincre le recteur que j'avais le droit de faire des choses exceptionnelles. Il me considérait comme une sorte de cas intéressant.

Au collège, je devais suivre des cours obligatoires de physique-chimie. J'avais déjà suivi avec succès un cours de botanique. Pendant toute l'année je n'avais loupé aucune colle de contrôle, et pendant un moment j'avais caressé l'idée de devenir botaniste et de partir en Afrique ou dans les forêts humides de l'Amérique du Sud pour étudier des herbes sauvages. C'était beaucoup plus facile de décrocher une grosse subvention pour étudier des choses bizarres dans des contrées reculées que pour étudier l'art italien ou l'anglais en Angleterre : il y avait moins de concurrence.

La botanique me convenait, j'adorais découper des feuilles, les placer sous le microscope, tracer des croquis de la croissance de la matrice ou de l'étrange feuille en forme de cœur pendant le cycle sexuel de la fougère, tout cela me semblait terriblement réel.

classe physique = calvaire

Le jour où j'ai mis les pieds en classe de physique, mon calvaire a commencé. Il s'appelait Mr Manzi, c'était un petit homme brun dans un costume bleu étriqué, il parlait tourné vers la classe d'une voix trop aiguë et zozotante, il avait une petite balle de bois dans la main. Il l'a déposée dans une gouttière inclinée et l'a laissée glisser jusqu'au fond. Puis, il s'est mis à parler de « petit a » qui serait l'accélération et disons « petit t » le temps, puis d'un seul coup il s'est mis à gribouiller des lettres, des chiffres et des symboles jusqu'à en avoir complètement recouvert le tableau noir. Mon esprit est devenu complètement frigide.

J'ai emporté le livre de physique dans ma chambre. C'était un énorme bouquin à la couverture rouge brique, imprimé sur papier poreux pour duplicateur — 400 pages sans dessins ni photos, rien que des schémas et des formules. Mr Manzi avait écrit ce livre pour expliquer la physique à des jeunes collégiennes, et si ça marchait avec nous, il allait essayer de le faire éditer.

Bon... J'ai étudié les formules, j'ai suivi les cours, j'ai observé des billes rouler, des cloches tinter... A la fin du semestre, toutes les autres filles étaient recalées à l'examen sauf moi qui avait réussi haut la main. J'avais même entendu Mr Manzi répondre à un groupe de filles qui se plaignait de la difficulté de ses cours : « Mais non, ce n'est pas trop difficile, puisque l'une d'entre vous a très bien réussi... »

— Qui est-ce, dites-le nous ? avaient-elles demandé, mais il avait secoué la tête sans rien répondre et il me souriait avec un air conspirateur.

C'est ce qui m'a donné l'idée de sécher les cours de chimie du semestre suivant. Sans doute avais-je obtenu de bons résultats en physique, mais j'étais paniquée. Pendant toute la durée des cours, la physique m'avait rendue malade. Je ne supportais pas qu'on réduise tout à des lettres et des chiffres. Sur le tableau noir, au lieu des schémas agrandis de feuilles, montrant les pores grâce auxquels elles respirent, ou des mots fascinants comme « Carotène » et « Xanthophylle »... il y avait ces formules épouvantables avec des lettres en forme de scorpion que Mr Manzi dessinait à la craie rouge.

15

Je savais que ça serait encore pire pour la chimie, parce que, accroché dans le labo de chimie, j'avais vu le grand tableau des quatre-vingt-dix corps simples sur lequel tous les matériaux nobles comme l'or, l'argent, le cobalt ou l'aluminium étaient réduits à des abréviations abominables, suivies de nombres décimaux. Si je devais encore me torturer l'esprit avec ce genre de truc, j'en deviendrais folle à coup sûr, je louperais tout. Ce n'est qu'au prix d'un effort surhumain que je m'étais hissée jusqu'au bout du premier semestre.

Je suis donc allée voir le recteur avec une idée en tête.

Mon plan était le suivant : j'avais besoin de temps pour suivre un cours sur Shakespeare... après tout, j'étais en lettres. Il savait aussi bien que moi qu'en chimie j'allais encore obtenir des résultats remarquables... alors, à quoi bon passer des examens ? Pourquoi ne pas simplement suivre les cours, à quoi bon les notes, les examens, etc. ? Il s'agissait d'une affaire d'honneur entre gens dignes de confiance, le contenu importe plus que la forme, et ces histoires de notes étaient bien futiles n'est-ce pas, puisque nous savons pertinemment vous et moi que mes résultats seront excellents ? Mon plan se trouvait renforcé, car le collège venait d'abandonner, pour les classes qui me suivaient, l'enseignement scientifique obligatoire en seconde année. La mienne était la dernière à fonctionner suivant l'ancien système.

Mr Manzi soutenait tout à fait mon plan. Je crois qu'il se sentait flatté de l'intérêt que je portais à ses cours, puisque j'allais les suivre sans aucun but matérialiste ou pragmatique, tel qu'obtenir des bonnes notes, mais au contraire, pour la seule beauté de la chimie. Je trouvais très ingénieux de ma part d'avoir suggéré l'idée d'assister aux cours de chimie tout en ayant changé pour Shakespeare. C'était un geste parfaitement gratuit qui semblait indiquer que je ne pouvais me résoudre à abandonner la chimie.

Bien entendu, si je n'avais pas obtenu la meilleure note en physique, mon plan n'aurait jamais réussi. Je suis persuadée qu'on ne m'aurait pas écoutée une minute et j'aurais dû suivre les cours quand même si le recteur avait appris combien la chimie me fichait la trouille, me déprimait, et comment j'avais étudié des solutions désespérées telles que certificats médicaux assurant que les formules des cours de chimie me donnaient d'épouvantables migraines, etc.

Eh bien, ma requête a été acceptée par le Conseil de la faculté et le recteur m'a affirmé par la suite que plusieurs professeurs avaient été émus par ma demande. Ils la considéraient comme la preuve d'une grande maturité intellectuelle.

Je ne peux m'empêcher de rigoler en pensant à la fin de cette année-là. J'allais cinq fois par semaine aux cours de chimie, je n'en ai pas manqué un seul. Mr Manzi, sur l'estrade du vieil amphithéâtre délabré, produisait des flammes bleues ou rouges, des nuages de fumée jaune, en mélangeant le contenu de différents tubes à essais. Pour ne pas l'entendre, je réduisais sa voix au bourdonnement d'un moustique et je me détendais, jouissant du spectacle des lumières intenses, des flammes colorées, et j'écrivais page après page de villanelles et de sonnets.

Mr Manzi me jettait de temps en temps un coup d'œil, et me voyant écrire, il m'envoyait des petits sourires approbateurs.

Je crois qu'il pensait que je copiais ses formules, non pour préparer mon examen comme les autres filles, mais parce que ses explications me fascinaient à tel point que je ne pouvais m'empêcher de les noter.

CHAPITRE IV

J'ignore pourquoi il a fallu que mon évasion réussie des cours de chimie me revienne en mémoire dans le bureau de Jay Cee.

Pendant qu'elle me parlait, derrière sa tête je voyais Mr Manzi flotter sur un petit nuage comme un lapin sorti d'un chapeau, une petite bille en bois dans une main, dans l'autre, le tube à essai qui dégageait de grands nuages de fumée jaune sentant l'œuf pourri, la veille des vacances de Pâques, ce qui avait provoqué l'hilarité des filles et de Mr Manzi aussi.

J'étais désolée pour Mr Manzi. J'aurais pu marcher sur les mains et les genoux jusqu'à lui pour lui demander grâce de tous mes mensonges abominables.

Jay Cee m'a tendu une liasse de manuscrits et m'a parlé beaucoup plus gentiment. J'ai passé la fin de la matinée à lire des histoires et à taper ce que j'en pensais sur des formulaires roses destinés au bureau de la rédactrice dont dépendait Betsy et qu'elle allait lire le lendemain. Jay Cee m'interrompait de temps en temps pour me donner des conseils ou pour bavarder.

Jay Cee partait déjeuner avec deux écrivains célèbres, un homme et une femme. L'homme venait de vendre six nouvelles au « New Yorker » et six à Jay Cee. J'étais éberluée parce que j'ignorais que les magazines achetaient des histoires par paquet de six, je chancelais à l'idée de la quantité d'argent que devaient représenter six nouvelles... Jay Cee m'a expliqué que ce déjeuner allait être délicat parce que la femme aussi était écrivain, mais elle n'avait rien vendu au « New Yorker » et en cinq ans Jay Cee n'avait publié qu'une seule de ses histoires. Jay Cee devait flatter l'homme, qui était plus célèbre, sans pour autant blesser la femme, qui l'était moins.

Lorsque les chérubins du cartel de Jay Cee ont battu des ailes et porté leurs petites trompettes dorées à la bouche pour produire douze notes à la queue-leu-leu, Jay Cee m'a dit que j'avais assez travaillé pour la journée, que je pouvais partir rejoindre la visite et le banquet du « Ladies' Day » et aller à la première du film. Elle me verrait tôt le lendemain.

Elle a enfilé la veste de son tailleur par-dessus son chemisier lilas, a perché un chapeau en imitation lilas sur le sommet de la tête, s'est poudré le nez puis a enfilé ses grosses lunettes. Elle avait une allure terrible, mais elle faisait très intellectuelle. En sortant du bureau, elle m'a tapoté l'épaule de sa main gantée de lilas.

— Ne vous laissez pas abattre par la méchante ville !

Je suis restée tranquillement assise sur ma chaise tournante pendant quelques minutes et j'ai pensé à Jay Cee. J'essayais de m'imaginer en Ee Gee, la fameuse rédactrice en chef, dans son bureau bourré de caoutchoucs en pot, de violettes africaines, que ma secrétaire serait obligée d'arroser tous les matins. J'avais envie d'avoir une mère comme Jay Cee : alors, j'aurais su quoi faire.

Ma propre mère ne m'était pas d'un grand secours. Elle avait appris la sténo et la dactylo à la mort de mon père pour nous faire vivre, mais au fond d'elle-même elle avait horreur de ça, elle lui en voulait d'être mort et surtout de nous avoir laissés sans le sou parce qu'il n'avait jamais eu confiance dans les assurances sur la vie. Elle m'embêtait continuellement pour qu'après le collège j'apprenne la sténo afin de posséder des talents pratiques en plus de mon diplôme universitaire.

— Même les apôtres fabriquaient des tentes, disait-

écrit à une écrivain

elle, ils étaient comme nous, il fallait bien qu'ils mangent...

Je me suis rincé les doigts dans le rince-doigts rempli d'eau chaude qu'une serveuse venait de déposer après avoir débarrassé mes deux assiettes à dessert sales. Je me suis soigneusement essuyé les doigts avec une serviette encore propre que j'ai ensuite méticuleusement pliée en deux pour imprimer mes lèvres dessus. Quand je l'ai reposée, on voyait le contour rose de mes lèvres fleurir au milieu comme un petit cœur.

J'ai pensé que je revenais de loin.

La première fois que j'avais vu un rince-doigts, c'était dans la maison de ma bienfaitrice. Dans mon collège il était de tradition, m'avait expliqué la petite bonne femme pleine de taches de rousseur du bureau des bourses, d'écrire à la personne donatrice de votre bourse pour la remercier, si elle était toujours vivante, évidemment.

J'avais obtenu ma bourse de Philomèna Guinéa, une femme écrivain fort riche qui avait fréquenté mon collège dans les années mille neuf cents. On avait non seulement réalisé un film muet avec Bette Davis à partir de son premier roman, mais on en avait aussi fait un feuilleton radiophonique qu'on pouvait encore suivre à l'époque. Elle était toujours de ce monde, habitait dans une immense maison non loin du Country Club où travaillait mon grand-père.

Je lui ai donc écrit une longue lettre sur papier gris à en-tête rouge en relief du collège. Je lui racontais mes randonnées à bicyclette dans les collines, le charme des feuilles d'automne, ma joie de pouvoir vivre sur le campus au lieu de rester à la maison et d'être obligée de prendre le car pour aller au collège de la ville, et puis toutes les connaissances qui s'ouvraient à moi... peut-être un jour réussirais-je moi aussi à écrire des livres tout comme elle.

A la bibliothèque municipale, j'avais lu un des livres de Madame Guinéa — pour une raison obscure, on n'en trouvait aucun dans la bibliothèque du collège. Il était bourré du début à la fin de longues questions angoissantes du genre :

« Evelyne apprendrait-elle que Gladys avait connu

51

Roger dans le passé ? s'interrogeait fièvreusement Hector. » ou encore : « Comment Donald aurait-il pu l'épouser alors qu'il n'ignorait rien d'Elsie, son enfant, caché avec Mademoiselle Rollmop dans une ferme lointaine à la campagne ? demandait Griselda à son oreiller baigné par la clarté lunaire... »

Ces livres ont rapporté des millions et des millions de dollars à Philomèna Guinéa qui m'a avoué bien plus tard qu'elle avait été un cancre au collège.

Madame Guinéa a répondu à ma lettre par une invitation à déjeuner. C'est chez elle que j'avais vu un rince-doigts pour la première fois.

Quelques pétales de cerisier flottaient dans l'eau et j'ai cru que ce devait être une sorte de bouillon japonais qui se boit après le repas. J'avais tout bu, y compris les fleurs de cerisier. Madame Guinéa n'a pas soufflé mot, et ce n'est que bien plus tard en bavardant avec une nouvelle au collège que j'ai découvert mon erreur.

Quand nous sommes sortis des bureaux éclairés a giorno du « Ladies' Day », les rues étaient grises et embrumées par la pluie. Ce n'était pas une bonne pluie, celle qui vous lave, mais plutôt comme il doit y en avoir au Brésil. Elle tombait du plus haut du ciel en gouttes grosses comme des oranges qui s'écrasaient avec un sifflement sur le trottoir et projetaient des nuages de vapeur sur le béton noir et luisant.

Mes velléités secrètes de passer l'après-midi seule à Central Park se sont évanouies dans les portes à tambour du « Ladies' Day ». Je me suis retrouvée projetée à travers la pluie tiède dans un taxi sombre et vrombissant en compagnie de Betsy, Hilda, et Emily Ann Offenbach, une fillette guindée aux cheveux roux relevés en chignon, qui avait un mari et trois gosses à Teaneck dans le New Jersey.

Le film était minable. Il y avait une jolie blonde qui ressemblait vaguement à June Allyson sans être elle, une brune sexy genre Elizabeth Taylor mais qui elle non plus n'était pas Elizabeth Taylor, deux gros baraqués à gueule de brute avec des noms du genre de Rick ou Gil.

C'était un drame en Technicolor sur l'amour et le

football. J'ai horreur du Technicolor. Dans un film en Technicolor, à chaque nouvelle scène tout le monde se croit obligé de porter des costumes sinistres, de se tenir comme un épouvantail au milieu d'arbres trop verts, de blés trop jaunes, ou d'un océan trop bleu qui fait des vagues à perte de vues sur des kilomètres.

L'essentiel de l'action se déroulait dans des stades où les deux filles très élégantes applaudissaient et encourageaient du geste avec des bouquets de chrysanthèmes gros comme des choux-fleurs sur les genoux, ou encore, dans des bals où les filles habillées de robes tirées d' « Autant en emporte le vent » glissaient dans les bras de leurs amis, après quoi elles filaient dans les toilettes pour échanger des ragots épouvantables.

A la fin, j'ai compris que la jolie blonde allait finir dans les bras de l'héroïque footballeur tandis que la fille sexy allait se retrouver seule parce que le dénommé « Gil » ne voulait pas en faire son épouse mais seulement sa maîtresse, d'ailleurs il faisait ses bagages pour l'Europe avec en poche un aller simple.

C'est à ce moment que je me suis sentie toute chose. J'ai regardé autour de moi les rangées de petites têtes extasiées, elles avaient toute la même lueur sur le visage et les mêmes ténèbres derrière. On aurait juré un troupeau d'abrutis.

Je me suis sentie à deux doigts de vomir. Je n'aurais su dire si c'était ce navet qui me rendait malade ou si c'était tout le caviar que j'avais ingurgité.

— Je rentre à l'hôtel, ai-je murmuré à Betsy dans la demi-obscurité.

Betsy fixait l'écran avec une concentration intense.

— Tu ne te sens pas bien ? a-t-elle murmuré sans même bouger les lèvres.

— Non, je me sens affreusement mal.

— Moi aussi, je rentre avec toi.

Nous nous sommes glissées dans la rangée en murmurant des « excusez-moi, excusez-moi, excusez-moi, » les gens grognaient, soupiraient, remuaient leurs grosses chaussures et leur parapluie pour nous laisser passer. Je marchais scrupuleusement sur le maximum de pieds car cela me soulageait de la fabuleuse envie de vomir qui me prenait aux tripes avec une telle violence que je n'arrivais plus à penser à rien d'autre.

Une pluie tiède tombait toujours, quand nous sommes sorties dans la rue.

Betsy avait une mine épouvantable. Ses joues étaient blêmes, son visage blafard, verdâtre et baigné de sueur flottait devant moi. Nous nous sommes écroulées dans un de ces taxis à damiers noirs et jaunes qui vous attendent toujours le long du trottoir quand vous soupesez si cela vaut ou non la peine de prendre un taxi. Une fois arrivées à l'hôtel, j'avais vomi une fois et Betsy deux.

Le chauffeur prenait ses virages à une telle allure que nous étions ballottées de tous côtés, l'une sur l'autre, d'avant en arrière. Chaque fois que l'une de nous se trouvait mal, elle se penchait en avant comme si elle avait laissé tomber quelque chose par terre pendant que l'autre chantonnait en regardant par la fenêtre. Malgré ce stratagème, le chauffeur a eu l'air de comprendre ce qui se passait.

— Hé ! a-t-il protesté pendant qu'il grillait un feu rouge, vous pouvez pas faire ça dans mon taxi, faites ça dehors !

Nous n'avons rien répondu, mais je pense que comme nous n'étions plus très loin de l'hôtel, il ne s'est pas donné la peine de nous faire descendre avant d'arriver devant l'entrée principale.

Nous n'avons même pas pris le temps de jeter un œil sur le compteur, nous lui avons glissé un tas de pièces dans la main, nous avons laissé tomber deux ou trois kleenex pour camoufler les dégâts et nous nous sommes ruées dans l'ascenseur, heureusement vide.

Grâce à Dieu, c'était une heure creuse. Betsy a encore été malade dans l'ascenseur et je lui ai soutenu la tête, puis ça a été mon tour et c'est elle qui m'a soutenu la tête.

D'habitude quand on a beaucoup vomi, tout de suite on se sent mieux. Nous nous sommes embrassées en nous disant au revoir et nous avons pris chacune une aile opposée du couloir pour nous reposer dans nos chambres. Il n'y a rien de tel que de dégueuler ensemble pour faire de vieilles amies.

Mais, la porte fermée, une fois déshabillée et affalée sur le lit, je me suis sentie encore plus mal qu'avant. Il fallait absolument que je me précipite aux toilettes. Je me suis bagarrée avec ma robe de chambre blanche à fleurs bleues et j'ai titubé jusqu'aux toilettes.

Betsy y était déjà. Je l'entendais râler derrière la porte. Je me suis ruée à l'autre bout du couloir pour aller dans les autres. C'était si loin que j'ai bien cru mourir en route.

Je me suis assise sur la cuvette et j'ai appuyé le front sur le bord du lavabo, j'ai cru rendre mes tripes avec mon déjeuner. La maladie roulait en moi avec des vagues immenses, après chaque vague, elle disparaissait et me laissait frissonnante des pieds à la tête et avachie comme une feuille mouillée. Je sentais venir la vague suivante, le carrelage blanc de la chambre des tortures, sous mes pieds, autour et au-dessus de moi se refermait et me broyait impitoyablement.

Je ne sais pas combien de temps ça a pu durer. J'ai laissé couler l'eau froide à grand jet dans le lavabo après avoir enlevé la bonde pour faire croire que j'étais en train de laver du linge sale. Quand je me suis sentie un peu moins menacée, je me suis complètement allongée par terre et je suis restée immobile. On n'aurait plus dit que c'était l'été, je sentais l'hiver me secouer les os, faire claquer mes dents, et la serviette blanche que j'avais roulée en boule sous ma tête était aussi glacée qu'une tempête de neige.

Je trouvais ça vraiment mal élevé de frapper comme ça à la porte des toilettes. Elle n'avait qu'à faire le tour comme moi, aller dans les autres, et me laisser en paix. Mais elle continuait à cogner contre la porte me suppliant de la laisser entrer. Il me semblait vaguement reconnaître cette voix. On aurait dit Emily Ann Offenbach.

— Un instant... ai-je répondu. Les mots sortaient de ma bouche épais comme des limaces.

Je me suis lentement redressée et j'ai tiré la chasse pour la dixième fois ; j'ai nettoyé la cuvette du lavabo, essuyé le tout avec la serviette roulée en boule pour qu'on ne distingue plus les éclaboussures de vomi et je suis sortie dans le couloir.

Je savais qu'il me serait fatal de regarder Emily Ann ou quiconque d'autre, j'ai donc fixé une fenêtre qui tanguait au fond du couloir et j'ai posé un pied devant l'autre.

La première chose que j'ai vue, était la chaussure de quelqu'un.

C'était une grosse et vieille chaussure de cuir noir craquelé, avec de grandes arabesques perforées sur le bout, elle était vaguement cirée et elle me regardait. Elle avait l'air de se trouver sur une surface verte assez dure qui me meurtrissait la joue gauche.

Je suis restée tout à fait immobile, attendant quelque chose qui puisse m'inciter à agir. Un peu à gauche de la chaussure j'ai aperçu un vague chiffon de fleurs bleues sur un tapis blanc et ça m'a donné envie de pleurer. C'était la manche de ma robe de chambre : au bout, pâle comme une morue, je voyais ma main gauche.

— Elle va mieux maintenant.

Cette voix émanait d'une région paisible et rationnelle loin au-dessus de ma tête. Pendant une minute je n'y ai rien perçu d'étrange, puis je me suis rendu compte que quelque chose ne collait pas. C'était une voix d'homme, et les hommes, de jour comme de nuit, n'avaient pas le droit d'entrer dans cet hôtel.

— Il y en a combien encore ? a poursuivi la voix.

J'écoutais avec attention, le plancher avait l'air merveilleusement stable. C'était réconfortant de savoir que j'étais arrivée au terme de ma chute et que je ne pouvais pas tomber plus bas.

— Onze, je crois... a répondu une voix de femme. J'imaginais qu'elle appartenait à la chaussure noire.

— Je crois bien qu'il y en a encore onze, mais y'en a une qui manque, alors en fait, ça fait qu'dix.

J'ai entendu un boum-boum, boum-boum, résonner dans mon oreille droite mais il a décru peu à peu. Au loin une porte s'est ouverte, j'ai entendu des voix, des gémissements, et puis la porte s'est refermée.

Deux mains se sont glissées sous mes aisselles et la voix de femme a dit : « Viens, viens ma biche, on va y arriver » et je me suis sentie à moitié soulevée ; les portes se sont ouvertes les unes après les autres jus-

empoisonnement
alimentaires

qu'à ce qu'on arrive à une porte déjà ouverte que nous avons franchie.

Le drap de mon lit était replié et la femme m'a aidée à me coucher, elle m'a recouverte jusqu'au menton et elle est restée quelques instants sur une chaise près du lit, s'éventant d'une main grassouillette et rose. Elle portait des lunettes à monture dorée et une coiffe d'infirmière.

— Qui êtes-vous ? ai-je demandé d'une voix faible.

— Je suis l'infirmière de l'hôtel.

— Qu'est-ce qui m'arrive ?

— Empoisonnement ! a-t-elle brièvement répondu. Vous êtes toutes empoisonnées, j'ai jamais rien vu de pareil. Malade ici, malade par là... qu'est-ce que vous avez donc toutes ingurgité, les mademoiselles ?

— Les autres sont *toutes* malades aussi ? ai-je demandé remplie d'espoir.

— Toutes ! a-t-elle répondu avec délectation. Malades comme des chiens, elles pleurnichent toutes en appelant leur mère.

La pièce planait autour de moi avec beaucoup de douceur comme si les chaises, les tables, et les murs retenaient leur poids en signe de sympathie pour ma fragilité soudaine.

— Le docteur vous a fait une piqûre, m'a appris l'infirmière sur le pas de la porte, vous allez dormir maintenant.

Et la porte l'a recouverte comme une feuille de papier blanc, mais une autre feuille de papier blanc plus grande encore a pris la place de la porte, je lui ai souri en volant vers elle et je me suis endormie.

Quelqu'un se tenait à mon chevet, une tasse blanche à la main.

— Bois ça ! a-t-elle dit.

J'ai secoué la tête, l'oreiller craquait comme une bourre de paille.

-- Bois ça, tu te sentiras mieux.

Une tasse de porcelaine fut abaissée sous mon nez jusqu'à mes lèvres. Dans la lumière diffuse qui aurait pu être celle du jour comme celle du crépuscule, je contemplais le liquide ambré. Des îlots de beurre nageaient à la surface et une vague odeur de poulet me montait aux narines.

J'ai jeté un regard interrogateur sur la jupe.

— Betsy ?

— Mon œil, Betsy ! C'est moi !

J'ai levé les yeux et j'ai vu la tête de Doreen à contre-jour sur la fenêtre. Ses cheveux blonds jetaient des éclairs et le bout de ses mèches brillait comme de l'or. Son visage restait dans l'ombre, je ne pouvais déceler ses expressions, mais j'ai senti qu'une tendresse experte émanait de ses doigts. Elle aurait pu être Betsy, ma mère ou une infirmière à la senteur de fougère.

J'ai penché la tête et j'ai bu une gorgée du bouillon. J'ai cru que ma bouche était remplie de sable, mais j'ai vidé la tasse gorgée par gorgée.

Je me sentais purgée, prête pour une vie nouvelle.

Doreen a posé la tasse sur le rebord de la fenêtre et elle s'est assise dans le fauteuil. J'ai remarqué qu'elle ne faisait pas un geste pour prendre une cigarette, ça m'a surprise parce que d'habitude, elle fumait à la chaîne.

— T'as failli mourir, a-t-elle dit enfin.

— Je crois que c'est tout ce caviar...

— Le caviar... tu parles ! C'était le crabe ! Ils l'ont analysé, il était bourré de ptomaïne jusqu'à la gueule.

J'ai eu une vision des cuisines blanches immaculées du « Ladies' Day » s'étendant à perte de vue. Je voyais des rangées d'avocats farcis à la chaîne avec du crabe et de la mayonnaise, puis photographiés sous les sunlights. Je voyais la viande tachetée de rose des pinces délicates jaillissant de façon appétissante hors de la mayonnaise en nappe dans la coupe jaune pâle du demi-avocat avec sa peau verte comme celle d'un crocodile qui recelait toute cette cochonnerie.

Du poison.

— Qui a fait les analyses ? (J'imaginais que peut-être le docteur avait fait un lavage d'estomac à l'une d'entre nous et avait analysé le contenu dans le laboratoire de l'hôtel.)

cadeau : livres

· · Les fumistes du « Ladies' Day »... Dès que vous avez commencé à chavirer quille en l'air, quelqu'un a téléphoné au bureau qui a appelé le « Ladies' Day » et ils ont fait les analyses de tout ce qui restait du festin. Haha ! Haha !

— Ha ! Ha ! ai-je répondu comme un écho sinistre.

C'était bon d'avoir Doreen à mon chevet.

— Ils vous ont envoyé des cadeaux... ils sont dans un grand carton dans le hall.

— Comment ont-ils fait pour que ça aille si vite ?

— Livraison exprès spéciale, qu'est-ce que tu crois ! Ils ne peuvent pas se permettre de vous laisser cavaler aux quatre azimuths en train de crier que vous avez été empoisonnées au « Ladies' Day »... Avec un bon avocat vous pourriez les attaquer et les avoir jusqu'au trognon.

— Qu'est-ce que c'est comme cadeau ? Je commençais à penser que si le cadeau valait le coup, je me moquerais bien de ce qui était arrivé, maintenant que c'était passé, je me sentais très pure...

— Personne n'a encore ouvert la boîte, elles sont toutes couchées. Comme je suis la seule valide, je suis censée apporter la soupe à tout le monde, mais je t'ai apporté la tienne en premier.

— Va voir ce que c'est comme cadeau ! ai-je supplié. Puis je me suis souvenue et j'ai dit : « Moi aussi j'ai un cadeau pour toi. »

Doreen a disparu dans le couloir. Je l'ai entendue froisser du papier pendant un instant, puis elle a déchiré quelque chose. Finalement elle est revenue avec un gros livre à couverture glacée avec tout un tas de noms dessus.

— « *Les trente meilleures nouvelles de l'année.* » Elle m'a laissé tomber le livre sur les genoux. Y en a onze autres dans le carton, sans doute ont-ils pensé que ça vous ferait de la lecture le temps de vous retaper. Elle a attendu un moment.

— Et mon cadeau ?

J'ai plongé dans mon sac et j'ai donné à Doreen le miroir avec son nom et les pâquerettes imprimées dessus. Doreen m'a regardée, je l'ai regardée, et toutes les deux nous avons éclaté de rire.

— Si tu veux ma soupe, vas-y... ils ont mis douze soupes sur le plateau ; Lenny et moi, on a tellement bouffé des hot-dogs en attendant la fin de l'orage que je ne peux plus rien avaler.

— Donne, je crève de faim !

téléphone → Constantin

Le lendemain matin, à sept heures, le téléphone sonnait. J'émergeais lentement du plus profond de mon sommeil. J'avais déjà reçu un télégramme de Jay Cee, coincé dans le cadre de la glace ; elle me disait de ne pas me faire de souci, de prendre un jour de repos, de me rétablir complètement, et qu'elle était désolée pour le crabe avarié. Je ne voyais donc pas qui pouvait bien me téléphoner.

J'ai décroché le combiné et je l'ai tiré sur l'oreiller, le micro sur la clavicule et le haut-parleur sur l'épaule.

— Allô ? (C'était une voix d'homme.) Je parle bien à mademoiselle Esther Greenwood ? (J'ai cru déceler un léger accent étranger.)

— Oui, c'est bien moi, ai-je répondu.

— Ici, Constantin Machin Truc Chose...

Je n'arrivais pas à démêler son nom de famille, mais c'était plein de « S » et de « K ». Je ne connaissais aucun Constantin mais je n'avais pas le cœur de le lui dire.

Je me suis alors souvenue de Madame Willard et de son traducteur simultané.

— Bien sûr, bien sûr ! ai-je crié en me redressant et en agrippant le téléphone à deux mains.

Je n'aurais jamais cru Madame Willard capable de me faire rencontrer un homme appelé Constantin.

Je faisais collection d'hommes aux noms étranges. Je connaissais déjà un Socrate. C'était un intellectuel, grand et laid ; fils de je ne sais quel grec, producteur de cinéma à Hollywood. Hélas il était également catholique et cela avait tout fichu par terre dans nos relations. En dehors de Socrate, je connaissais aussi un Russe blanc, Attila, il étudiait à l'Ecole d'administration commerciale de Boston.

J'ai compris peu à peu que Constantin essayait de me fixer un rendez-vous en fin de journée.

— Aimeriez-vous visiter les Nations Unies cet après-midi ?

— Je les vois déjà, ai-je répondu avec un petit rire hystérique.

Il a eu l'air embarrassé.

— Je peux les voir depuis ma fenêtre... J'ai pensé que mon anglais était peut-être un peu trop rapide pour lui.)

Un silence.

— Peut-être aimeriez-vous prendre quelque chose après ?

J'ai reconnu là le vocabulaire de Madame Willard et mon cœur a chaviré. Mme Willard vous invitait toujours à manger un morceau. Je me suis souvenue que cet homme avait été l'invité de Mme Willard lorsqu'il avait débarqué pour la première fois aux Etats-Unis. Mme Willard était membre d'une de ces organisations qui vous envoient des étrangers chez vous en échange de quoi ils vous reçoivent chez eux lorsque vous visitez leur pays.

Maintenant je voyais clairement que Mme Willard avait échangé son droit au gîte en Russie contre mon invitation à dîner à New York.

— Certainement, j'aimerais prendre quelque chose, ai-je répondu assez sèchement. A quelle heure passez-vous ?

— Je vous ferai appeler de ma voiture vers deux heures, vous êtes bien à l'*Amazone* ?

— Oui.

— Je sais où c'est.

Pendant un moment j'ai cru que son ton était chargé d'une signification particulière, mais j'ai pensé que sans doute des filles de l'*Amazone* travaillaient comme

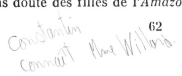

secrétaires aux Nations Unies, que peut-être il était déjà sorti un soir avec l'une d'entre elles. Je l'ai laissé raccrocher le premier, j'ai raccroché ensuite. Je me suis allongée dans mes oreillers, l'humeur sinistre.

Une fois de plus je me racontais un conte de fées : un homme aurait le coup de foudre dès qu'il m'apercevrait... Tout ça à partir de trois fois rien, une invitation de pure forme à visiter les Nations Unies avec, après la visite, un sandwich à la clé !

J'ai essayé de me remonter le moral.

Sans doute le traducteur simultané de Mme Willard serait-il petit, moche, je le mépriserais tout comme je méprisais Buddy Willard. Cette pensée m'a procuré pas mal de satisfaction parce que je méprisais Buddy Willard, et je savais très bien que je ne l'épouserais jamais, même s'il était le dernier homme vivant sur la planète, alors que tout le monde s'imaginait encore que j'allais l'épouser une fois qu'il serait guéri de sa tuberculose.

Buddy Willard était un hypocrite.

Au début, bien sûr, je ne savais pas qu'il était hypocrite. Je trouvais que c'était le garçon le plus merveilleux que j'aie jamais vu. Je l'ai adoré à distance pendant cinq ans sans qu'il me jette ne serait-ce qu'un coup d'œil. Il y a eu une époque merveilleuse où je l'adorais et où il a commencé à lever les yeux sur moi. Mais, alors qu'il m'accordait de plus en plus d'intérêt, j'ai découvert, presque par hasard, que c'était un épouvantable hypocrite, et maintenant, il voulait m'épouser, et moi je ne pouvais plus le voir en peinture.

Le pire de tout, c'était que je ne pouvais tout de même pas lui annoncer tout ce que je pensais de lui comme ça, parce qu'il avait attrapé la tuberculose avant que j'aie eu l'occasion de le faire, et maintenant, il fallait que je le ménage jusqu'à ce qu'il soit rétabli et qu'il puisse supporter quelques vérités sans fard.

J'ai décidé de ne pas descendre à la cafétéria pour mon petit déjeuner. Il aurait fallu m'habiller et à quoi bon s'habiller quand on compte rester au lit toute la matinée ? J'aurais pu téléphoner et commander mon petit déjeuner, mais il aurait fallu que je donne un pourboire à la serveuse qui l'aurait monté et je ne savais jamais combien il fallait donner. J'ai eu des expériences troublantes à New York en essayant de donner des pourboires.

Le premier jour, quand je suis arrivée à l'*Amazone,* un nain chauve en uniforme de chasseur avait porté ma valise dans l'ascenseur, et m'avait ouvert la porte de ma chambre. Bien entendu, je m'étais précipitée à la fenêtre pour découvrir la vue. Après un moment, je m'étais rendu compte que le chasseur était en train d'ouvrir et fermer les robinets d'eau chaude et d'eau froide du lavabo en répétant : « Ça c'est pour l'eau chaude, et celui-là commande l'eau froide... ». Il avait allumé la radio et m'avait indiqué toutes les stations qu'on peut recevoir à New York, j'ai commencé à me sentir mal à l'aise, alors, je lui ai tourné le dos, en répétant fermement : « Merci d'avoir monté ma valise ! »

— Ah oui ! Merci ! Ah ça oui ! » avait-il dit d'un ton lourd de sous-entendus désagréables, et avant que j'aie pu me retourner pour voir ce qu'il lui arrivait, il était parti en claquant violemment la porte derrière lui.

Plus tard, quand j'ai raconté à Doreen son comportement étrange, elle m'a répondu : « Idiote ! Il voulait son pourboire ! »

Je lui ai demandé combien j'aurais dû lui donner et elle m'a dit au moins vingt-cinq cents, peut-être même trente-cinq si la valise était vraiment lourde. J'aurais pu porter cette valise moi-même sans aucun problème jusqu'à ma chambre. Si j'avais laissé faire le chasseur, c'est que ça avait vraiment l'air de lui faire plaisir de se montrer utile. Je croyais que ce genre de services était compris dans le prix des chambres.

J'ai horreur de donner de l'argent à des gens pour des choses que je peux parfaitement faire moi-même, ça me rend nerveuse.

Doreen affirmait qu'on doit donner 10 cents de pourboire aux gens, mais je ne sais pour quelle raison, je n'ai jamais de monnaie sur moi et je me sentirais idiote de donner un demi-dollar à quelqu'un en lui disant :

— Quinze cents pour vous, mais je vous prie de m'en rendre trente-cinq...

La première fois que j'ai pris un taxi à New York,

j'ai donné dix cents au chauffeur. La course faisait un dollar, je croyais donc que dix cents c'était parfait et j'ai donné la pièce au chauffeur avec un sourire assez satisfait. Il l'a gardée dans le creux de sa main, il l'a regardée et encore regardée et quand je suis sortie de la voiture, espérant ne pas lui avoir donné une pièce canadienne par erreur, il s'est mis à hurler :

— Ma bonne dame, faut que je vive, comme vous, et tous les autres ! avec une grosse voix qui m'a tellement effrayée que je me suis mise à courir. Heureusement, il a été bloqué à un feu rouge, sinon je crois bien qu'il m'aurait suivie le long du trottoir en me criant des choses désagréables.

Quand j'ai raconté ça à Doreen, elle a répondu qu'il était possible que le pourcentage de pourboire soit passé à quinze cents depuis son dernier séjour à New York, ou alors, ce chauffeur était un sacré enqui-quineur.

pourboire → problème.

J'ai attrapé le livre que m'avaient envoyé les gens du « Ladies' Day ».

Une carte est tombée quand je l'ai ouvert. Sur le recto on voyait un caniche en pyjama à fleurs, assis avec un air triste dans un panier. A l'intérieur de la carte on retrouvait le même caniche couché dans son panier avec un sourire endormi sur un édredon brodé où l'on pouvait lire : « Qui dort beaucoup, mieux se porte... » Au bas de la carte quelqu'un avait écrit : « Rétablissez-vous vite ! De la part de toutes vos bonnes amies du Ladies' Day ». L'encre était couleur lavande.

J'ai feuilleté les histoires les unes après les autres jusqu'à une histoire de figuier.

Ce figuier poussait sur une pelouse verdoyante entre la maison d'un juif et un couvent. Le juif et une superbe nonne brune se rencontraient fréquemment sous l'arbre pour ramasser les figues mûres. Un jour, dans le nid d'un oiseau, sur une branche de l'arbre ils ont vu éclore un œuf. Pendant qu'ils observaient l'oi-sillon se frayer son chemin hors de la coquille, ils se sont effleurés du dos de la main... La nonne n'est plus jamais revenue ramasser les figues avec le juif ; à sa place venait une vague servante catholique, qui travaillait aux cuisines et qui comptait les figues que ramassait le juif pour vérifier qu'il n'en avait pas pris plus qu'elle. L'homme était furieux.

J'ai trouvé cette histoire charmante, surtout le passage sur le figuier en hiver sous la neige, puis au printemps avec tous ses fruits verts. J'étais triste en arrivant à la dernière page. J'aurais voulu ramper entre les lignes noires, comme on rampe sous une barrière ; je voulais aller dormir sous ce figuier vert.

Je trouvais que Buddy Willard et moi étions comme ce juif et cette nonne, sauf bien sûr que nous n'étions ni juif ni catholique mais unitariens. Nous nous étions rencontrés sous notre propre figuier imaginaire, nous n'avions pas assisté à l'éclosion d'un œuf mais à la naissance d'un bébé, quand quelque chose d'épouvantable s'est produit soudain et chacun, nous avons suivi notre propre chemin.

Couchée, pâle, solitaire et faible dans ma chambre d'hôtel, je m'imaginais que j'étais dans ce sanatorium des Adirondacks et je me sentais dans un sacré pétrin. Dans ses lettres, Buddy ne cessait de me parler des poèmes qu'il lisait, écrits par un poète-médecin, ou comment il avait découvert qu'un célèbre romancier russe, décédé, avait aussi été médecin ; alors, après tout, peut-être que les poètes et les docteurs pouvaient vivre en bonne intelligence ?

Mais ça, c'était une tout autre chanson que celle qu'il avait chantée pendant les deux années de notre flirt. Je me rappelle encore le jour où il m'avait déclaré : « Sais-tu ce que c'est qu'un poème, Esther ? »

— Non, c'est quoi ? avais-je répondu.

— Un tas de poussière ! Et il avait l'air tellement fier d'y avoir pensé que j'en suis restée bouche bée à le regarder avec ses cheveux blonds, ses yeux bleus et ses dents blanches — il avait de très grandes dents blanches — et j'ai répondu « Je suppose que tu as raison... »

Ce n'est qu'un an plus tard, au beau milieu de New York, que j'ai enfin trouvé une réponse à ça.

Je passais beaucoup de temps à tenir des conversations imaginaires avec Buddy Willard. Il avait deux

Buddy W. → scientifique

ans de plus que moi et comme c'était un scientifique, il fallait toujours qu'il prouve les choses. Quand nous étions ensemble je devais toujours faire des efforts pour suivre ce qu'il me racontait.

Ces conversations, que je me tenais mentalement, reprenaient en général le début de conversations que j'avais effectivement eues avec Buddy, seulement elles s'achevaient sur mes reparties cinglantes au lieu de mes minables : « Je suppose... »

Couchée dans mon lit, j'imaginais Buddy disant :

— Sais-tu ce qu'est un poème, Esther ?

— Non, c'est quoi ?

— Un tas de poussière !

Et juste au moment où il commençait à sourire avec son air prétentieux...

— Comme les cadavres que tu dissèques ! Comme les gens que tu te figures guérir ! Ils sont aussi poussière qu'il est possible d'être poussière. Je suis persuadée qu'un bon poème dure beaucoup plus longtemps qu'une centaine de tes clients mis bout à bout...

Et bien sûr, Buddy ne trouvait rien à répondre à ça, parce que c'était l'absolue vérité. Les gens ne sont faits avec rien de plus que de la poussière, je ne voyais pas du tout pourquoi soigner ces tas de poussière vaudrait mieux qu'écrire des poèmes dont les gens se souviendraient, qu'ils se réciteraient quand ils seraient tristes, malades ou insomniaques...

Le problème avec moi, c'est que j'ai toujours cru que ce que disait Buddy Willard était l'absolue vérité. Je me souviens de la première nuit où il m'a embrassée. C'était après le bal des troisième année à Yale.

Buddy m'avait invitée à ce bal d'étrange façon. Un beau jour pendant les vacances de Noël, il avait débarqué du néant chez moi. Il portait un pull blanc à col roulé, il avait l'air si beau que je ne pouvais m'empêcher de le dévisager.

— Je passerai sans doute un de ces quatre te voir au collège, O.K. ? avait-il dit.

J'en étais abasourdie. Je ne voyais Buddy que le dimanche à l'église quand nous étions tous les deux de retour chez nous pendant les vacances, sinon, nous ne nous voyions que très épisodiquement et je n'arrivais pas à comprendre ce qui avait bien pu le pous-

67

ser à courir jusqu'ici — il avait couru les trois kilomètres séparant nos deux maisons ; pour s'entraîner au cross-country, avait-il déclaré...

Bien sûr, nos mères étaient bonnes amies. Elles avaient fait leurs études ensemble, elles avaient toutes les deux épousé leur professeur et elles s'étaient établies dans la même ville ; mais Buddy disparaissait toujours en fin d'année grâce à une bourse ou bien il passait l'été à combattre la rouille envahissant le Montana pour se faire un peu d'argent ; alors, le fait que nos mères soient de vieilles copines n'avait pas la moindre importance.

Après sa visite éclair, je n'ai plus entendu parler de Buddy jusqu'à un samedi matin du mois de mars. J'étais dans ma chambre au collège plongée dans l'étude de Pierre l'Hermite et de Gautier Sans Avoir. Je préparais l'examen d'histoire du lundi suivant qui portait sur les croisades, quand le téléphone a sonné dans le couloir.

Normalement, on est censées y aller à tour de rôle, mais j'étais la seule première année dans ce couloir, toutes les autres étaient des quatrième année et elles me forçaient à répondre les trois quarts du temps. J'ai attendu une minute pour voir si quelqu'un irait avant moi, puis je me suis dit que sans doute elles étaient toutes dehors à jouer au squash ou bien parties en week-end.

— C'est toi, Esther ? avait demandé la fille de garde dans le hall. Il y a un homme qui désire te voir...

Ça m'a étonnée, parce que de tous les rendez-vous que j'avais eus cette année avec des copains de copains de copines, pas un seul ne m'avait demandé de second rendez-vous. Je n'avais pas de chance. J'avais horreur de descendre chaque samedi soir les mains moites d'appréhension pour être présentée par une quatrième année au fils de la meilleure amie de sa tante, et trouver un type pâle, couvert d'acné, avec des oreilles décollées ou bien avec des dents de lapin et un pied bot. Je ne pensais pas mériter ça, après tout, je n'étais pas infirme... Je bûchais trop et je ne savais pas m'arrêter, c'est tout.

Bon, je me suis peigné les cheveux, j'ai mis un peu de rouge à lèvres et j'ai pris mon livre d'histoire : comme

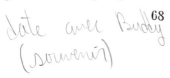

*Buddy est au collège pour
aute fille, Joan.*

ça, si le type était trop épouvantable je pourrais faire
semblant d'aller à la bibliothèque, je suis descendue et
c'était Buddy Willard, négligemment accoudé sur la
table du courrier, blouson kaki, pantalon de toile bleu,
espadrilles grises délavées, et il me souriait.

— Je suis juste passé pour te dire bonjour.

J'ai trouvé ça bizarre qu'il soit venu de Yale rien
que pour me dire bonjour, même en stop pour écono-
miser de l'argent.

— Salut, ai-je dit ; allons sur le porche...

Je voulais sortir parce que la fille de garde était
une quatrième année, une sale curieuse qui m'espion-
nait avec intérêt. Visiblement elle pensait que Buddy
se trompait de fille.

Nous nous sommes assis côte à côte dans deux vieux
fauteuils à bascule. Le ciel était clair, il n'y avait pas
de vent et il faisait presque chaud.

— Je ne peux pas rester longtemps, a dit Buddy.

— Allons, reste donc déjeuner !

— Oh, c'est impossible, je suis venu chercher Joan
pour l'emmener au bal des deuxième année.

Je me suis sentie la reine des imbéciles.

— Et comment va Joan ? ai-je demandé froidement.

Joan Gilling était originaire de notre ville, elle fréquentait notre église et elle était en avance d'un an
sur moi. Au collège c'était quelqu'un... présidente de
sa classe, licenciée en physique et championne de
hockey du collège. Elle me mettait toujours au sup-
plice avec son regard fixe, ses yeux couleur de galets,
ses dents luisantes comme une pierre tombale et sa
voix asthmatique. Elle était gigantesque. Je commençais à trouver que Buddy avait bien mauvais goût.

— Ahh... Joan, tu sais, ça fait deux mois qu'elle m'a
invité à ce bal et sa mère a insisté auprès de la mienne
pour savoir si je viendrais... alors, que voulais-tu que
je fasse ?

— Mais pourquoi as-tu promis de l'emmener si tu
n'en avais pas envie ? ai-je glissé perfidement.

— Oh, j'aime bien Joan. Elle n'exige pas qu'on paye
pour elle quand on la sort, elle aime bien le plein air.
La dernière fois qu'elle est venue à Yale pour un
week-end, on est allés à East Rock en bicyclette et

69

c'est la seule fille que je n'ai pas eu besoin de pousser dans les côtes...

J'étais comme pétrifiée par la jalousie. Je n'étais jamais allée à Yale, et Yale était l'endroit préféré de toutes les quatrième année de mon bâtiment pour passer le week-end. J'ai pris la décision de ne plus rien attendre de Buddy Willard. Quand on n'attend rien de quelqu'un, on n'est jamais déçu.

— Vaudrait mieux que tu ailles chercher Joan... ai-je dit sans avoir l'air d'y toucher. J'attends un rendez-vous d'une minute à l'autre, et ça ne lui plaira pas de me voir assise avec toi...

— Un rendez-vous ? Buddy a eu l'air surpris. Qui ça ?

— Ils sont deux, ai-je répondu, Pierre l'Hermite et Gautier Sans Avoir.

Buddy n'a rien répondu, alors j'ai dit :

— Ce sont des surnoms, et j'ai ajouté, ils viennent de Dartmouth.

Sans doute Buddy ne lisait-il pas beaucoup de livres d'histoire car sa bouche a pris un pli dur, il a quitté sa chaise à bascule d'un bond en donnant un coup de pied tout à fait inutile. Puis il m'a jeté sur les genoux une enveloppe bleu pâle à l'en-tête de Yale.

— C'est une lettre que j'avais l'intention de déposer si tu n'avais pas été là. Il y a une question à l'intérieur, tu peux y répondre par écrit, je ne me sens pas le courage de te demander quoi que ce soit maintenant.

Buddy parti, j'ai ouvert la lettre. C'était une invitation au bal des troisième année de Yale.

J'étais tellement surprise que j'ai poussé des « Hourra ! » et j'ai couru dans le bâtiment en hurlant : « J'y vais, j'y vais ! » Après le soleil éblouissant, à l'intérieur, il semblait faire nuit, je ne distinguais rien. Je me suis retrouvée en train d'embrasser la fille de garde. Quand elle a compris que j'allais au bal de Yale, elle m'a parlé avec respect et étonnement.

Après ça, curieusement, les choses ont changé dans mon bâtiment. Les quatrième année ont commencé à me parler, il y en avait même qui se dérangeaient spontanément pour répondre au téléphone, personne ne faisait plus de remarques désagréables à haute voix devant ma porte à propos de celles qui gâchent leurs plus belles années de collège à bûcher le nez dans leurs bouquins.

Eh bien pendant tout le bal, Buddy m'a traitée comme une cousine ou une amie.

Nous dansions à un kilomètre l'un de l'autre jusqu'au « Ce n'est qu'un au revoir mes frères... » où tout d'un coup il a posé son menton sur le haut de ma tête comme s'il était à bout de forces.

Nous avons marché cinq kilomètres dans le vent glacé de trois heures du matin, jusqu'à la maison où je couchais sur un canapé trop court dans le salon, car cela ne coûtait que cinquante cents au lieu des deux dollars habituels pour avoir un lit convenable.

Je me sentais abrutie, vide, pleine de rêves brisés.

J'avais imaginé que Buddy tomberait amoureux de moi pendant ce week-end et que je n'aurais plus de soucis à me faire pour mes samedis soirs jusqu'à la fin de l'année. Comme nous approchions de la maison, Buddy a lancé : « Montons vers le labo de chimie. »

— Vers le labo de chimie ? J'étais éberluée.

— Oui ! Buddy m'a saisi la main, il y a une vue magnifique du haut du labo de chimie.

Bien sûr, il y avait une sorte de petit monticule derrière le labo de chimie, du haut duquel on pouvait voir les lumières de deux ou trois maisons de New Haven.

J'étais debout, faisant semblant d'admirer, pendant que Buddy se tortillait sur place. Pendant qu'il m'embrassait, j'ai gardé les yeux ouverts et j'ai essayé de graver dans ma mémoire l'espace séparant les deux lumières des maisons, pour ne jamais les oublier.

Finalement Buddy s'est écarté et il a fait : « Wouahhw ! »

— Wouahhw quoi ? ai-je demandé avec étonnement ; ç'avait été un baiser sec, minable, sans aucune inspiration, et je me souviens d'avoir pensé que c'était dommage que nos lèvres aient été tellement gercées par les cinq kilomètres dans le vent glacé.

— Wouahhw ! Je me sens terrible après t'avoir embrassée.

Modestement, je n'ai rien dit.

— J'imagine que tu sors avec un tas de garçons... a demandé Buddy tout d'un coup.

— Je suppose... Je croyais bien être sortie avec un garçon différent chaque samedi depuis le début de l'année.

— Moi, j'étudie beaucoup...

— Moi aussi, ai-je ajouté, méchamment, après tout, il faut que je mérite ma bourse...

— Malgré tout, je pense que je pourrais m'arranger pour te voir un samedi sur quatre.

— C'est chouette ! J'en tombais à moitié dans les pommes et je mourais d'envie de retourner au collège pour raconter ça à tout le monde.

Buddy m'a embrassée de nouveau sur le perron de la maison, et l'hiver suivant, quand il a réussi son examen d'entrée en faculté de médecine, c'est là-bas que j'allais le voir et plus à Yale. C'est là-bas que j'ai compris qu'il m'avait menti durant toutes ces années, et quel sale hypocrite il était.

J'ai tout compris le jour où nous avons vu naître le bébé.

CHAPITRE VI

Je n'avais cessé de supplier Buddy pour qu'il me montre les aspects vraiment intéressants de la vie d'un hôpital. Un vendredi, j'ai donc laissé tomber tous mes cours et je suis partie pour un long week-end, Buddy m'a prise en charge.

J'ai commencé par enfiler une blouse blanche, assise sur un tabouret d'architecte dans une salle où Buddy et ses camarades découpaient quatre cadavres. Ces cadavres étaient tellement inhumains qu'ils ne m'impressionnaient nullement. Ils avaient la peau dure comme du cuir, violette virant au noir, et ils embaumaient le vinaigre.

Ensuite, Buddy m'a entraînée dans un couloir où il y avait des grands bocaux remplis de bébés morts avant terme. Le bébé du premier bocal avait une grosse tête blanche inclinée sur un minuscule corps enroulé sur lui-même pas plus gros qu'une grenouille. Celui du bocal suivant était plus grand et ainsi de suite jusqu'au bébé enfermé dans le dernier bocal qui avait la taille d'un bébé normal. Il avait l'air de me regarder en souriant de son petit sourire de cochonnet.

J'étais assez fière de mon calme devant le spectacle de toutes ces choses macabres. La seule fois où j'ai tressailli, c'est quand j'ai appuyé mon épaule sur le ventre d'un cadavre, pour mieux voir Buddy disséquer un poumon. Après une ou deux minutes, j'ai

73

senti comme une brûlure sur mon épaule et j'ai pensé un instant que le cadavre était peut-être encore à moitié vivant puisqu'il était toujours chaud. J'ai donc sauté au bas de mon tabouret avec un petit cri. Mais Buddy m'a expliqué que la sensation de chaleur provenait du liquide de conservation, je me suis rassise comme avant.

Une heure avant le déjeuner, Buddy m'a emmenée à une conférence sur les anémies sanguines et quelques autres maladies morbides : on faisait défiler sur l'estrade des gens dans des petites voitures, on leur posait toutes sortes de questions puis on les entraînait vers la sortie. Ensuite, il y a eu une projection de diapositives.

Sur une des diapositives, je me souviens qu'on voyait une jeune fille ravissante, souriant aux anges avec un grain de beauté sur une joue.

— Vingt jours après l'apparition du grain de beauté, cette jeune fille était morte, a expliqué le docteur, et tout le monde s'est tu pendant un instant. La cloche a sonné et j'ignore toujours ce qu'était ce grain de beauté et de quoi est morte cette jeune fille.

L'après-midi, nous sommes allés voir un accouchement. D'abord, dans un couloir de l'hôpital nous sommes entrés dans une sorte de buanderie, Buddy m'a donné un masque blanc et un peu de gaze.

Un étudiant en médecine de la corpulence de Sydney Greenstreet tirait sa flemme non loin en observant Buddy qui m'enveloppait la tête dans la gaze jusqu'à ce qu'on ne voie plus que mes yeux dépasser au-dessus du masque blanc.

L'étudiant en médecine a laissé échapper un petit ricanement déplaisant.

— Au moins y a ta mère qui t'aime...

J'étais tellement préoccupée par l'obésité de ce type, par les désagréments que cela doit comporter pour un homme, surtout un jeune homme, car quelle femme accepterait de se pencher sur ce ventre énorme pour l'embrasser, que je n'ai pas immédiatement réalisé que ce qu'il venait de dire était insultant. Quand j'ai compris qu'il devait se trouver très spirituel et quand j'ai trouvé une remarque acerbe du genre : « Il n'y a

que leur mère pour aimer des types gros comme toi »,
il avait disparu.

Buddy examinait un étrange tableau de bois avec
des rangées de trous allant de la taille d'une pièce
d'un dollar en argent à celle d'une assiette à soupe.

— Excellent ! Excellent ! On va avoir un accouchement d'une minute à l'autre.

A la porte de la salle d'accouchement, se tenait un
étudiant en médecine, maigre comme un clou, épaules
voûtées, Buddy le connaissait.

— Salut Will, qui s'occupe de celui-ci ?

— Moi, a répondu Will d'une voix lugubre, c'est
moi, c'est mon premier...

J'ai remarqué que des petites gouttes de sueur per-
laient sur son front.

Buddy m'a expliqué que Will était en troisième
année et qu'il fallait qu'il fasse huit accouchements
avant d'obtenir son diplôme.

Il s'est produit un remue-ménage au bout du couloir et plusieurs hommes en blouse vert olive, avec des
calots, suivis de quelques infirmières, se sont approchés
de nous en procession désordonnée, encadrant un chariot sur lequel se trouvait un volumineux tas blanc.

— Vaudrait mieux pas que tu voies ça, m'a murmuré
Buddy, après ça, tu ne voudras plus jamais avoir d'enfants, même si tu en meurs d'envie maintenant. On
devrait interdire ce spectacle aux femmes, sinon ce
sera la fin de la race humaine !

On a éclaté de rire tous les deux, Buddy a serré
la main de Will et nous sommes entrés dans la salle.

J'étais tellement choquée par l'aspect de la table sur
laquelle ils ont hissé la femme que je n'ai soufflé mot.
Cela ressemblait à une épouvantable table de torture,
avec des étriers fixés à mi-hauteur d'un côté et de
l'autre, tout un tas d'instruments, de câbles et de
tubes dont j'ignorais tout.

Nous étions près de la fenêtre, à quelques pas de la
femme et nous avions une vue imprenable.

Son ventre était tellement énorme que je ne pouvais même pas voir son visage, ni le haut de son
corps. Elle avait l'air d'un énorme ventre d'araignée
avec deux petites jambes laides et maigres suspendues
dans les étriers. Pendant toute la durée de l'accou-

chement elle n'a pas cessé de pousser une sorte de gémissement inhumain.

Plus tard Buddy m'a expliqué que la femme était droguée, qu'elle ne se souviendrait pas qu'elle avait tant souffert, et que lorsqu'elle jurait ou grognait comme ça, elle n'était pas vraiment consciente de ce qu'elle faisait, parce qu'elle était dans un demi-sommeil.

J'ai pensé que c'était le genre de drogue qu'un homme pouvait inventer. Voilà une femme qui endurait le martyre, manifestement consciente de chaque souffrance, sinon elle ne gémirait pas comme ça... et elle retournerait chez elle pour mettre un nouveau bébé en route, parce que cette drogue lui ferait oublier l'atrocité de la douleur, mais dans un recoin secret de son corps l'attendait toujours ce couloir noir, sans portes ni fenêtres, le couloir de la douleur prêt à s'ouvrir de nouveau pour mieux se refermer sur elle.

Le médecin-chef qui supervisait Will répétait sans cesse à la femme : « Poussez vers le bas Mme Tomolillo, poussez vers le bas, c'est bien, poussez vers le bas... » et finalement à travers la fente épilée, brillante de désinfectant, j'ai vu entre ses jambes apparaître une chose sombre et duveteuse.

— C'est la tête du bébé, m'a chuchoté Buddy couvert par les gémissements de la femme.

Mais je ne sais trop pourquoi, la tête du bébé s'est coincée et le docteur a expliqué à Will qu'il fallait inciser. J'ai entendu les ciseaux se refermer sur la peau de la femme comme sur du tissu et le sang s'est mis à couler, d'un rouge noble et brillant. Tout d'un coup le bébé a semblé jaillir entre les mains de Will, il était bleu comme une prune, saupoudré d'un truc blanc, zébré de sang et Will répétait sans cesse : « Je vais le faire tomber, je vais le faire tomber, je vais le faire tomber » d'une voix terrifiée.

— Non, tu ne vas pas le lâcher, a répondu le docteur. Il a pris le bébé des mains de Will pour commencer à le masser. Peu à peu la couleur bleue a disparu et le bébé s'est mis à pleurer d'une voix enrouée et solitaire. Je voyais que c'était un garçon.

La première chose qu'a faite le bébé a été de pisser

sur la tête du docteur. J'ai dit plus tard à Buddy que je ne comprenais pas comment cela était possible, mais il a répondu que c'était tout à fait possible, bien que peu fréquent, de voir une telle chose se produire.

Dès que le bébé est né, les assistants se sont divisés en deux groupes, les infirmières ont attaché au poignet du bébé un médaillon comme en portent les chiens, elles ont essuyé ses yeux avec un bâtonnet recouvert de coton, elles l'ont emmailloté et l'ont déposé dans un berceau en toile. Pendant ce temps, le docteur recousait l'incision de la femme avec une aiguille et un long fil.

Je crois que quelqu'un a dit : « Mme Tomolillo, c'est un garçon ! », mais la femme n'a ni répondu ni même bougé la tête.

— Alors, qu'est-ce que t'en penses ? a demandé Buddy avec un petit air content de lui-même, pendant que nous traversions la pelouse en allant à sa chambre.

— Merveilleux ! Je pourrais revoir ça tous les jours !

Je ne me sentais pas le courage de lui demander s'il existait d'autres moyens de mettre au monde. Je ne sais pourquoi, ce qui me semblait le plus important c'était de voir le bébé sortir de soi et d'être absolument sûre que c'était bien le sien. Je pensais que puisqu'il fallait de toute façon supporter ces souffrances, alors autant rester franchement éveillée.

Je m'imaginais souvent, me redressant à l'aide des coudes sur la table d'accouchement, une fois que ce serait fini, livide bien sûr, pas maquillée, sortant de l'épreuve épouvantable, et souriante, je tendrais les bras vers mon premier enfant et je lui dirais son nom, quel qu'il soit.

— Pourquoi était-il tout couvert de farine ? ai-je demandé à Buddy pour continuer la conversation.

Et il m'a parlé de la substance cireuse qui préserve la peau du bébé.

Lorsque nous sommes rentrés dans la chambre de Buddy, qui n'évoquait rien d'autre qu'une cellule monacale avec ses murs nus, son lit nu, le sol nu, le bureau surchargé des volumes de l'Anatomie de Gray et autres gros bouquins, Buddy a allumé une bougie et a débouché une bouteille de Dubonnet. Puis nous nous sommes allongés côte à côte sur le lit, Buddy sirotait son vin pendant que je lisais à haute voix « Le Pays où je ne suis jamais allée » et autres poèmes tirés d'un recueil que j'avais emporté.

Buddy avait déclaré qu'il fallait bien qu'il y ait quelque chose de valable dans la poésie, puisqu'une fille comme moi passait ses journées à ça. Alors, à chacune de nos rencontres, je lui lisais des poèmes et je lui expliquais ce que j'y voyais. C'était une idée de Buddy. Il organisait toujours nos week-ends en sorte que nous ne puissions jamais regretter d'avoir perdu notre temps. Le père de Buddy était professeur, je crois que Buddy aurait aussi pu l'être, car il essayait toujours de m'expliquer des tas de choses, de me faire acquérir des nouvelles connaissances.

Soudain, je venais d'achever la lecture d'un poème, il m'a dit : « Esther, as-tu déjà vu un homme ? »

De la façon dont il l'a dit, j'ai su qu'il ne voulait pas dire un homme... comme ça... ni un homme ordinaire, mais un homme... nu.

— Non, ai-je répondu, seulement des statues.

— Bon, ne penses-tu pas que tu aimerais me voir ?

Je ne savais que dire. Ces derniers temps ma mère et ma grand-mère avaient entrepris une vaste campagne de propagande en faveur de Buddy Willard : beau garçon, intelligent, issu d'une bonne famille, très distinguée, tout le monde à l'église en faisait un modèle, tellement gentil avec ses parents, attentif avec les vieux, mais encore... athlétique, séduisant, brillant...

Je n'avais jamais entendu que des compliments au sujet de Buddy, je savais que c'était le genre de garçon pour lequel une fille se doit de rester pure et innocente. Je ne pouvais donc rien voir de mal dans tout ce que Buddy pouvait songer à faire.

— Bon, d'accord. Tu as peut-être raison, ai-je répondu.

J'observais Buddy pendant qu'il baissait la fermeture Eclair de ses jeans, les enlevait et les posait sur une chaise, puis il a enlevé son slip, coupé dans une espèce de filet en nylon.

— C'est agréable, ma mère dit que ça se lave très facilement.

Il est simplement resté debout, devant moi, et j'ai continué à l'observer. La seule chose de comparable

78

à laquelle je pouvais penser était le cou et le gésier d'un dindon. Je me suis sentie assez déprimée.

Buddy a semblé vexé que je ne dise rien.

— Je pense que tu devrais prendre l'habitude de me voir comme ça... bon, maintenant, à moi de te voir toi.

Mais l'idée de me déshabiller en silence devant Buddy m'a aussi peu tentée que la séance photo au collège quand on doit se tenir nue devant l'appareil, tout en sachant qu'une photo de vous, complètement à poil, de face, de profil, va échouer dans les archives du Département d'Education physique du collège, avec la note A, B, C, ou D selon votre condition physique.

— Oh, une autre fois.

— D'accord.

Buddy s'est habillé. Nous nous sommes embrassés, on a flirtaillé un moment et je me suis sentie un peu mieux. J'ai bu le reste du Dubonnet, je me suis assise en tailleur au bout du lit et je lui ai demandé un peigne. J'ai commencé à me peigner les cheveux sur la figure pour qu'il ne puisse pas me voir, et puis brusquement, sans que je sache ce qui m'y a poussée, les mots ont jailli de mes lèvres.

— Tu as déjà eu une aventure avec quelqu'un, Buddy ?

Je n'avais pas songé un seul instant que Buddy Willard ait pu avoir une aventure avec qui que ce soit. Je m'attendais à une réponse du genre : « Non, je me suis retenu pour le jour où j'épouserais une jeune fille pure et vierge comme toi... »

Mais Buddy n'a rien dit, il a simplement viré au cramoisi.

— Alors, c'est oui, ou c'est non ?

— Qu'est-ce que tu appelles une « aventure » ? a-t-il demandé d'une voix caverneuse.

— Tu sais bien, est-ce que tu as déjà couché avec une fille ?

Régulièrement, je continuais à me peigner les cheveux sur le côté de mon visage tourné vers Buddy, je sentais les minces filaments chargés d'électricité coller à ma joue brûlante et je voulais crier : « Stop ! Stop ! Ne me dis rien ! Ne me dis rien ! » Mais je n'ai rien crié, je suis restée impassible.

— Bon... C'est vrai... a finalement avoué Buddy.

J'ai failli tomber à la renverse. Depuis la dernière nuit où il m'avait embrassée et m'avait dit que je devais sortir avec beaucoup de garçons, il avait tout fait pour que je me sente beaucoup plus sexy et beaucoup plus expérimentée que lui, pour que tout ce que nous faisions du genre s'embrasser, flirter ou se caresser, j'en sois responsable ; lui, prétendait tomber des nues, il ne semblait même pas savoir comment on en était arrivés là.

Maintenant je comprenais que depuis le début il n'avait fait que me jouer la comédie de l'innocence.

— Raconte...

Je peignais et repeignais mes cheveux, je sentais les dents du peigne me griffer les joues à chaque passage.

— Avec qui... ?

Buddy a eu l'air soulagé que je ne me mette pas en colère. Il m'a même semblé soulagé de pouvoir raconter à quelqu'un comment il avait été séduit.

Bien entendu, quelqu'un avait séduit Buddy. Buddy n'avait pas commencé et ce n'était vraiment pas de sa faute. C'était cette serveuse dans l'hôtel où il travaillait comme portier l'été dernier, à Cape Cod. Buddy avait remarqué qu'elle le lorgnait curieusement, elle collait ses seins contre lui dans les bousculades de la cuisine, c'est pour ça qu'un jour il lui avait demandé quel était le problème. Elle l'avait regardé dans les yeux et lui avait dit : « Je te veux ! »

— Avec du persil ? avait innocemment ricané Buddy.

— Non... au lit... !

Et c'est comme ça que Buddy avait perdu sa pureté et sa virginité.

D'abord, j'ai cru qu'il avait dû coucher une seule fois avec cette serveuse, mais quand je lui ai demandé combien de fois, juste pour vérifier, il a dit qu'il ne se souvenait pas... mais que c'était deux ou trois fois par semaine jusqu'à la fin de l'été. J'ai multiplié trois par dix et j'ai obtenu trente — ce qui m'a semblé invraisemblable.

Après ça, quelque chose s'est pétrifié en moi.

De retour au collège j'ai demandé à droite à gauche aux quatrième année ce qu'elles feraient si un garçon qu'elles connaissaient leur avouait au beau milieu d'une liaison qu'il avait couché trente fois avec une salope de serveuse pendant tout un été. Mais la plupart des quatrième année m'ont dit que la majorité des garçons était comme ça et qu'honnêtement tant qu'on ne les avait pas épinglés, fiancés en vue du mariage, c'était inutile de les accuser de quoi que ce soit.

En fait, ce n'était pas l'idée de Buddy couchant avec quelqu'un qui me tracassait. Je veux dire que j'avais lu tout un tas de bouquins remplis de gens qui couchent ensemble, et s'il avait été n'importe quel autre garçon, je lui aurais sûrement demandé les détails les plus croustillants, peut-être même que je serais sortie avec lui, j'aurais même couché avec lui, ne serait-ce que pour égaliser les choses ; après, je n'y aurais plus pensé. Mais ce que je ne pouvais tolérer c'était Buddy qui affirmait que j'étais tellement sexy, et lui tellement innocent, alors qu'il avait eu une liaison avec une putain de serveuse, et qu'il avait sûrement dû rigoler de moi.

— Qu'est-ce que ta mère pense de cette serveuse ? ai-je demandé à Buddy ce même week-end.

Buddy était étonnamment proche de sa mère. Il citait sans arrêt ce qu'elle disait à propos des rapports entre un homme et une femme. Je savais que Mme Willard était une vraie fanatique de la virginité chez les hommes et les femmes. La première fois que j'avais été invitée à dîner chez elle, elle m'avait lancé un regard étrange, scrutateur et perspicace, je savais qu'elle essayait de se rendre compte si j'étais ou non encore vierge.

Tout comme je l'avais prévu, Buddy a eu l'air embarrassé.

— Maman m'a interrogé à propos de Gladys, a-t-il admis.

— Alors, qu'est-ce que tu as dit ?

— J'ai dit que Gladys était célibataire, de race blanche, et majeure.

J'étais persuadée que jamais Buddy n'aurait parlé aussi sèchement à sa mère pour ma propre défense. Il répétait toujours comme sa mère : « Ce qu'un homme cherche, c'est une épouse, ce que cherche la femme

Elle longue Buddy à cause de son expérience

c'est la sécurité illimitée », ou encore « L'homme est une flèche vers le futur et la femme est l'endroit d'où part cette flèche ». Ça m'épuisait.

Chaque fois que j'essayais de discuter, Buddy disait que sa mère éprouvait toujours du plaisir en compagnie de son père, et est-ce que ce n'était pas merveilleux chez des gens de leur âge, sûrement cela signifiait qu'elle savait de quoi elle parlait.

Je venais de prendre la décision de larguer Buddy Willard définitivement, pas parce qu'il avait couché avec sa maîtresse, mais parce qu'il n'avait pas assez de cran pour l'avouer franchement, ni pour reconnaître que cela faisait partie de son caractère, quand le téléphone a sonné dans le couloir.

— C'est pour toi, Esther, c'est un appel de Boston ! m'a crié quelqu'un.

Je savais déjà que quelque chose ne tournait pas rond, parce que Buddy était la seule personne que je connaissais à Boston et que jamais il ne téléphonait en interurbain, ça coûtait trop cher, beaucoup plus cher que d'écrire. Une fois, il avait eu un message à me faire parvenir rapidement, il avait écumé le hall de la faculté de médecine jusqu'à ce qu'il trouve quelqu'un qui aille à mon collège pour le week-end, il lui avait donné le mot que j'avais reçu le jour même, ça ne lui avait même pas coûté un timbre.

C'était bien Buddy. Il m'a annoncé que la radioscopie de fin d'année révélait qu'il avait attrapé la tuberculose, il devait partir pour un sanatorium d'étudiants quelque part dans les Adirondacks. Puis il m'a dit que cela faisait une semaine que je ne lui avais pas écrit, il espérait qu'il n'y avait pas de problème entre nous, pourrais-je lui écrire au moins une fois par semaine, et venir le voir à Noël dans son sana ?

Jamais je n'avais entendu Buddy aussi inquiet. Il était très fier de sa parfaite santé et il me disait toujours que c'était psychosomatique quand j'avais de la sinusite ou que j'étouffais. Je trouvais ça curieux venant d'un docteur, peut-être aurait-il mieux fait d'étudier la psychiatrie, mais bien sûr, je ne le lui ai jamais dit franchement.

J'ai dit à Buddy que j'étais vraiment désolée pour sa tuberculose et je lui ai promis d'écrire, mais quand j'ai raccroché, je n'étais pas désolée le moins du monde. Je me sentais même merveilleusement soulagée.

J'ai pensé que peut-être la tuberculose était son châtiment pour avoir vécu le genre de double vie qu'il avait menée, ainsi que pour s'être senti supérieur à tout le monde. J'ai trouvé que ça tombait bien, comme ça je n'avais pas besoin d'annoncer à tout le monde que j'avais rompu avec Buddy, ni de recommencer à zéro le processus rasoir des sorties avec les copains des copains des copines...

J'ai simplement annoncé que Buddy avait la tuberculose, que nous étions pratiquement fiancés, et quand je restais le samedi soir dans ma chambre pour travailler, elles étaient très gentilles avec moi parce qu'elles me trouvaient si courageuse de travailler comme ça pour cacher mon cœur brisé.

CHAPITRE VII

[annotation manuscrite : revient présent]

Evidemment Constantin était beaucoup trop petit, mais dans son genre, il était assez beau. Il avait un visage vivant, provocant, des cheveux clairs, des yeux bleu foncé. Il aurait presque pu passer pour un Américain. Il était bronzé et il avait de belles dents, mais je pouvais déceler immédiatement qu'il n'était pas américain. Il possédait ce qu'aucun américain de ma connaissance n'a jamais possédé : de l'intuition.

Dès le début, Constantin a compris que je n'étais pas une protégée de Mme Willard. J'avais levé les sourcils de temps en temps ou bien laissé échapper de petits rires secs ; très vite, nous cassions tous les deux du sucre sur le dos de Mme Willard et j'ai pensé : « Constantin ne m'en voudra pas si je suis trop grande, si je ne parle pas assez de langues, si je n'ai pas voyagé en Europe, il sera assez lucide pour découvrir qui je suis réellement. »

Constantin m'a conduite aux Nations Unies dans sa vieille décapotable verte, capote baissée, les sièges de cuir craquelé marron étaient confortables. Il m'a avoué qu'il avait bronzé en jouant au tennis, et pendant que nous naviguions dans les rues en plein soleil, il m'a pris la main et il l'a gardée ; je me suis sentie plus heureuse que jamais depuis l'âge de neuf ans, quand je courais avec mon père sur les plages brûlantes, l'été qui a précédé sa mort.

Pendant que nous étions assis dans un des auditoriums insonorisés et raffinés de l'O.N.U., à côté d'une fille russe tristement bâtie en athlète, sans maquillage qui, elle aussi était traductrice simultanée, je pensais qu'il était étrange que je ne me sois jamais rendu compte que je n'avais été réellement heureuse que jusqu'à l'âge de neuf ans.

Après... malgré le scoutisme, les leçons de piano, d'aquarelle, de danse, de voile, toutes choses pour lesquelles ma mère avait sué sang et eau, malgré le collège, le canotage dans la brume, avant le petit déjeuner, les gâteaux noircis au fond, et les idées nouvelles qui apparaissaient tous les jours... je n'avais plus jamais été heureuse.

Je regardais au travers de la fille russe dans son tailleur croisé qui récitait idiome après idiome dans sa langue inconnaissable, ce que Constantin affirmait être le plus difficile, parce que le russe n'a pas les mêmes idiomes que notre langue, je souhaitais de tout mon cœur pouvoir me glisser dans son corps et passer le restant de ma vie à aboyer un idiome après l'autre.

Peut-être ne serais-je pas plus heureuse pour autant, mais je serais un petit caillou efficace au milieu de tous les autres cailloux.

Puis, Constantin, la Russe, le groupe d'hommes noirs, blancs et jaunes qui discutaient là-bas derrière leurs micros étiquetés, ont semblé disparaître dans le vague. Je voyais leur bouche s'ouvrir et se fermer sans un bruit, comme s'ils étaient sur le pont d'un navire en partance, m'abandonnant au milieu d'un immense silence.

J'ai commencé à additionner toutes les choses que je ne savais pas faire.

J'ai commencé par la cuisine.

Ma grand-mère et ma mère étaient de si bonnes cuisinières que je leur laissais tout faire. Elles essayaient toujours de m'apprendre quelque recette, mais je ne faisais que répéter : « Oui, oui, je vois... » et les instructions m'entraient par une oreille pour sortir par l'autre, si bien que je ratais tout, alors personne ne me demandait de recommencer.

Je me souviens de Jody, ma seule amie au collège pendant ma première année, elle m'avait fait des œufs

énumère ce qu'elle ne sait pas faire

brouillés chez elle un matin. Ils avaient un goût particulier, quand je lui avais demandé ce qu'elle y ajoutait, elle m'avait dit : « du fromage et du sel d'ail ». Je lui avais demandé qui lui avait appris ça, mais elle avait répondu : « Personne ! », elle y avait pensé, comme ça... Il faut dire qu'elle avait du sens pratique et qu'elle était licenciée en sociologie.

Je ne savais pas non plus la sténo.

Cela signifiait que je ne pourrais pas trouver un bon boulot après le collège. Ma mère me répétait sans cesse que personne ne voulait d'une licenciée en lettres tout court. Par contre, une licenciée en lettres connaissant la sténo, ça c'était autre chose, on se la disputerait. On se l'arracherait parmi les jeunes cadres en flèche, et elle prendrait en sténo lettre passionnante après lettre passionnante.

Le problème était que j'avais horreur de servir les hommes en aucune façon. Je voulais dicter moi-même mes lettres passionnantes. En plus de ça, les petits signes de sténo que j'avais vus dans le livre de ma mère me semblaient aussi déprimants que de remplacer temps par « t » ou distance totale par « s ».

Ma liste s'allongeait.

Je dansais comme un pied. Je n'avais ni le sens du rythme ni celui de l'équilibre et en classe de gymnastique quand il fallait marcher sur un poteau étroit avec un sac sur la tête et les bras écartés, je tombais à chaque coup. Je ne savais ni monter à cheval, ni skier, les deux sports que je rêvais de faire parce qu'ils étaient très onéreux. Je ne savais ni parler allemand, ni lire l'hébreu, ni écrire le chinois. Je n'aurais même pas su situer sur la carte les petits pays perdus que ces hommes devant moi représentaient à l'O.N.U.

Pour la première fois de ma vie, je me suis sentie complètement superficielle, assise au cœur de l'O.N.U. insonorisée, entre Constantin qui savait jouer au tennis et traduire simultanément et la fille russe qui connaissait tant et tant d'idiomes. Le problème était que cela faisait longtemps que je ne servais à rien, et le pire, que ce n'était que maintenant que je m'en rendais compte.

La seule chose pour laquelle j'étais douée, c'était

de gagner des bourses et des prix, mais cette ère-là touchait à sa fin.

Je me sentais comme un cheval de course dans un monde dépourvu d'hippodromes, ou un champion de football universitaire parachuté à Wall Street dans un costume d'homme d'affaires, ses jours de gloire réduits à une petite coupe en or posée sur sa cheminée avec une date gravée dessus, comme sur une pierre tombale.

Je voyais ma vie se ramifier sous mes yeux comme le figuier de l'histoire.

Au bout de chaque branche, comme une grosse figue violacée, fleurissait un avenir merveilleux. Une figue représentait un mari, un foyer heureux avec des enfants, une autre figue était une poétesse célèbre, une autre un brillant professeur et encore une autre Ee Gee la rédactrice en chef célèbre, toujours une autre, l'Europe, l'Afrique, l'Amérique du Sud, une autre figue représentait Constantin, Socrate, Attila, un tas d'autres amants aux noms étranges et aux professions extraordinaires, il y avait encore une figue championne olympique et bien d'autres figues au-dessus que je ne distinguais même pas.

Je me voyais assise sur la fourche d'un figuier, mourant de faim, simplement parce que je ne parvenais pas à choisir quelle figue j'allais manger. Je les voulais toutes, seulement en choisir une signifiait perdre toutes les autres, et assise là, incapable de me décider, les figues commençaient à pourrir, à noircir et une à une elles éclataient entre mes pieds sur le sol.

Le restaurant que Constantin avait choisi sentait les herbes fines, les épices et la crème aigre. Pendant mon séjour à New York je n'avais pas été fichue de trouver un seul restaurant comme celui-là. Je ne découvrais que des « Palais du Hamburger » où l'on vous sert des hamburgers géants, le potage du jour, quatre sortes de gâteaux à la crème, face à un miroir éblouissant, le long d'un comptoir immaculé.

L'entrée de ce restaurant rappelait celle d'une cave, on devait descendre sept marches à peine éclairées. Des affiches de voyages recouvraient les murs noirs de fumée comme des fenêtres surplombant des lacs

Sont au resto.

suisses, des volcans japonais, des Velds[1] africains, etc...
Des bougies étaient fichées dans des bouteilles, elles
avaient répandu leurs cires multicolores depuis des
siècles, rouge sur vert, puis sur bleu, comme dans un
tableau en relief, elles jetaient un halo de lumière sur
chaque table, faisant flotter les visages, les faisant
danser comme des flammes.

J'ignore ce que j'ai mangé, mais après la première
bouchée je me suis sentie beaucoup mieux. Il me
semblait que la vision du figuier avec toutes ces
figues qui pourrissaient et jonchaient le sol pouvait
bien avoir été provoquée par le vide profond d'un
estomac affamé.

Constantin remplissait nos verres d'un doux vin grec
qui fleurait l'écorce de pin et je me suis entendue lui
raconter que j'allais apprendre l'allemand, aller en
Europe et devenir une correspondante de guerre
comme Maggie Higgins. Arrivée au yogourt et à la
confiture de framboise, je me sentais si bien que
j'avais pris la décision de me laisser séduire par
Constantin.

Depuis que Buddy Willard m'avait parlé de cette
serveuse, je trouvais que je devrais coucher avec un
homme. Ça ne compterait pas de coucher avec Buddy,
parce qu'il resterait toujours en avance d'un coup sur
moi, il fallait donc que cela soit quelqu'un d'autre.

Le seul homme avec lequel j'aie jamais envisagé de
coucher était un gars du Sud, amer, le nez en bec
d'aigle, il était de Yale, en visite un week-end dans
notre collège pour découvrir que son flirt avait fichu
le camp avec un chauffeur de taxi. Comme la fille
vivait dans mon bâtiment et que ce soir-là, j'étais
la seule à ne pas être sortie, il était de mon devoir de
le réconforter.

A la cafétéria du coin, enfoncés dans un des box
discrets aux dossiers immenses, avec des centaines de
noms gravés dans le bois, nous avions bu café sur
café et nous avions parlé sexe en toute franchise.

Ce garçon, il s'appelait Eric, affirmait trouver dégueulasse la manière dont les filles de mon collège se

Elle veux coucher

---

1. Veld : Veld ou Veldt, steppe de l'Afrique du Sud.

tenaient en pleine lumière sur le porche, parfaitement visibles dans les buissons, flirtant à mort avant le couvre-feu de une heure du matin, alors que tous les badauds pouvaient les voir.

— Après un million d'années d'histoire, nous ne sommes que des bêtes... constatait Eric avec amertume.

Puis il m'a raconté comment il avait couché avec sa première femme.

Eric allait dans une école du Sud réputée pour savoir fabriquer de parfaits gentlemen ; au moment de l'examen final, il y avait une règle implicite qui exigeait que vous ayez connu une femme.

— Connu, au sens biblique, avait expliqué Eric.

Donc, un samedi il avait pris le bus avec quelques copains pour se rendre à la ville la plus proche dans un bordel célèbre. La putain d'Eric n'avait même pas voulu enlever sa robe. Elle était grosse, plus très jeune du tout, avec des cheveux teints en roux, des grosses lèvres et une peau couleur de rat. Elle ne voulait pas non plus éteindre la lumière et il l'avait donc prise sous une ampoule de vingt-cinq watts couverte de chiures de mouches, cela ne s'était pas du tout passé comme prévu, ç'a avait été aussi rasoir que d'aller aux toilettes.

J'ai suggéré que peut-être si on aimait la femme, ce ne serait pas aussi rasoir... Mais pour Eric l'idée que cette femme serait un animal comme toutes les autres gâcherait tout. Alors, si jamais il aimait une fille, jamais il ne coucherait avec elle, il préférait aller au bordel et préserver sa femme aimée de toutes ces saloperies.

J'avais pensé un moment que peut-être je pourrais coucher avec Eric, puisqu'il l'avait déjà fait et puisque contrairement à la majorité des autres garçons, il ne semblait ni vicieux, ni idiot quand il en parlait. Mais lorsque Eric m'avait envoyé une lettre dans laquelle il me disait que peut-être il pourrait être amoureux de moi, car j'étais tellement intelligente, tellement cynique, bien qu'ayant un joli visage qui d'ailleurs ressemblait étonnamment à celui de sa sœur aînée, j'ai su qu'il ne servirait à rien d'essayer, je faisais partie de celles avec qui il ne coucherait jamais. Je lui ai

écrit pour lui dire que malheureusement j'allais épouser un amour d'enfance.

Plus j'y pensais, plus l'idée d'être séduite par un
traducteur simultané à New York me plaisait. Constantin avait l'air mûr et plein de délicatesse. Je ne
voyais personne à qui il puisse s'en vanter, comme le
font tous les collégiens qui couchent avec une fille
sur la banquette arrière de leur voiture et s'en vantent
entre copains de chambrée ou membres de la même
équipe de basket. De plus il y aurait une ironie
piquante à coucher avec un homme que Mme Willard
m'avait présenté, c'était un peu comme si indirecte-
ment elle recevait une partie du blâme.

Quand Constantin m'a demandé si je monterais dans
son appartement pour écouter quelques disques de
balalaïka, je me suis souri intérieurement... Ma mère
m'avait toujours recommandé de ne jamais, sous
aucun prétexte, aller dans la chambre d'un homme
après une sortie, car cela ne pouvait signifier qu'une
chose.

— J'adore la balalaïka, ai-je répondu.

La chambre de Constantin avait un balcon qui sur-
plombait le fleuve, on entendait les sirènes des péni-
ches dans l'obscurité. Je me suis sentie émue, tendre
et absolument certaine de ce qui allait inévitablement
m'arriver.

Je savais que peut-être je tomberais enceinte... mais
cette pensée était floue, lointaine, elle ne me gênait
pas le moins du monde. Il n'y avait aucun moyen sûr
à cent pour cent de ne pas tomber enceinte affirmait un
article que ma mère avait découpé dans le Reader's
Digest et qu'elle m'avait envoyé au collège. Cet article
était écrit par une avocate, mariée, mère de famille.
C'était intitulé : « Défense de la Chasteté. »

Elle expliquait toutes les raisons pour lesquelles
une jeune fille ne devait coucher avec personne d'autre que son mari et ce, uniquement après le mariage.

Le point crucial de l'article consistait en ce que
l'univers masculin diffère de l'univers féminin, les
émotions ressenties par un homme sont différentes
de celles ressenties par une femme ; seul le mariage

peut rapprocher correctement ces deux types de conceptions du monde et d'émotions.

Ma mère affirmait que c'était le genre de chose qu'une jeune fille ne comprend que lorsqu'il est trop tard, alors, il fallait bien écouter les conseils des gens qui en savent long sur ce sujet, par exemple, ceux d'une femme mariée.

L'avocate écrivait que les meilleurs hommes souhaitent rester purs pour leur femme, et que même s'ils ne l'étaient plus, ils souhaitaient néanmoins être ceux qui enseignent les choses du sexe à leur épouse. Bien entendu, ils allaient tenter de persuader des jeunes filles d'avoir des rapports sexuels avec eux, en affirmant qu'ils les épouseraient plus tard... mais dès qu'elles avaient cédé, ils perdaient toute estime pour elles, ils commençaient à dire que si elles avaient fait ça avec eux, elles le referaient avec d'autres et finiraient par ruiner leur vie.

Cette femme achevait son article en disant qu'il valait mieux être prudente que désolée... de toute façon il n'y avait aucun moyen sûr à cent pour cent de ne pas se retrouver enceinte. Et alors là, on se retrouverait franchement dans la panade.

A mes yeux, la seule chose que cet article ne semblait pas du tout envisager, c'était le point de vue de la femme.

C'est peut-être chouette de rester pure et d'épouser un homme pur, mais que faire s'il avoue soudain après le mariage qu'il n'est plus vierge. Comme c'était le cas de Buddy Willard ?

Je n'acceptais pas l'idée que la femme soit obligée de rester chaste alors que l'homme lui peut mener une double vie, l'une restant pure et l'autre pas.

Finalement je me suis dit que puisqu'il était si difficile de trouver un homme intelligent, vigoureux et encore vierge à vingt et un ans, alors, autant oublier tout de suite l'idée de rester vierge moi-même et donc d'épouser quelqu'un qui ne l'était plus non plus. Comme ça, quand il commencerait à ruiner ma vie, je pourrais ruiner la sienne.

Quand j'avais dix-neuf ans, la virginité était une chose importante.

Au lieu que le monde soit divisé entre catholiques

Préoccupé pas sa virginité

et protestants, entre démocrates et républicains, entre
Blancs et Noirs, ou même entre hommes et femmes, je
le voyais divisé entre les gens qui avaient couché avec
quelqu'un et ceux qui ne l'avaient pas encore fait. Cela
me semblait la seule différence fondamentale qui distingue les gens les uns des autres.

Je pensais que des changements spectaculaires
allaient se produire le jour où je franchirais la
barrière...

Je croyais que je me sentirais comme ça, si jamais
je visitais l'Europe. Je rentrerais à la maison et si
je me regardais de près dans un miroir, je pourrais
distinguer des petites Alpes au fond de mes yeux.
Alors, je pensais que si demain, je me regardais dans
une glace, je verrais un petit Constantin de la taille
d'une poupée, assis dans mon œil et qui me sourirait.

Nous avons flemmardé sur le balcon pendant environ une heure, allongés dans les deux chaises longues,
écoutant les balalaïkas, une pile de disques entre
nous. Il y avait une vague lueur provenant des lam-
padaires, de la demi-lune, des voitures ou des étoiles,
je n'aurais su dire, mais si ce n'est qu'il me tenait la
main, Constantin ne montrait aucune vélléité de me
séduire.

Je lui ai demandé s'il était fiancé, s'il avait une
petite amie, que sais-je... Je pensais que peut-être
c'était ça la cause du problème, mais il me répondait
que non, il était fier d'être libre.

Finalement, j'ai senti une profonde lassitude couler
dans mes veines, à cause de tout le vin d'écorce de pin
que j'avais bu.

— Je crois que je vais m'allonger un moment.

Je me suis négligemment rendue dans la chambre
à coucher et je me suis penchée pour défaire mes
chaussures, le lit tout propre se balançait devant moi
comme un canot de sauvetage. Je me suis complètement allongée et j'ai fermé les yeux. J'ai entendu
Constantin soupirer et quitter le balcon. L'une après
l'autre ses chaussures sont tombées par terre et il
s'est allongé à côté de moi.

Je le regardais secrètement à travers une mèche de
cheveux.

Il était allongé sur le dos, les mains sous la nuque,

fixant le plafond. Les manches amidonnées de sa chemise blanche étaient remontées jusqu'aux coudes, elles scintillaient mystérieusement dans la pénombre et sa peau bronzée paraissait presque noire. J'ai pensé que c'était le plus bel homme que j'aie jamais vu.

Je me disais que si seulement j'avais un visage plus vif, plus harmonieux, si seulement je savais discuter de politique avec perspicacité, si seulement j'étais une femme de lettres célèbre... sûrement Constantin me trouverait suffisamment passionnante pour coucher avec moi.

Et puis, je me suis demandé si une fois qu'il m'aimerait il ne sombrerait pas dans l'ordinaire, s'il ne me trouverait pas défaut après défaut, comme j'avais fait pour Buddy Willard et avant lui bien d'autres.

C'était toujours pareil.

Je distinguais dans le lointain la silhouette confuse d'un homme idéal, mais dès qu'il s'approchait, je me rendais compte immédiatement qu'il ne ferait pas l'affaire.

C'est une des raisons pour lesquelles je ne voulais pas me marier. La dernière chose que je souhaitais, c'était bien la sécurité infinie et être l'endroit d'où part la flèche... Je voulais des changements, du nouveau, je voulais tirer moi-même dans toutes les directions, comme les fusées du 4-Juillet [1].

Je me suis réveillée au son de la pluie.

Il faisait noir comme dans un four. Après un moment j'ai aperçu les contours flous d'une fenêtre inconnue. De temps en temps un rayon de lumière traversait l'air, traversait le mur comme un fantôme, comme un doigt explorateur et il disparaissait à nouveau dans le néant.

J'ai entendu quelqu'un respirer.

D'abord, j'ai cru que c'était moi, que j'étais couchée à l'hôtel dans l'obscurité après mon empoisonnement. J'ai retenu mon souffle, mais la respiration a continué.

Un œil vert luisait faiblement à côté de moi sur le lit. Il était divisé en quarts comme les boussoles.

1. Fête nationale américaine.

baise pas ensemble

J'ai tendu la main doucement et je l'ai saisi. Je l'ai soulevé, un bras a suivi, lourd comme un bras de cadavre, mais chaud de sommeil.

La montre de Constantin indiquait trois heures.

Il était allongé en chemise et pantalon, avec ses chaussettes, exactement comme je l'avais laissé quand je m'étais endormie. Mes yeux s'habituaient à l'obscurité, j'ai pu discerner ses paupières pâles, son nez droit, sa bouche harmonieuse et tolérante, mais ils avaient l'air immatériels, comme s'ils étaient dessinés à travers le brouillard. Pendant quelques minutes je me suis penchée sur lui pour mieux l'étudier. C'était la première fois que je m'endormais à côté d'un homme.

J'ai essayé d'imaginer ce que serait ma vie si Constantin était mon mari.

Cela signifierait qu'il faudrait que je me lève à sept heures pour lui préparer des œufs au bacon, des toasts, du café, lambiner en chemise de nuit et bigoudis pour faire la vaisselle et le lit une fois qu'il serait parti travailler. Et quand il reviendrait après une journée dynamique et exaltante, il voudrait un bon dîner, mais moi, je passerais la soirée à laver d'autres assiettes sales jusqu'à ce que je m'effondre dans le lit, à bout de forces.

Cela me semblait une vie triste et gâchée pour une jeune fille qui avait passé quinze ans de sa vie à ramasser des prix d'excellence... Mais je savais que c'était ça le mariage. Du matin au soir les seules occupations de Mme Willard étaient le lavage, la cuisine et la vaisselle. Elle était femme de professeur à l'université et elle-même avait été professeur dans une école privée.

Lors d'une visite rendue à Buddy, j'avais trouvé Mme Willard tressant un plaid avec des morceaux de laine provenant de vieux costumes de Mr Willard. Elle avait passé des semaines sur ce plaid, j'avais admiré les carreaux de tweed, marron, verts et bleus qui composaient le plaid, mais une fois achevé, au lieu de l'accrocher au mur comme je pensais qu'elle allait le faire, elle l'avait jeté par terre pour remplacer le paillasson de la cuisine. En quelques jours il était souillé, terne, et il était impossible de le distinguer d'un paillasson ordinaire acheté pour moins d'un dollar dans n'importe quel Prisunic.

Je n'ignorais pas que derrière les roses, les baisers, les soupers au restaurant que les hommes déversent sur une femme avant de l'épouser, ce qu'ils souhaitent réellement une fois la cérémonie achevée, c'est qu'elle s'écrase sous leurs pieds comme le plaid de la cuisine de Mme Willard.

Ma mère m'avait raconté que dès qu'ils avaient quitté Reno pour leur lune de miel — mon père ayant déjà été marié avait dû demander le divorce — mon père lui avait dit : « Enfin ! Quel soulagement ! Maintenant on va cesser de jouer la comédie et enfin être nous-mêmes ! » — à partir de ce jour, ma mère n'avait plus connu une minute de liberté.

Je me souvenais aussi de Buddy Willard affirmant de sa voix sinistre et assurée qu'une fois que j'aurais des enfants, je me sentirais différente, je n'aurais plus envie d'écrire des poèmes. J'ai donc commencé à croire que c'était bien vrai, que quand on est mariée et qu'on a des enfants, c'est comme un lavage de cerveau, après, on vit engourdie comme une esclave dans un Etat totalitaire.

Je regardais attentivement Constantin, comme on observe un cristal inaccessible au fond d'un puits très profond. Ses paupières se sont soulevées, il m'a regardée sans me voir, ses yeux étaient remplis d'amour. Je le regardais sans dire un mot, mais tout d'un coup au milieu de son halo de tendresse il m'a reconnue et ses pupilles dilatées sont redevenues brillantes et superficielles comme du cuir verni.

Constantin s'est assis et a bâillé.

— Quelle heure est-il ?

— Il est trois heures, ai-je répondu d'une voix éteinte, il vaut mieux que je rentre, je dois être au bureau à la première heure ce matin.

— Je vous reconduis.

Pendant que nous bagarrions chacun de notre côté du lit pour enfiler nos chaussures sous la lumière affreusement crue et gaie de la lampe de chevet, j'ai senti Constantin se retourner.

— Vos cheveux sont toujours comme ça ?

— Comment, comme ça ?

96

Il n'a pas répondu, mais il a tendu la main vers les racines de mes cheveux et a laissé glisser ses doigts jusqu'au bout des mèches, comme un peigne. J'ai ressenti une décharge électrique et je suis restée sans bouger. Depuis que je suis toute petite, j'adore que quelqu'un me peigne les cheveux. Ça m'endort, ça m'apaise.

— Ah... je sais ce que c'est, vous venez de les laver !

Et il s'est à nouveau baissé pour lacer ses chaussures de tennis.

Une heure plus tard, à l'hôtel, j'étais couchée dans mon lit. J'écoutais tomber la pluie, on n'aurait même pas dit que c'était de la pluie, plutôt un robinet grand ouvert. La douleur de mon tibia gauche s'est réveillée et j'ai abandonné tout espoir de dormir d'ici sept heures quand mon réveil-radio me réveillerait avec des interprétations martiales de Souza.

Chaque fois qu'il pleuvait, la vieille fracture se réveillait et elle ravivait une douleur sourde.

J'ai pensé : « C'est Buddy Willard qui est responsable de cette jambe cassée ! »

Et puis : « Non, je me la suis cassée moi-même. Je me la suis cassée exprès pour me punir d'être une gourde pareille ! »

CHAPITRE VIII

M. Willard m'avait emmenée dans les Adirondacks.
C'était le lendemain de Noël, le ciel était gris, lourd
et chargé de neige. Comme tous les lendemains de
Noël, je me sentais le ventre trop plein, triste et désorientée, c'était comme si les branches de sapin, les
bougies, les cadeaux enrubannés d'or et d'argent, les
bûches dans la cheminée, les dindes de Noël et les
cantiques joués au piano, ne devaient jamais finir.

A Noël, j'aurais presque voulu être catholique.

M. Willard avait d'abord conduit, puis cela avait été
mon tour. Je ne sais plus de quoi nous parlions, mais
je devenais de plus en plus lugubre au fur et à mesure
que défilait ce paysage lourd des chutes de neige précédentes, toujours plus désolé avec ses sapins d'un
vert si foncé qu'on les aurait dit noirs et qui descendaient le long des collines grises, jusqu'au bord de la
route.

J'avais envie de demander à M. Willard de me laisser
là, je serais rentrée en auto-stop.

Mais après un coup d'œil à son visage qui expri-
mait l'insouciance et la confiance, avec ses cheveux
gris coupés en brosse, ses yeux clairs, ses joues roses,
glacées comme un gâteau de mariage, j'ai su que je
ne pourrais pas lui faire ça, il fallait que j'endure la
visite jusqu'au bout.

A midi, la grisaille s'est un peu levée et nous nous

sommes arrêtés dans un parking enneigé pour partager les sandwiches au thon, les cornflakes, les pommes et le thermos de café que Mme Willard avait préparés pour notre déjeuner.

M. Willard me regardait gentiment. Il s'est éclairci la voix, a balayé quelques miettes de sur son pantalon et j'ai su qu'il allait dire quelque chose d'important parce qu'il était très timide et que je l'avais déjà entendu s'éclaircir la voix avant de donner une importante conférence d'économie.

— Nelly et moi, avons toujours souhaité une fille... Pendant une minute délirante, je me suis attendue à ce qu'il m'annonce que Mme Willard était enceinte et attendait une petite fille.

— Mais je ne vois pas comment une fille pourrait être plus charmante que vous... a-t-il poursuivi.

Il a dû croire que je pleurais de bonheur en apprenant qu'il voulait être comme un père pour moi. Il m'a tapoté l'épaule une ou deux fois en s'éclaircissant la voix.

— Allons, allons... Je vois que nous nous comprenons bien...

Il a ouvert sa portière pour faire le tour jusqu'à mon côté, son souffle dessinait des signaux de fumée informes dans l'air gris. Je suis passée sur le siège du conducteur, il a lancé le moteur et nous avons continué.

Je me représentais mal le sanatorium de Buddy.

Je crois que je m'attendais à trouver un chalet perché au sommet d'une petite montagne, quelques jeunes gens et jeunes filles tous très beaux avec des joues roses, mais les yeux brillant de fièvre, allongés sur des balcons sous d'épaisses couvertures.

« La tuberculose, c'est vivre avec une bombe dans les poumons » m'avait écrit Buddy au collège, « tu n'as qu'à rester couché en espérant qu'elle ne va pas péter... »

Je m'imaginais difficilement Buddy se tenant tranquille. Toute sa philosophie consistait à toujours être debout, à employer chaque seconde. Même en été, lorsque nous allions sur la plage, il ne s'abandonnait jamais comme moi au soleil. Il courait dans tous les sens, il jouait au ballon, il tuait le temps à faire à toute vitesse des séries de pompes.

M. Willard et moi, nous avons patienté jusqu'à la fin de la sieste, assis dans une salle d'attente.

La gamme de couleurs de ce sanatorium était basée sur le caca d'oie. Des charpentes sombres et luisantes, des chaises de cuir « pain brûlé », des murs anciennement blancs, mais ayant succombé sous les coups d'une épidémie d'humidité et de moisissures.

Le sol était recouvert d'un linoléum marron moucheté.

Des vieux numéros de « Time » et « Life » traînaient sur une table basse maculée de taches rondes ou semicirculaires qui avaient rongé le placage de bois. J'en feuilletais un : un portrait d'Eisenhower m'a sauté aux yeux, chauve et inexpressif comme le visage d'un fœtus dans un bocal.

Après quelques instants, j'ai distingué un bruit de fuite. J'ai cru un moment que les murs se débarrassaient de la moisissure qui les saturait, mais j'ai compris que ce bruit venait d'une petite fontaine, dans un coin de la pièce.

Elle crachotait par un morceau de tuyau rouillé un jet d'une dizaine de centimètres qui s'effondrait lamentablement pour disparaître en gouttes minables dans un bassin en pierre rempli d'une eau jaunâtre. Ce bassin était décoré de petits carreaux hexagonaux comme le carrelage des toilettes publiques.

Une sonnerie s'est fait entendre, au loin des portes se sont ouvertes puis refermées.

Buddy est entré.

— Salut papa !

Il a serré son père contre lui, et brusquement avec une vivacité d'esprit épouvantable il s'est approché de moi et m'a tendu une main grasse et humide.

M. Willard et moi étions assis sur un canapé de cuir, Buddy s'était perché sur un accoudoir luisant. Il souriait continuellement comme si les coins de sa bouche étaient relevés par des fils invisibles.

La dernière chose à laquelle je m'attendais, c'était bien de découvrir que Buddy avait engraissé. Chaque fois que je l'imaginais dans son sanatorium, je voyais ses joues se creuser d'ombres et ses yeux briller au fond d'orbites décharnées.

Mais tout ce qui chez Buddy était concave était

maintenant devenu convexe. Son gros ventre gonflait la chemise de nylon blanche cintrée, ses joues étaient rondouillettes et colorées comme du massepain. Même son rire sonnait grassouillet.

Nos regards se sont croisés.

— C'est à cause de la nourriture, ils nous gavent jour après jour, ils nous forcent à rester couchés. Mais maintenant, j'ai le droit de marcher autant que je veux, alors te fais pas de bile, je vais perdre tout ça en quinze jours !

Il a sauté sur ses pieds et souriant comme un hôte heureux :

— Vous venez voir ma chambre ?

A la suite de Buddy, M. Willard et moi avons traversé une double porte battante comportant des panneaux de verre dépoli, nous avons longé un long couloir, caca d'oie sombre, qui sentait la cire à parquet, le Lysol et une autre odeur encore plus vague, quelque chose comme des gardénias en décomposition.

Buddy a ouvert une porte à la volée et nous sommes entrés dans une petite chambre.

Un énorme lit recouvert d'un mince linceul à fines côtes bleues occupait presque toute la place. A côté, une table de chevet, une carafe, un verre ; le bout d'un thermomètre dépassait d'un gobelet rempli de désinfectant rose. Entre le pied du lit et la porte du placard on avait réussi à coincer une deuxième table couverte de livres, de papiers et de pots de céramique, déjà cuits et peints, mais pas encore laqués.

— Bon, a soufflé M. Willard, ça m'a l'air assez confortable...

Buddy a éclaté de rire.

— Qu'est-ce que c'est ?

Je venais de ramasser un cendrier de céramique en forme de fleur de lys, les veinules étaient délicatement peintes en jaune sur un fond d'un vert très approximatif. Buddy ne fumait pas.

— C'est un cendrier, c'est pour toi.

J'ai reposé le cendrier.

— Je ne fume pas.

— Je sais, mais j'ai pensé que ça te ferait quand même plaisir...

— Bon, eh bien... M. Willard frottait ses lèvres ger-

102

cées l'une contre l'autre, je crois que je vais vous laisser entre jeunes...

— Entendu, papa...

J'étais stupéfaite, je croyais que M. Willard resterait pour la nuit avant de me raccompagner le lendemain.

— Est-ce que je peux rentrer avec vous ?

— Non, non... M. Willard a sorti quelques billets de son portefeuille et les a tendus à Buddy : « Occupe-toi de trouver une bonne place dans le train pour Esther. Elle va peut-être rester un jour ou deux... »

Buddy a raccompagné son père à la porte.

J'ai compris que M. Willard m'abandonnait. J'ai songé que sûrement c'était prémédité depuis belle lurette, mais Buddy m'a affirmé le contraire... Son père ne supporte pas les gens malades, et tout particulièrement s'il s'agit de son propre fils, car il pense que les maladies sont toutes des faiblesses de la volonté. M. Willard, lui, n'a jamais été malade une seule fois dans sa vie.

Je me suis assise sur le lit de Buddy. Il n'y avait rien d'autre pour s'asseoir.

Buddy s'est mis à fouiller dans ses papiers d'une façon très professionnelle, il m'a tendu un magazine.

— Regarde à la page onze...

Le magazine était imprimé quelque part dans le Maine, c'était un recueil de poèmes polycopiés, de commentaires séparés par des astérisques. A la page onze, j'ai trouvé un poème intitulé : « Aube de Floride... ». C'était une succession de clichés évoquant la lumière « comme des pastèques », les palmiers aux feuilles « vert tortue », des coquillages « cannelés comme des fragments d'architecture grecque »...

— Pas mal... (Je trouvais ça épouvantable.)

— De qui est-ce... ? a demandé Buddy avec un petit air bizarre et un sourire arrogant.

Mes yeux se sont portés sur la signature en bas à droite : « B.S. Willard »

— Je ne vois pas... mais si ! Bien sûr ! C'est toi, Buddy, qui l'as écrit !

Buddy s'est approché de moi.

J'ai reculé. Je savais peu de chose sur la tuberculose, mais ça me semblait une maladie extrêmement morbide ; surtout la manière qu'elle avait de se développer de façon invisible. Je trouvais que Buddy pouvait très bien garder pour lui sa petite aura meurtrière de germes tuberculeux.

— T'inquiète pas, a-t-il ricané, je suis pas positif !

— Positif ?

— Je ne peux rien te refiler...

Buddy s'est arrêté pour souffler un peu comme au milieu de l'ascension d'une pente très raide.

— Je voudrais te poser une question.

Il avait une nouvelle manie agaçante, il me regardait droit dans les yeux avec l'air de vouloir me percer la tête pour mieux analyser ce qui me trottait dedans.

— J'ai bien pensé te le demander par lettre...

J'ai vu une enveloppe bleu pâle avec le tampon de Yale sur le dos...

— ... mais je me suis dit qu'il valait mieux attendre ta visite, comme ça je peux te le demander de vive voix... Tu ne veux pas savoir de quoi il s'agit ?

— Et de quoi donc ? ai-je demandé d'une voix neutre.

Buddy s'est assis à côté de moi, il a passé un bras autour de ma taille et il a chassé les cheveux qui recouvraient mon oreille. Je restais immobile, puis j'ai entendu un murmure.

— Qu'est-ce que tu dirais de t'appeler Mme Buddy Willard ?

J'ai ressenti une formidable envie d'éclater de rire. Cette question m'aurait bouleversée pendant les cinq ou six ans où je l'avais adoré à distance.

Buddy a remarqué mon hésitation.

— Oh, je sais que je ne suis pas très en forme en ce moment... a-t-il dit très vite, je suis toujours sous P.A.S. et je vais peut-être y laisser une ou deux côtes, mais je serai de retour à la fac de médecine à la fin de l'année prochaine, au plus tard dans un an à dater du printemps...

— Buddy, je crois qu'il faut que je te dise quelque chose...

— Je sais, a dit Buddy sèchement, tu as rencontré quelqu'un...

— Non, ce n'est pas ça.

— Alors, c'est quoi ?

— Je ne me marierai jamais !

— T'es folle ! Buddy a repris quelques couleurs : « Tu vas changer d'avis. »

— Non, je suis décidée pour de bon.

Mais Buddy conservait sa bonne humeur.

— Tu te souviens, la nuit où tu m'as raccompagnée en stop au collège après le Carnaval ?

— Je m'en souviens...

— Tu te souviens que tu m'as demandé si je préférais vivre à la ville ou à la campagne ?

— Et tu as répondu...

— Et j'ai répondu que je voulais vivre à la ville et à la campagne.

Buddy a acquiescé.

— Et toi, ai-je poursuivi avec une violence soudaine, tu riais, et tu m'as dit que j'avais tout pour faire une névrosée parfaite, que d'ailleurs cette question était tirée d'un questionnaire que vous aviez étudié en psychologie pendant la semaine...

Le sourire de Buddy a commencé à disparaître.

— Eh bien, tu as parfaitement raison. Je suis névrosée, je ne pourrais vivre ni à la campagne, ni à la ville.

— Tu pourrais vivre entre les deux, a suggéré Buddy plein de bonne volonté, comme ça tu pourras aller de temps en temps à la ville et de temps en temps à la campagne...

— Alors, qu'est-ce qu'il y a de tellement névrosé làdedans ?

Buddy n'a rien trouvé à répondre.

— Alors ? ai-je répété en pensant : « Il ne faut jamais dorloter un malade, c'est le pire pour lui, ça le pourrirait jusqu'à la moelle. »

— Rien... a répondu Buddy d'une voix éteinte et blanche.

— Névrosée ! ah ! ah ! ah ! ah !... J'ai laissé échapper un rire plein de dédain : « Si c'est être névrosée que de vouloir au même moment deux choses qui s'excluent mutuellement, alors je suis névrosée jusqu'à l'os. Je naviguerai toute ma vie entre deux choses qui s'excluent mutuellement... »

Buddy a posé sa main sur la mienne.
— Laisse-moi naviguer avec toi...

J'étais en haut de la piste de ski du Mont Pisgah et
je regardais en bas. Je n'avais rien à faire là-haut. Je
n'avais jamais skié de ma vie, mais puisque j'en avais
l'occasion, au moins profiter de la vue.

A ma gauche le remonte-pente hissait skieur après
skieur jusqu'au sommet enneigé, qui tassé par de
multiples passages, légèrement ramolli par le soleil
de midi, avait maintenant durci jusqu'à avoir la
consistance et le poli de la glace. L'air froid brûlait
mes poumons et mes sinus avec une pureté de vision-
naire.

Tout autour de moi, les skieurs en anoraks rouges,
bleus, blancs, filaient sur la pente comme des lambeaux
d'un drapeau américain en fuite. En bas de la pente,
une fausse cabane forestière en rondins déversait des
airs populaires dans le silence.

Du haut de la Jungfrau,
Dans notre petit nid d'amoureux...

Le chant et le ronflement se mêlaient autour de moi
comme un ruisseau invisible dans un désert de neige.
Un geste superbe de maladresse et je serais lancée sur
la pente vers Buddy Willard cette petite tache kaki à
l'arrière-plan, au milieu des spectateurs.

Pendant toute la matinée Buddy m'avait appris
à skier. Au village, il avait d'abord emprunté les skis
et les bâtons d'un de ses amis, puis les chaussures une
pointure trop grandes de la femme d'un docteur, enfin
l'anorak rouge d'une étudiante-infirmière. Son insistance entêtée était stupéfiante.

Je me suis souvenue qu'à la fac de médecine on
lui avait donné un prix pour avoir persuadé les parents
d'un malade décédé d'abandonner le corps à la dis-
section au nom de la science, que ce soit nécessaire ou
non. J'ai oublié la nature du prix, mais j'imaginais
Buddy en blouse blanche, son stéthoscope dépassant de
la poche comme une partie intégrante de son anatomie.
A force de sourires et de courbettes il avait réussi à

arracher la signature des papiers postmortem aux parents encore muets et abasourdis.

Buddy avait encore emprunté la voiture de son propre médecin un homme très compréhensif qui lui aussi avait attrapé la tuberculose. Nous sommes partis quand résonnait la cloche de la sieste dans les couloirs obscurs du sana.

Buddy non plus n'avait jamais skié, mais il affirmait que les principes de base étaient très simples et puisqu'il avait souvent observé les moniteurs de ski et leurs élèves il était persuadé de pouvoir m'enseigner tout ce que je devais savoir.

Pendant la première demi-heure, sagement j'ai grimpé en canard une petite pente et en m'aidant de mes bâtons, je l'ai descendue schuss. Buddy semblait satisfait de mes progrès.

— C'est formidable Esther ! a-t-il commenté pendant que je négociais ma petite pente pour la vingtième fois, maintenant, tu vas essayer le remonte pente.

J'ai stoppé net dans mes traces et j'ai rougi.

— Mais Buddy, je ne sais pas encore faire des zigzags, tous les gens qui descendent la piste savent zigzaguer...

— Ça ne fait rien, tu n'as qu'à t'arrêter à mi-pente, comme ça tu ne gagneras pas trop de vitesse.

Et il m'a accompagnée au remonte-pente, il m'a expliqué comment pour monter il fallait laisser filer la corde entre ses mains, puis la bloquer d'un coup.

Pas une seule fois, il ne m'est venu à l'idée de dire « Non ! »

Les mains crispées sur le serpent de corde, je glissais et elles me faisaient mal, mais j'ai réussi à monter.

La corde me tirait, me balançait et me ballottait tellement vite qu'il m'était impossible de m'arrêter à mi-pente. Il y avait un skieur devant et un derrière moi, si j'avais lâché la corde, j'aurais été immédiatement prise dans un enchevêtrement de skis et de bâtons. Comme je ne voulais pas faire d'histoires, j'ai continué...

Au sommet j'ai regretté.

Buddy m'a immédiatement repérée, hésitante dans mon anorak rouge. Ses bras gigotaient en l'air comme les ailes kaki d'un moulin à vent. J'ai enfin compris qu'il m'indiquait une trouée qui venait de s'ouvrir au milieu du ballet des skieurs. Le temps d'assurer mon équilibre, la gorge sèche, le doux chemin blanc qui conduisait de mes pieds aux siens a commencé à se brouiller.

Un skieur l'a traversé en venant de la gauche, un second l'a imité en venant de la droite... les bras de Buddy s'agitaient toujours mais plus faiblement, comme une antenne de l'autre côté d'un champs grouillant de petits animalcules gros comme des microbes, ou encore de petits points d'exclamation recourbés.

J'ai regardé au-dessus de cet amphithéâtre bouillonnant.

Le grand œil gris du ciel me contemplait, son soleil entouré de nuages rayonnait sur des contrées lointaines qui des quatre points cardinaux, colline blanche après colline blanche, aboutissaient toutes à mes pieds.

Une voix intérieure me conseillait de ne pas me conduire comme une idiote — sauver ma peau, enlever mes skis, et descendre camouflée par la forêt de pins qui bordait la pente — elle s'est envolée comme un moustique inconsolable. L'idée que je pourrais bien me tuer a germé dans mon cerveau le plus calmement du monde, comme un arbre ou une fleur.

J'évaluais la distance qui me séparait de Buddy.

Les bras pendant le long du corps, il se confondait avec la barrière de planches derrière lui, il était engourdi, marron et inconséquent.

M'avançant vers le bord de la pente, j'ai planté la pointe de mes bâtons dans la neige et je me suis lancée dans un vol que je savais ne pouvoir arrêter ni par adresse ni par aucun effort de volonté.

J'ai visé droit devant moi.

Un vent glacé qui s'était embusqué s'engouffrait dans ma bouche et faisait voleter mes cheveux au-dessus de ma tête à l'horizontale. Je descendais, mais le soleil blanc ne s'élevait pas plus haut pour autant. Il restait au-dessus des vagues figées en collines, comme

Esther se pète la gueule, abandonne pas.

un pivot inanimé sans lequel le monde ne pourrait exister.

Un petit écho s'envolait de mon corps pour le rejoindre. Je sentais mes poumons se remplir avec les composants de la scène : air, montagnes, arbres, gens... J'ai pensé : « C'est ça le bonheur. »

Je filais droit au milieu des zigzagueurs, des étudiants, des experts, après des années de double vie, de sourires et de compromis, je filais droit dans mon propre passé.

Les gens et les arbres s'éloignaient de chaque côté comme les bords ténébreux d'un tunnel pendant que je fonçais comme un bolide vers le point immobile, le petit caillou blanc, au fond du puits, le joli petit bébé replié au fond du ventre de sa mère. Mes dents se sont refermées sur une bouchée granuleuse. De l'eau gelée coulait dans ma gorge.

Le visage de Buddy était penché au-dessus du mien, proche et énorme, comme une planète détournée de sa route. D'autres visages sont apparus derrière le sien, derrière eux des points noirs grouillaient sur un plateau blanc. Petit morceau après petit morceau, le vieux monde se remettait en place, comme sous les coups de la baguette d'une fée.

— Tu te débrouillais bien jusqu'à ce que ce type te coupe le chemin...

Une voix familière informait mon oreille.

Des gens défaisaient mes fixations, ramassaient mes bâtons là où ils s'étaient plantés obliques, tendus vers le ciel, chacun dans son tas de neige. La barrière me soutenait le dos.

Buddy s'est agenouillé pour m'enlever mes chaussures et les nombreuses paires de chaussettes de laine blanche qui les bourraient. Ses mains boudinées se sont refermées sur mon pied gauche puis elles ont glissé lentement vers ma cheville, tâtant et fouillant comme à la recherche d'une arme cachée.

Un soleil sans éclat brillait au plus haut du ciel. Je voulais m'aiguiser dessus jusqu'à ce que je devienne sainte, mince et aussi essentielle que la lame d'un couteau.

— Je remonte, je vais le refaire...

109

— Non, tu ne vas pas le refaire.

Le visage de Buddy avait une drôle d'expression satisfaite...

— Non, tu ne vas pas y aller, a-t-il répété avec un sourire définitif, ta jambe est fracturée en deux endroits, tu en as pour des mois de plâtre...

jambre cassée (2).

CHAPITRE IX

« Je suis tellement contente qu'ils vont mourir ».

Hilda étirait ses membres de chatte en un long bâillement, elle a enfoui sa tête dans ses bras croisés sur la table de conférence et elle s'est rendormie. Une poignée de paille couleur vert bilieux juchée sur son front comme un oiseau tropical.

Le vert bilieux. Elles faisaient tout un battage pour lancer cette couleur à la fin de l'année, mais comme d'habitude ; Hilda était en avance de six mois sur tout le monde. Vert bilieux avec noir, vert bilieux avec blanc, vert bilieux avec vert Nil, son cousin par alliance.

Des publicités de mode, argentées et pleines de néant éclataient dans mon cerveau comme les bulles d'un poisson, elles faisaient surface avec un « plop » sinistre.

— Je suis tellement contente qu'ils vont mourir !

J'ai maudi le hasard qui m'avait valu d'entrer dans la cafétéria de l'hôtel en même temps qu'Hilda. Après une nuit où je m'étais couchée aux aurores, j'avais la flemme de chercher un prétexte du genre : gant, mouchoir, parapluie, sac, etc., oublié dans ma chambre... Ma punition avait été la longue marche sinistre des portes en verre dépoli de l'*Amazone* jusqu'aux dalles de marbre, fraise écrasée, de notre porche sur Madison Avenue.

parle avec Hilda (pitoune) SILENCE.

Pendant tout le parcours, Hilda avait marché comme un mannequin.

— Ton chapeau est ravissant, c'est toi qui l'as fait ?

Je m'attendais à ce qu'Hilda s'en prenne à moi et me dise : « Tu te sens pas bien ou quoi ? », mais elle n'a fait qu'allonger puis rétracter son cou de cygne.

— Oui.

La veille, j'avais vu une pièce de théâtre où l'héroïne était possédée par un « dybbuk »... Lorsque ce « dybbuk » parlait par la bouche de l'héroïne, sa voix devenait caverneuse à tel point qu'on n'aurait pu dire si c'était celle d'un homme ou d'une femme. La voix de Hilda était tout à fait semblable à celle du « dybbuk ».

Elle prenait toutes les vitrines comme miroir, y jetait sans cesse des coups d'œil pour être sûre à chaque instant qu'elle existait bel et bien. Le silence entre nous était tellement palpable que je me suis dit que je devais en être partiellement responsable.

— Tu ne trouves pas ça terrible cette histoire des Rosenberg ? ai-je demandé.

Les Rosenberg devaient être électrocutés dans la nuit.

— Oui... a répondu Hilda et j'ai enfin senti que j'avais touché une corde sensible et humaine dans l'imbroglio de son cœur. Ce n'est qu'ultérieurement qu'elle a précisé son « oui », pendant que nous attendions les autres dans le silence de sanctuaire de la salle de conférence.

— Oui... c'est dégueulasse de laisser vivre des gens pareils.

Puis elle a bâillé, et sa bouche orange s'est ouverte sur une caverne sombre. J'étais fascinée et j'observais cette grotte obscure jusqu'à ce que ses lèvres bougent pour laisser parler le « dybbuk » du fond de son antre.

— Je suis tellement contente qu'ils meurent.

— « Allons, souriez ! »

J'étais assise sur le canapé de velours rose dans le bureau de Jay Cee, une rose de papier à la main, face aux photographes du magazine. J'étais la dernière des douze à être prise en photo. J'avais essayé de me

112

séances de photos.

cacher dans les toilettes, mais ça n'avait pas marché, Betsy avait repéré mes pieds sous la porte.

Je ne voulais pas être photographiée, parce que j'allais pleurer. Je ne savais pas pourquoi j'allais pleurer, mais je savais que si quelqu'un m'adressait la parole ou me regardait d'un peu trop près, les larmes jailliraient de mes yeux, les sanglots éclateraient dans ma gorge et je pleurerais pendant une semaine. Je sentais les larmes me noyer les yeux et déborder comme de l'eau d'un verre trop plein que l'on agite.

C'était la dernière série de photos avant la parution du magazine et avant notre retour à Tulsa, Biloxi, Teaneck ou Coos Bay, enfin toutes nos villes d'origine. Nous étions censées être photographiées avec un accessoire symbolisant ce que nous voulions faire plus tard.

Betsy tenait un maïs pour montrer qu'elle voulait épouser un fermier, Hilda tenait la forme chauve et sans visage des chapeliers, pour montrer qu'elle voulait dessiner des modèles de chapeau, Doreen tenait un sari brodé d'or pour montrer qu'elle voulait devenir assistante sociale en Inde, (en fait, elle m'avait avoué qu'elle n'en avait nullement l'intention, elle voulait seulement pouvoir tripoter un sari).

Quand ils m'ont demandé ce que je voulais faire, j'ai répondu que je n'en savais rien.

— Mais si, tu sais bien ! a répondu le photographe.

— Elle veut tout être à la fois, a calmement répondu Jay Cee.

Moi, j'ai dit que je voulais être poète.

Alors, ils sont partis à la recherche de ce que je pourrais bien tenir.

Jay Cee a suggéré un recueil de poèmes, mais le photographe était contre, il trouvait ça trop banal. Il fallait que ce soit quelque chose qui suggère la source d'inspiration des poèmes. Finalement Jay Cee a enlevé la longue rose de papier qui était épinglée sur son chapeau.

Les photographes jouaient avec des spots blancs et brûlants.

— Montre-nous que tu es heureuse d'écrire des poèmes !

Je regardais fixement le ciel bleu, derrière les caoutchoucs sur le rebord de la fenêtre de Jay Cee.

Quelques nuages minuscules naviguaient dans le ciel de la droite vers la gauche. J'observais le plus gros, comme si lorsqu'il allait disparaître mon destin allait s'évanouir avec lui.

Je sentais qu'il était essentiel de conserver la bouche bien droite.

— Souriez !

Finalement, sagement, comme la bouche de la poupée d'un ventriloque, ma bouche a commencé à se relever dans les commissures.

— Hé ! a protesté le photographe mû par un sombre pressentiment, on dirait que tu vas pleurer !

Je ne pouvais plus m'en empêcher.

J'ai enfoui mon visage dans le dossier de velours rose du canapé de Jay Cee et avec un immense soulagement les larmes salées et les tristes bruits qui m'avaient hantée toute la matinée ont éclaté dans la pièce.

Quand j'ai relevé la tête, le photographe avait disparu ainsi que Jay Cee. Je me sentais molle et trahie, comme une dépouille abandonnée par un animal féroce. Bien sûr c'était un soulagement d'être débarrassée de cette bête, mais en plus de tout ce que ses griffes avaient pu saisir, elle m'avait aussi arraché l'âme.

J'ai fouillé dans mon sac à la recherche de la trousse dorée avec le mascara, la petite brosse, l'ombre pour les yeux, les trois bâtons de rouge et le miroir. Le miroir me renvoyait comme à travers les barreaux d'une cellule le visage de quelqu'un copieusement tabassé. Il était meurtri, gonflé, il avait pris des teintes étranges, c'était un visage qui avait bien besoin d'eau et de savon, mais aussi de la grande miséricorde chrétienne.

Je me suis mise à le peindre sans grand enthousiasme.

Après un intervalle décent, Jay Cee est entrée en coup de vent les bras chargés de manuscrits.

— Ça va t'amuser ! Bonne lecture !

Chaque matin, une avalanche blanche de manuscrits s'ajoutait aux piles grises de poussière du bureau du rédacteur en chef du département Fiction. Secrètement, dans les bureaux, les greniers, les salles de classe, partout en Amérique, des gens écrivaient. Disons que toutes les minutes quelqu'un bouclait un manuscrit, en cinq minutes ça en faisait cinq qui s'empilaient sur le bureau du rédacteur-fiction. En une heure, soixante, entassés sur le plancher. Et en un an...

J'ai souri, je voyais un premier manuscrit imaginaire flotter dans les airs, le nom d'Esther Greenwood était tapé en haut à droite. Après mon mois au magazine je devais suivre un cours de vacances, dirigé par un célèbre écrivain. On lui envoyait un manuscrit et après l'avoir lu, il vous disait si c'était assez bon pour qu'il vous prenne dans son cours.

Evidemment, c'était une classe très restreinte, il y avait longtemps que j'avais envoyé mon manuscrit sans avoir encore reçu des nouvelles de l'écrivain, mais j'étais persuadée de trouver à la maison une réponse favorable sur la table à courrier.

J'ai décidé de faire une surprise à Jay Cee ; je lui enverrais sous un pseudonyme deux ou trois histoires que j'aurais rédigées pendant ce cours. Un jour, le rédacteur-fiction se dérangerait en personne pour voir Jay Cee, il lui lancerait les histoires sur son bureau en lui disant : « Lisez-moi ça, c'est vraiment pas banal ! » et Jay Cee serait d'accord, elle les accepterait, inviterait l'auteur à déjeuner et l'auteur, ça serait moi.

— Franchement, celui-là sera différent, m'a dit Doreen.

— Raconte... ai-je répondu avec indifférence.

— C'est un Péruvien.

— Ils sont râblés, tous moches comme des Aztèques...

— Non, non chérie, je l'ai déjà vu...

Nous étions assises sur mon lit au milieu d'un fouillis de robes de coton sales, de bas filés et de lingerie grisâtre. Depuis dix minutes Doreen essayait de me convaincre d'aller à la campagne dans un Club avec un ami de Lenny, lequel, insistait-elle, était très différent de ses copains habituels. Mais je devais prendre le train de huit heures le lendemain et je trouvais que je ferais mieux de préparer mes valises.

Doreen et Esther vont ds un club avec Lenny et un autre

J'avais aussi la vague idée que si je me baladais seule pendant toute la nuit à travers les rues de New York, je pourrais enfin participer au mystère et à la magnificence de la ville.

Mais j'ai capitulé.

Ces derniers jours, ça me devenait de plus en plus difficile de prendre la moindre décision. Quand finalement je décidais pour de bon de faire quelque chose, par exemple mes valises, je ne faisais que sortir mes vêtements crasseux de la commode et du placard pour les étaler sur des chaises ou sur mon lit. Je m'asseyais et je contemplais tout ce déballage de manière perplexe. Les vêtements semblaient doués d'une personnalité propre qui refusait de se prêter au lavage, pliage et repassage.

— Il y a tous les vêtements... je ne pourrai pas supporter de les voir en rentrant...

— C'est facile !

Et de sa magnifique façon d'être bornée, Doreen s'est mise à empoigner les jupons, les bas, le soutien-gorge compliqué sans bretelle, mais truffé de baleines en métal — un don de la « Primrose Corset Company » — que je n'avais jamais eu le courage de porter, et pour finir, une après l'autre, le triste étalage de robes bizarrement coupées et qui coûtaient quarante dollars pièce.

— Hé ! Laisse celle-là dehors, je vais la mettre.

Doreen a extirpé de la pagaille un chiffon noir et elle me l'a lancé sur les genoux. Puis, roulant le reste en boule compacte et douce, elle a enfoui tout ça sous le lit, hors de ma vue.

Doreen a frappé le heurtoir doré sur la porte verte.

On pouvait entendre une bousculade et un rire masculin qui tournait court. Un grand type en bras de chemise, les cheveux en brosse a légèrement entrebâillé la porte et nous a jeté un coup d'œil.

— Bébé ! a-t-il hurlé et Doreen a disparu dans ses bras.

J'ai pensé que cela devait être le copain de Lenny.

Je restais debout dans l'entrée avec mon fourreau noir et mon étole à franges noires, plus jaune que

Marco est l'autre, il lui donne un diamant

jamais, n'ayant plus la moindre illusion. « Je ne suis ici qu'à titre d'observateur... » m'étais-je dit en regardant Doreen se faire déposer par le blond entre les mains d'un autre homme, également grand mais brun avec une coupe plus longue. Il portait un costume blanc immaculé, une chemise bleu ciel et une cravate en satin jaune sur laquelle brillait une épingle à cravate.

Je ne pouvais détacher les yeux de cette épingle à cravate.

Elle semblait produire une lumière blanche, aveuglante qui illuminait la pièce. Mais la lumière s'est éteinte ne laissant subsister qu'une goutte de rosée dans un champ d'or.

J'ai avancé d'un pas.

— C'est un diamant... a dit quelqu'un et tout le monde a éclaté de rire.

Mon ongle frappait à petits coups sur une facette comme sur du verre.

— C'est son premier diamant !

— Donne-le lui, Marco !

Marco s'est incliné devant moi et il a déposé l'épingle dans ma main.

Elle jouait avec la lumière et aveuglait comme un merveilleux cube de glace. Je l'ai prestement glissée dans mon sac du soir en fausses perles de jais et j'ai regardé autour de moi. Les visages étaient creux comme des assiettes, personne ne semblait respirer.

— Heureusement..., une main sèche et dure m'entourait le bras, je tiendrai compagnie à cette demoiselle pendant le reste de la soirée. Peut-être... l'étincelle dans les yeux de Marco s'était éteinte, ils étaient devenus noirs, peut-être, pourrais-je lui rendre quelques menus services...

Quelqu'un s'est mis à rire.

— ... Qui valent bien un diamant...

La main serrait mon bras avec plus d'insistance.

— Ay !

Marco a retiré sa main, j'ai regardé mon bras, je voyais l'empreinte de son pouce en rouge vif. Marco m'a examinée et il m'a montré le dessous de mon bras.

— Regarde, là !

J'ai regardé, et j'ai vu quatre autres empreintes un peu plus faibles.

— Tu vois... je ne plaisante pas.

Le petit sourire intermittent de Marco m'a rappelé un serpent que j'avais agacé dans le Zoo du Bronx. Quand j'avais tapoté la glace avec mon doigt, le serpent avait semblé sourire en ouvrant ses mâchoires, mais il s'était mis à frapper, frapper, frapper et encore frapper contre le panneau invisible jusqu'à ce que je m'en aille.

C'était la première fois que je rencontrais un misogyne.

Je voyais bien que Marco était misogyne parce que malgré tous les mannequins et toutes les starlettes de T.V. qui remplissaient la pièce, il ne voyait personne d'autre que moi. Non par gentillesse ou par curiosité, mais parce que le hasard avait fait que je lui étais échue, comme une carte à jouer dans un paquet où toutes les cartes sont identiques. Un type de l'orchestre du Club s'est avancé vers le micro et il s'est mis à secouer ces machins remplis de graines qui sont le symbole de la musique sud-américaine.

Marco a cherché ma main, mais je m'accrochais à mon quatrième Daiquiri et je restais figée. C'était la première fois que je buvais des Daiquiri. Je buvais des Daiquiri pour la simple raison qu'il ne m'avait pas demandé ce que je voulais boire, je lui en étais tellement reconnaissante que je n'avais pas pipé mot. Je me contentais de boire les Daiquiri à la chaîne.

Marco m'a regardée.

— Non ! Ai-je dit.

— Comment ça, non ?

— Je ne sais pas danser sur ce genre de musique.

— Ne sois pas idiote !

— Je veux rester assise et finir mon verre.

Marco s'est penché sur moi avec un petit sourire glacial et d'un seul geste il a fait voler mon verre dans une plante verte. Il m'a attrapé la main de telle façon que je n'avais pas le choix ; ou je le suivais ou il me cassait le bras.

— C'est un tango...

Marco me conduisait au milieu des autres danseurs.

— ... et j'adore les tangos.

— Je ne sais pas danser.

— Tu n'as pas besoin de danser, je danserai à ta place.

Il a passé un bras autour de ma taille et m'a précipitée contre son costume blanc aveuglant.

— Fais comme si tu te noyais.

J'ai fermé les yeux et la musique a déferlé au-dessus de moi comme un orage. La jambe de Marco s'est glissée en avant contre la mienne qui a glissé en arrière. J'étais comme soudée à lui, flanc contre flanc, je le suivais dans tous ses mouvements, sans aucune volonté ni conscience. Après un moment je songeais : « On n'a pas besoin d'être deux pour danser, un seul suffit. » Et je me suis laissé emporter et courber comme un arbre dans le vent.

— Qu'est-ce que je t'avais dit ?

Le souffle de Marco me brûlait l'oreille.

— Tu t'en sors tout à fait honorablement.

Je commençais à comprendre pourquoi les misogynes transformaient les femmes en imbéciles. Les misogynes étaient comme des dieux : invulnérables et ivres de puissance. Ils s'abaissaient jusqu'à vous, puis ils disparaissaient. On ne pouvait jamais les rattraper.

Après la musique sud-américaine, il y a eu une pause.

Marco m'a conduite dans le jardin à travers une porte-fenêtre. Les baies de la salle de danse répandaient lumière et voix dans le jardin, mais à quelques mètres, les ténèbres s'épaississaient pour former comme une barricade et on ne percevait plus rien. Dans la lueur infinitésimale des étoiles, les arbres et les fleurs mêlaient leurs doux parfums. C'était une nuit sans lune.

Les fourrés se sont refermés derrière nous. Un terrain de golf désert s'étendait devant nous jusqu'à quelques monticules boisés. Je ressentais profondément toute la familiarité désolée de ce paysage : le Club, la danse et la pelouse avec son grillon solitaire.

Je ne savais pas où nous étions, mais c'était quelque part dans la banlieue aristocratique de New York.

Marco a sorti un petit cigare et un briquet d'argent en forme de cartouche. Il a planté le cigare entre ses lèvres et s'est penché au-dessus de la petite flamme. Son visage, avec les ombres démesurées, la lumière chancelante, avait l'air étranger, douloureux, comme celui d'un réfugié.

Je l'observais.

— De qui êtes-vous amoureux ? ai-je demandé.

Pendant une minute Marco n'a rien répondu, il a simplement ouvert la bouche pour exhaler un rond de fumée bleue.

— Parfait ! a-t-il rigolé.

Le rond s'est agrandi puis s'est brouillé pâle comme un fantôme dans le soir.

— Je suis amoureux de ma cousine...

Cela ne m'étonnait pas.

— Pourquoi ne l'épousez-vous pas ?

— Impossible.

— Pourquoi ?

Marco a frissonné.

— Elle est ma plus proche cousine... elle va devenir nonne.

— Elle est belle ?

— Personne ne peut la toucher.

— Elle sait que vous l'aimez ?

— Evidemment !

J'ai attendu un moment, l'obstacle me semblait irréel.

— Si vous l'aimez... un jour... vous aimerez sans doute quelqu'un d'autre.

Marco a écrasé son cigare du talon.

Le sol s'est élevé jusqu'à moi et m'a doucement heurtée. De la boue a giclé entre mes doigts. Marco a attendu que je me relève à moitié, il a appuyé ses deux mains sur mes épaules et il m'a renvoyée à terre.

— Ma robe...

— Ta robe !

La boue suintait et s'adaptait à la forme de mes épaules.

— Ta robe !

Le visage de Marco s'est abaissé au-dessus du mien comme un nuage. Quelques postillons ont frappé mes lèvres.

— Ta robe est noire... tout comme la boue !

Puis il s'est jeté sur moi comme s'il voulait enfoncer son corps dans la boue au travers du mien.

Marco veut violer Esther mais elle se défend bien.

« Ça arrive, ai-je pensé, ça arrive, si je reste comme ça, si je ne fais rien, ça va arriver ! »

Marco a attrapé la bretelle de mon fourreau et l'a tirée brutalement jusqu'à la taille. J'ai vu la lueur de la chair nue, comme un mince voile séparant deux adversaires sanguinaires.

— Pute !

Le mot a sifflé à mon oreille.

— Salope !

La poussière est retombée et j'ai eu une vision plus nette du champ de bataille. J'ai commencé à me tordre et à mordre.

Marco m'écrasait contre le sol.

— Salope !

Je l'ai frappé à la jambe avec le tranchant de mon talon de chaussure. Il s'est retourné cherchant sa blessure.

J'ai serré le poing et j'ai frappé son nez. C'était comme frapper contre la coque en acier d'un navire de guerre. Marco s'est assis. Je me suis mise à pleurer.

Il a sorti un mouchoir blanc pour se tamponner le nez. Le mouchoir se colorait d'un liquide noir comme de l'encre.

Je suçais mes jointures salées.

— Je veux voir Doreen.

Marco regardait au-delà du terrain de golf.

— Je veux voir Doreen, je veux rentrer à la maison.

— Salope ! Toutes des salopes !

Il semblait se parler à lui-même...

— Oui ou non, c'est la même chose...

Je secouais l'épaule de Marco.

— Où est Doreen ?

Il a ricané.

— Va voir dans le parking, regarde sur la banquette arrière des voitures...

Puis il s'est retourné.

— Mon diamant !

Je me suis levée dans l'obscurité et j'ai récupéré mon étole. Je me suis mise à marcher. Marco a sauté sur ses pieds et m'a bloqué le chemin, délibérément il s'est frotté les doigts sur son nez ensanglanté et il m'a sali les joues en deux gifles.

121

— Avec ce sang, j'ai gagné mon diamant, tu vas le rendre !

— Je ne sais pas où il est...

En fait, je savais pertinemment que le diamant se trouvait dans mon sac du soir. Quand Marco m'avait renversée, mon sac avait disparu dans l'obscurité comme un oiseau de nuit. Je comptais m'éloigner et revenir plus tard toute seule pour le retrouver.

Je n'avais pas la moindre idée de ce que pouvait valoir un diamant de cette taille, mais j'étais sûre que ça valait un gros paquet.

Marco m'a enserré les épaules à deux mains.

— Dis-moi où... a-t-il dit en donnant à chaque mot une égale importance glaciale, dis-le-moi, ou je te brise la nuque.

Tout d'un coup, je m'en suis fichu.

— Il est dans mon sac en fausses perles de jais, quelque part dans ce fumier...

J'ai abandonné Marco à quatre pattes, fouillant l'obscurité à la recherche d'une petite tache de ténèbres qui cachait la lumière de son diamant à ses yeux furieux.

Doreen n'était ni dans la salle de danse, ni dans le parking.

Je restais à la limite de l'obscurité pour que personne ne remarque l'herbe collée à ma robe et à mes chaussures. Je me suis couvert les épaules et mes seins nus avec mon étole noire.

Heureusement pour moi, la soirée s'achevait, des groupes de gens s'en allaient et se dirigeaient vers le parking.

J'ai arrêté toutes les voitures jusqu'à ce que j'en trouve une avec une place pour moi qui aille vers le centre de Manhattan.

A l'heure vague entre les ténèbres et l'aube, le solarium de l'*Amazone* était désert.

Silencieuse comme un voleur dans ma robe de chambre imprimée d'épis de blé, je glissais lentement vers le parapet. Il m'arrivait presque aux épaules, alors j'ai tiré une chaise longue du tas contre le mur et je suis montée sur cet escabeau précaire.

Un vent vif faisait voleter mes cheveux au-dessus

de ma tête. A mes pieds, la ville avait éteint ses lumières pendant son sommeil, les immeubles devenaient noirs, comme pour des funérailles.

C'était ma dernière nuit.

J'ai attrapé le paquet que j'avais emporté et j'ai tiré sur un pan clair. Un jupon élastique sans ceinture, il avait perdu sa souplesse à l'usage, a glissé dans ma main. Je l'ai brandi comme un drapeau d'armistice, une fois, deux fois... Le vent l'a emporté et je l'ai laissé s'envoler.

La tache blanche flottait dans la nuit, elle a commencé sa lente descente. Je me demandais sur quel toit, dans quelle rue, elle finirait sa course.

J'ai fouillé à nouveau dans le tas.

Le vent a fait un effort, mais l'ombre noire comme une chauve-souris s'est quand même échouée sur le jardin suspendu de l'immeuble d'en face.

Petit à petit j'ai donné ma garde-robe en pâture au vent, et voletant comme les cendres d'un bien-aimé, les chiffons tristes disparaissaient pour s'établir ici ou là, je ne saurais jamais précisément où, dans le cœur noir de New York.

CHAPITRE X

Le miroir me renvoyait l'image d'un Indien malade.
J'ai laissé tomber la trousse de maquillage dans
mon sac et j'ai regardé par la fenêtre. Les marais et
les arrière-cours du Connecticut défilaient comme un
immense dépôt d'ordures. Chaque fragment de paysage
n'avait aucun rapport avec le suivant.

Quel salmigondis que le monde !

J'ai jeté un œil sur ma nouvelle jupe et mon nouveau
corsage.

C'était une immense jupe verte plissée, fourmillant
de petits dessins noirs, blancs et bleu électrique. Elle
s'évasait comme un abat-jour. En guise de manches le
corsage blanc œillet formait des volants sur les épaules,
mous comme les ailes d'un ange débutant.

Comme j'avais oublié de conserver des vêtements
dans le tas que j'avais balancé au-dessus de New York,
Betsy m'avait échangé un chemisier et une jupe contre
ma robe de chambre avec les épis de blé.

Mon image blême avec les ailes blanches, la queue
de cheval brune, etc., se dessinait fantomatique sur
le paysage.

— Pollyana Cowgirl... ai-je dit à haute voix.

Une femme assise en face de moi avait levé les
yeux de son journal. Au dernier moment, je ne m'étais
pas senti le courage de laver les deux lignes diagonales de sang séché qui marquaient mes joues. Elles

avaient l'air touchant et assez spectaculaire. Je voulais les conserver comme des reliques d'un amant décédé, jusqu'à ce qu'elles disparaissent d'elles-mêmes. Evidemment, si je souriais ou si je remuais trop le visage, le sang allait partir en un rien de temps, alors, je gardais le visage immobile et quand je parlais, je gardais les lèvres serrées et je parlais entre les dents.

Je ne voyais vraiment pas pourquoi les gens devaient me regarder.

On rencontrait un tas de gens beaucoup plus bizarres que moi.

Ma valise grise voyageait dans le filet au-dessus de ma tête, elle ne contenait que l'exemplaire des « *Trente meilleures nouvelles de l'année* », un étui à lunettes blanc et deux douzaines d'avocats, un cadeau d'adieu de Doreen.

Comme les avocats n'étaient pas mûrs, ils ne souffriraient pas trop. Quand je balançais ma valise, la soulevais ou la posais, on les entendait rouler dedans avec un bruit bien typique.

— 'oute cent untuitte... ! a hurlé le contrôleur.

Le désert civilisé de pins, chênes et érables s'est arrêté pour s'immobiliser comme un mauvais tableau dans l'encadrement de la fenêtre. Ma valise cognait et se coinçait pendant que je négociais le long couloir.

En sortant du wagon climatisé sur le quai de la gare, le souffle maternel de la banlieue m'a enveloppée. Cela sentait les jets d'arrosage sur les pelouses, les breaks et les raquettes de tennis, les chiens et les bébés.

Une quiétude estivale recouvrait toute chose de sa main apaisante comme la mort.

Ma mère m'attendait près de la Chevrolet gris souris.

— Mais chérie... qu'est-ce que tu as sur la figure ?

— Je me suis coupée, ai-je répondu en vitesse et j'ai rampé sur le siège arrière, derrière ma valise, pour qu'elle ne me regarde pas tout le temps.

Les garnitures intérieures étaient lisses et propres.

Ma mère s'est glissée au volant et m'a jeté quelques lettres sur les genoux, puis elle m'a tourné le dos.

La voiture s'est ébranlée.

— Il vaut mieux que je te dise ça tout de suite,

m'a-t-elle dit, et rien qu'à l'inclinaison de sa tête j'ai deviné qu'il s'agissait de mauvaises nouvelles.

— Tu n'es pas reçue à ton cours de littérature.

L'air a déserté mes poumons.

Pendant tout le mois de juin, ce cours de littérature m'était apparu comme un pont lumineux et solide, enjambant l'océan d'ennui de l'été. Maintenant je le voyais chanceler et disparaître, avec un corps en blouse blanche et jupe verte tournoyant dans le vide.

Ma bouche s'est figée amèrement.

J'en étais sûre.

Je me suis affaissée, le nez au niveau du bord de la fenêtre et j'ai regardé défiler les maisons de la périphérie de Boston. Plus les maisons m'étaient familières, plus je m'enfonçais.

J'avais l'impression qu'il était capital de ne pas être reconnue.

Le plafond matelassé de la voiture se refermait sur moi comme le toit d'un fourgon cellulaire. Les maisons de bois, resplendissantes, blanches, toutes identiques, séparées par un carré de gazon bien entretenu, défilaient comme autant de barreaux formant une grande cage d'où l'on ne pouvait s'évader.

C'était la première fois que j'allais passer l'été dans la banlieue.

Le grincement strident des roues d'une poussette m'a fait mal aux oreilles. Le soleil qui s'insinuait à travers les stores remplissait la pièce d'une lumière sulfureuse. J'ignorais depuis combien de temps je dormais, mais mon corps n'était qu'une seule longue crispation d'épuisement.

Le lit jumeau à côté du mien était vide et défait.

A sept heures, j'avais entendu ma mère se lever, s'habiller et se glisser hors de la pièce. J'avais entendu le ronflement du presse-orange en bas, et l'odeur du café, des œufs au bacon s'était glissée sous la porte. Un peu plus tard l'eau coulait dans l'évier, ma mère faisait tinter les assiettes en les essuyant avant de les ranger dans le placard.

La porte d'entrée s'est ouverte et refermée, puis celle de la voiture. Le moteur s'est mis à ronronner, la voiture a crissé sur le gravier puis s'est évanouie.

Ma mère donnait en ville des cours de sténo et de

dactylo à un tas de jeunes collégiennes, elle ne rentrait à la maison qu'en fin d'après-midi.

Les roues de la poussette crissaient de nouveau. On aurait dit que quelqu'un sous ma fenêtre faisait aller et venir un landau.

Je me suis glissée hors du lit, sur le tapis, et, doucement, à quatre pattes, j'ai rampé pour voir ce que c'était.

Notre maison de planches était petite, au milieu d'une pelouse verte, à la jonction de deux rues paisibles, mais, malgré les petits érables qui entouraient notre propriété, n'importe qui sur le trottoir pouvait voir ce qui se passait au premier étage.

Je m'en étais rendu compte grâce à notre voisine, une femme malveillante qui s'appelait Mme Ockenden.

Mme Ockenden était infirmière en retraite, elle venait d'épouser son troisième mari — les autres étaient morts dans des circonstances troubles... — et elle passait un temps fou à guetter dehors derrière les rideaux de ses fenêtres.

Elle avait téléphoné deux fois à ma mère pour lui parler de moi. Une fois pour signaler que j'étais restée une heure sous un lampadaire devant la maison à embrasser le propriétaire d'une Plymouth bleue ; la seconde fois pour signaler que je ferais mieux de baisser les stores de ma chambre, parce qu'un soir, alors qu'elle promenait son scotch terrier sur le trottoir, elle m'avait vue à demi nue en train de me coucher.

Avec d'infinies précautions j'ai levé la tête jusqu'au bord de la fenêtre.

Une femme qui ne dépassait pas un mètre soixante, avec un ventre grotesque et obèse poussait un vieux landau dans la rue. Deux ou trois petits enfants de tailles différentes, tous pâles, avec le visage barbouillé et les genoux sales, zigzaguaient dans ses jupes.

Le visage de la femme était illuminé par un sourire serein, presque religieux. Sa tête était joyeusement renversée en arrière, comme un œuf d'hirondelle perché sur un œuf de canard, elle souriait dans le soleil.

Je connaissais bien cette femme.

C'était Dodo Conway.

Dodo Conway était catholique ; elle était allée à

Elle voit Dodo Conway.

« Barnard », avait épousé un architecte qui avait fait « Columbia » et était également catholique. Ils possédaient plus haut dans la rue une maison pleine de coins et de recoins, cachée par une sinistre rangée de pins, entourée de scooters, de tricycles, de landaus de poupée, de camions de pompiers, de battes de baseball, de filets de badminton, d'arceaux de croquet, de cages à hamster, de bébés épagneuls, enfin... tout l'attirail envahissant de l'enfance dans une banlieue résidentielle.

Dodo m'intéressait malgré moi.

Sa maison différait de toutes les autres du voisinage ; par sa taille (elle était beaucoup plus grande), sa couleur (le premier étage était fait de rondins de bois sombre et le rez-de-chaussée de stuc gris constellé de cailloux gris et rouges de la taille d'une balle de golf) et par son écran de pins qui la cachait complètement aux yeux des passants. Notre communauté de pelouses contiguës, de haies amicales atteignant à peine la taille trouvait cela éminemment asocial.

Dodo élevait ses six enfants, et sans nul doute éleverait son septième, aux cornflakes, aux sandwiches de beurre de cacahuète, à la guimauve, à la glace à la vanille, et en les abreuvant de litres et de litres de lait. Elle avait d'ailleurs droit à une remise spéciale du laitier local.

Tout le monde adorait Dodo, bien que l'accroissement continu de sa famille soit le principal sujet de discussion du voisinage. Les gens plus âgés des environs comme ma mère, avaient deux enfants, et les plus jeunes, plus prospères, en avaient quatre : mais personne, excepté Dodo, n'en attendait de septième. Même six, était considéré comme excessif ; mais évidemment, affirmaient les gens, Dodo était catholique.

J'ai observé Dodo aller et venir avec le plus jeune des Conway. Elle avait l'air de faire ça exprès pour moi.

Les enfants me rendaient malade.

Une planche du parquet a grincé et je me suis jetée à terre au moment même où le visage de Dodo Conway, par je ne sais quel instinct ou don d'audition surnaturel, tournait sur le petit pivot de son cou. Je l'ai observée qui scrutait à travers les planches blanches, le papier peint rose à fleurs et qui me découvrait accroupie derrière les tubes chromés du radiateur.

J'ai rampé jusqu'à mon lit et je me suis recouverte la tête avec le drap. Mais c'était insuffisant pour écarter la lumière, alors j'ai enfoui ma tête sous l'oreiller et j'ai fait semblant de croire qu'il faisait encore nuit, comme ça je ne voyais aucune raison pour laquelle j'aurais dû me lever.

Je n'avais pas le moindre projet en vue.

Après un moment, j'ai entendu le téléphone qui sonnait en bas, dans l'entrée. J'ai enfoncé l'oreiller sur mes oreilles et je me suis donné cinq minutes. Quand j'ai sorti la tête de son abri, la sonnerie avait cessé.

Presque aussitôt elle a recommencé.

En insultant l'ami, le parent ou l'étranger inconnu qui avait flairé mon retour à la maison, je suis descendue pieds nus dans le hall. L'instrument noir sur la table de l'entrée carillonnait sa note hystérique comme un oiseau nerveux.

J'ai décroché.

— Allô ? ai-je fait en déguisant ma voix.

— Allô, Esther ? Qu'est-ce qu'il y a ? Tu as une laryngite ?

C'était ma vieille copine Jody qui m'appelait de Cambridge. Cet été, Jody travaillait à la Coop et elle suivait des cours de sociologie pendant l'heure du déjeuner. Elle et deux autres filles de mon collège, avaient loué un grand appartement à quatre étudiants en droit de « Harvard » et j'avais projeté de les rejoindre quand commencerait mon cours de littérature.

Jody voulait savoir quand je serais des leurs.

— Je ne viens pas, j'ai été recalée pour le cours... ai-je répondu.

Un moment de silence.

— C'est un con ! a affirmé Jody, il ne sait même pas reconnaître les bonnes choses quand on les lui colle sous le nez !

— C'est bien ce que je pense...

Ma voix me paraissait étrange et creuse.

— Viens de toute façon, suis un autre cours...

L'idée d'apprendre l'allemand ou la psychologie pathologique m'a chatouillé l'esprit. Après tout, comme j'avais économisé la quasi-totalité de mon salaire new-yorkais, je pouvais presque me le permettre.

Mais la voix creuse a répondu.

— Vaut mieux pas compter sur moi.

— Bon... a commencé Jody, parce qu'il y a bien cette autre fille qui voulait venir avec nous s'il y avait une défection...

— Parfait ! Appelle-la...

A la minute même où j'ai raccroché, j'ai su que j'aurais dû accepter de venir. Une matinée de plus à écouter les grincements du landau de Dodo Conway et je deviendrais folle. Je m'étais également fait un principe de ne jamais vivre plus d'une semaine dans la même maison que ma mère.

J'ai tendu la main vers le téléphone.

Ma main a avancé de quelques centimètres, puis elle a reculé et elle est retombée inerte. Je l'ai poussée une fois encore vers le récepteur, mais de nouveau elle s'est arrêtée comme si elle avait rencontré un panneau vitré.

Je traînaillais dans la salle à manger.

Sur la table il y avait une longue enveloppe commerciale du cours de vacances et une petite enveloppe mince et bleue avec le sigle de « Yale » qui m'était adressée de la main lucide de Buddy Willard.

J'ai fendu l'enveloppe du cours avec un couteau. On m'avisait que puisque je n'étais pas admise au cours de littérature je pouvais encore choisir un cours de remplacement, mais il faudrait alors appeler le secrétariat des Inscriptions dès réception de cette lettre, faute de quoi il serait trop tard car tous les cours étaient quasiment complets.

J'ai téléphoné au bureau des Inscriptions et j'ai confié à la voix de zombi que Mlle Esther Greenwood renonçait au cours de vacances.

J'ai décacheté la lettre de Buddy.

Il m'écrivait qu'il était peut-être bien amoureux d'une infirmière tuberculeuse elle aussi, mais comme sa mère avait loué un chalet dans les Adirondacks pour le mois de juillet, si je venais avec elle, il se pourrait bien qu'il se rende compte qu'en définitive ses sentiments pour l'infirmière n'étaient qu'illusoires...

J'ai pris un crayon et j'ai barré le message de Bud-

Consacre l'été à écrire un roman.

dy ; j'ai retourné la feuille et j'ai écrit sur le verso que j'étais fiancée à un traducteur simultané et que je ne voulais plus jamais revoir Buddy Willard parce que je ne voulais pas que mes enfants aient un père hypocrite.

J'ai remis la lettre dans l'enveloppe, je l'ai refermée avec du Scotch et je lui ai retournée sans mettre de timbre. Je trouvais que ce message ne méritait pas plus que les trois cents d'origine.

J'ai décidé de consacrer l'été à écrire un roman.

Grand nombre de gens allaient se trouver édifiés...

Je suis allée dans la cusine, j'ai laissé tomber un œuf cru dans un bol de viande hachée, j'ai mélangé le tout et je l'ai mangé. Ensuite j'ai installé la table de bridge dans le passage couvert à l'abri du vent entre la maison et le garage.

Devant, un grand buisson de faux orangers bouchait la vue depuis la rue ; les murs de la maison et du garage formaient les côtés et derrière, un bosquet de bouleaux et une haie me protégeaient de Mme Ockenden.

J'ai compté trois cent cinquante feuilles de beau papier dans la réserve que ma mère cachait sous une pile de vieux chapeaux en feutre, de brosses à habit et d'écharpes de laine, dans le placard de l'entrée.

De retour dans le passage couvert, j'ai engagé la première feuille vierge dans le chariot de ma vieille machine portable et je l'ai fait avancer.

Détachée de moi-même, je me voyais assise dans le passage, entourée de deux murs blancs de planches, d'un faux buisson d'oranger, d'un bouquet de bouleaux et d'une haie ; j'étais aussi petite qu'une poupée dans une maison de poupée.

Mon cœur a débordé de tendresse. Je serais ma propre héroïne, déguisée, bien sûr... Je l'appellerais Elaine. Elaine... J'ai compté sur mes doigts, cela faisait six lettres, six, comme dans Esther. C'était un bon présage.

Elaine était assise dans une vieille robe de chambre jaune qui appartenait à sa mère, elle attendait qu'il se passe quelque chose. C'était un matin de juillet écrasant de chaleur. Des gouttes de sueur dégouli-

132

naient le long de son dos, une à une, comme de lents
insectes.

Je me suis redressée et j'ai lu ce que j'avais écrit.
Ça avait l'air assez vivant, j'étais assez fière du passage sur les gouttes de sueur comme des insectes... Mais
j'ai eu la vague impression d'avoir déjà lu ça quelque part, il y a très longtemps.

Je suis restée seule, assise comme ça, pendant une
heure environ, essayant de penser à la suite. Dans mon
idée, la poupée aux pieds nus, avec la vieille robe de
chambre jaune de sa mère, elle aussi était assise à
regarder dans le vide.

— Mais chérie, ne comptes-tu pas t'habiller ?

Ma mère ne me demandait jamais rien, elle me rai-
sonnait toujours gentiment, comme une personne
adulte intelligente doit parler à une autre personne
adulte.

— Il est presque trois heures de l'après-midi.

— J'écris un roman, je ne peux pas passer d'une
chose à l'autre comme ça...

Je me suis allongée sur le canapé dans le passage et
j'ai fermé les yeux. J'ai entendu ma mère qui débarrassait la table de bridge de la machine et des feuilles
de papier pour mettre le couvert du dîner, mais je n'ai
pas bougé.

L'inertie suintait à travers les membres d'Elaine
comme de la mélasse. Elle pensait que l'on doit éprou-
ver ce genre de sensation quand on a la malaria.

A ce rythme-là, je pourrais m'estimer heureuse si
j'écrivais une page par jour.

Puis j'ai compris pourquoi ça ne marchait pas : je
manquais d'expérience.

Comment écrire à propos de la vie, alors que je
n'avais jamais eu d'amant, ni de bébé, que je n'avais
vu mourir personne ? Une fille que je connaissais,
venait de remporter un prix pour une nouvelle à
propos de ses aventures en Afrique chez les Pygmées.
Comment pouvais-je rivaliser avec ce genre de chose ?

A la fin du dîner ma mère m'avait convaincue que
je devais étudier la sténo le soir. Comme ça, je ferais

d'une pierre deux coups, j'écrirais un roman et j'apprendrais en même temps quelque chose d'utile. J'économiserais aussi un tas d'argent.

Le soir même, ma mère exhumait des profondeurs de la cave un vieux tableau noir et elle l'installait dans le passage couvert. Elle s'est mise au tableau et a commencé à tracer des petites enluminures à la craie blanche pendant que je restais assise à la regarder.

Au début j'étais pleine d'espoir.

Je pensais apprendre la sténo en un tour de main. Quand la bonne femme pleine de taches de rousseur du bureau des Bourses me demanderait pourquoi je n'avais pas travaillé en juillet-août pour gagner de l'argent comme les boursières étaient supposées le faire, je lui répondrais que j'avais suivi des cours gratuits de sténo et que grâce à ça, je pourrais moi-même subvenir à mes besoins après le collège.

Le seul ennui, c'est que quand j'ai essayé de m'imaginer au boulot, jetant rapidement ligne après ligne sur un bloc... ma tête s'est vidée d'un seul coup. Je ne voyais pas un seul boulot à ma convenance où la sténo serve à quoi que ce soit. J'étais assise, immobile, et je regardais les enluminures de craie qui devenaient de plus en plus floues dans leur ineptie.

J'ai dit à ma mère que j'avais une migraine épouvantable et je suis montée me coucher.

Une heure plus tard, la porte s'est entrouverte et elle s'est glissée dans la pièce. J'ai entendu glisser ses vêtements pendant qu'elle se déshabillait. Elle s'est couchée, sa respiration est devenue plus lente et régulière.

Dans la vague lueur du lampadaire qui filtrait à travers les stores baissés, je distinguais ses épingles à cheveux qui luisaient comme des petites baïonnettes.

J'ai décidé de reporter le roman après mon voyage en Europe et après mon premier amant. Je me suis juré que je n'apprendrais jamais la sténo, pas un gramme... Si je n'apprenais pas la sténo, je n'aurais jamais à m'en servir.

J'ai songé à employer l'été à lire « Finnegan's Wake » et à rédiger ma thèse.

A la reprise des cours en septembre, je pourrais profiter de ma dernière année au lieu de bûcher, pas

Indécise, quoi faire durant l'été

maquillée, pas coiffée, bourrée de café et de benzé-
drine, comme la majorité des quatrième année jusqu'à la fin de leur thèse.

Et puis je me suis dit que je pourrais peut-être
laisser tomber le collège pendant un an et faire de la
poterie, ou alors, me débrouiller pour aller en Allemagne et travailler comme serveuse jusqu'à ce que
je devienne bilingue.

Mais tous mes plans se sont mis à sautiller dans
ma tête comme toute une famille de lapins insouciants.

Je voyais les années de ma vie jalonner une route
comme des poteaux télégraphiques, reliés les uns aux
autres par des fils. J'en ai compté un, deux, trois... dix-
neuf poteaux mais après... les fils dansaient dans le
vide. Malgré tous mes efforts je ne voyais pas de
poteaux après le dix-neuvième.

La pièce devenait plus claire à vue d'œil et je me
demandais ce qu'était devenue la nuit. Ma mère était
passée de la forme nébuleuse d'une bûche à celle d'une
femme d'un certain âge, assoupie, la bouche légèrement
entrouverte et produisant un petit ronflement avec la
gorge. Ce petit bruit de cochon m'exaspérait et pendant
un instant il m'a semblé que le seul moyen d'y mettre
fin serait de tordre entre mes mains la petite colonne
de peau et de nerfs d'où s'élevait ce bruit.

J'ai fait semblant de dormir jusqu'au départ de ma
mère pour son école, mais même mes paupières ne me
protégeaient pas de la lumière. Elles tendaient devant
mes yeux le rideau cru et rouge de leurs petits vais-
seaux, c'était comme une blessure.

Je me suis glissée entre le matelas et le sommier
rembourré et j'ai laissé retomber le matelas sur moi,
comme une pierre tombale. Je me sentais en sécurité
dans l'obscurité, mais le matelas n'était pas encore
assez lourd.

Il en aurait fallu une tonne de plus pour me faire
dormir.

*courrive, passé notre Adame, des courbes, de la côte
aux bras de la baie, nous rame par commode vicus de
recirculation, vers Howth, Château et Environs.* [1]

1. *James Joyce, Finnegan's Wake, traduction française, Gallimard
éditeur.*

Le gros bouquin me pesait sur le ventre.

courrive passé notre Adame.

Je pensais que cette minuscule au début, pouvait signifier que rien n'était jamais neuf, il n'y avait pas de majuscule, même au commencement de tout. Tout ne faisait que découler de ce qui précède. « *passé notre Adame.* » bien sûr, c'étaient Adam et Eve, mais probablement cela signifiait quelque chose en plus.

bababadalgharaghtakamminarronnkonnbronntonnerronntuonnthunntrovarrhounawnskawntoohhoohoordenenthurnuk !

J'ai compté les lettres. Il y en avait exactement cent. Je pense que cela avait son importance.

Pourquoi devait-il y avoir cent lettres ?

J'ai essayé de prononcer le mot à haute voix avec hésitation. On aurait dit un lourd objet de bois dévalant les escaliers, boom, boom, marche après marche. J'ai feuilleté les pages du livre, je les laissais lentement glisser sans les voir.

Des mots vaguement familiers, mais complètement déformés comme des visages au Palais des Glaces, défilaient devant mes yeux, ne laissant aucun souvenir sur la surface polie de mon cerveau.

J'ai louché sur la page.

Les lettres portaient des barbes et des cornes de bouc. Je les voyais séparées les unes des autres, sautiller bêtement. Puis elles se regroupaient pour constituer des formes invraisemblables comme de l'arabe ou du chinois.

J'ai décidé de balancer ma thèse, de foutre en l'air tout le programme du diplôme et de devenir simple professeur de lettres. J'ai regardé la série d'épreuves que mon collège prévoyait pour devenir professeur de lettres. Une des conditions était de suivre un cours sur la littérature du dix-huitième siècle. J'exécrais le dix-huitième. Tous ces petits hommes prétentieux qui avaient écrit des paragraphes serrés bourrés de raisonnements. J'avais séché tous ces cours. On pouvait

Va devenir p-ê prof de lettres.

faire ça en licence libre, on est beaucoup plus libre. J'avais passé l'essentiel de mon temps sur Dylan Thomas.

J'avais une copine, également en licence libre qui s'était débrouillée pour ne jamais lire une ligne de Shakespeare, mais c'était une spécialiste des « Quatre Quartets ».

Je me suis rendu compte combien il me serait difficile voire même impossible de passer d'un programme libre à un programme très strict. Alors, j'ai regardé ce qu'on exigeait au collège de la ville où enseignait ma mère.

C'était encore pire.

Il fallait étudier l'anglais ancien, l'histoire de la langue anglaise et un choix de textes, de tout ce qui avait été écrit depuis Beowulf à nos jours.

Cela m'a surprise. J'avais toujours méprisé le collège de ma mère, parce qu'il était mixte et que les gens qui y allaient n'avaient pu obtenir de bourse pour les grands collèges de l'Est.

Maintenant, je me rendais compte que le plus cancre des cancres de ce collège en savait plus que moi, non seulement ça, mais jamais ils ne me laisseraient entrer, sans parler de m'offrir une bourse comme celle que je touchais dans mon collège.

Je trouvais que je ferais mieux de travailler pendant un an et de repenser à tout ça plus tard. Peut-être pourrais-je étudier le dix-huitième en secret.

Mais je ne savais pas la sténo, alors que faire ?

Je ne pouvais être que serveuse ou dactylo.

Je ne pouvais supporter d'être ni l'une ni l'autre.

— Tu veux encore des somnifères ?

— Oui.

— Mais ceux que je t'ai donnés la semaine dernière sont très puissants.

— Ils ne me font plus rien.

Les grands yeux noirs de Thérésa étaient songeurs. J'entendais ses trois enfants parler dans le jardin sous la fenêtre de la salle de consultation. Ma tante Libby avait épousé un Italien et Thérésa était la belle-sœur de ma tante ainsi que notre médecin de famille.

137

J'aimais bien Thérésa, elle avait des gestes doux et plein d'intuition. Je crois que c'est parce qu'elle est italienne. Elle a réfléchi un moment.

— Qu'est-ce qui ne va pas ?

— Je ne peux ni dormir, ni lire... j'essayais de parler de façon calme et détendue, mais le zombi s'est dressé dans ma gorge et m'a étouffée.

J'ai tourné les paumes en l'air.

— Je crois que...

Thérésa a arraché une feuille de son bloc d'ordonnances pour écrire un nom et une adresse.

— ... tu devrais voir un de mes collègues, il saura mieux t'aider que moi.

Je regardais ce qu'elle venait d'écrire, mais je n'arrivais pas à le lire.

— Docteur Gordon, a dit Thérésa, c'est un psychiatre.

CHAPITRE XI

Va voir un psychiatre

La salle d'attente du docteur Gordon était beige et apaisante. Tout était beige, les murs étaient beiges, les tapis étaient beiges, les chaises damassées, les sofas étaient beiges. Il n'y avait ni miroir ni tableaux, seulement quelques diplômes de différentes facultés de médecine sur lesquels le nom du docteur Gordon figurait en latin. Dans des pots de céramique alignés sur la table basse, sur la table à café et sur la table de lecture, il y avait des fougères ondulantes et vert clair contrastant avec d'autres feuilles pointues, plus foncées.

D'abord je me suis demandé pourquoi cette pièce dégageait une telle atmosphère de sécurité mais j'ai compris que c'était parce qu'il n'y avait aucune fenêtre.

La climatisation me faisait frissonner.

Je portais toujours la jupe plissée et le corsage de Betsy. Ils commençaient à être sérieusement chiffonnés, j'étais à la maison depuis trois semaines et je ne les avais toujours pas lavés. Le coton imbibé de sueur dégageait une odeur acide mais familière.

Je ne m'étais pas non plus lavé les cheveux depuis trois semaines.

Je n'avais pas dormi depuis une semaine.

Ma mère prétendait que j'avais dû dormir, qu'il était impossible de rester si longtemps sans dormir. Si j'avais dormi, c'était les yeux grands ouverts, parce que chaque nuit, pendant sept nuits, j'avais suivi des yeux la course verte et lumineuse de la trotteuse, celle de l'aiguille des minutes et celle de la petite aiguille de mon réveil. J'avais regardé leurs cercles et demi-cercles, sans manquer une seconde, une minute ou une heure.

Si je n'avais lavé ni mes affaires ni mes cheveux, c'était parce que je trouvais ça idiot.

Je voyais les jours de l'année s'étaler devant moi, comme une succession de boîtes blanches, brillantes, et pour séparer chaque boîte de la suivante, il y avait comme une ombre noire, le sommeil... Malheureusement pour moi, la longue zone d'ombre qui séparait les boîtes les unes des autres avait disparu, et je voyais chaque jour briller devant moi une sorte de large route blanche, désertique.

Il me semblait idiot de laver un jour ce qu'il faudrait relaver le lendemain.

J'étais fatiguée, rien que d'y penser.

Je voulais faire les choses une fois pour toutes et en finir avec elles pour de bon.

Le docteur Gordon tripotait son stylo en argent.

— Votre mère me signale que vous êtes préoccupée...

Je m'enfonçais dans le profond fauteuil de cuir et je regardais le docteur Gordon de l'autre côté des quelques mètres carrés de son bureau poli comme un miroir.

Il attendait. Il tapotait son stylo — tap, tap, tap, tap, sur la surface verte et immaculée de son buvard.

Il avait des cils tellement longs qu'on aurait dit des faux cils.

Des roseaux en plastique noir, bordant deux mares d'un vert de glace.

Les traits du docteur Gordon étaient si purs qu'il avait presque l'air séduisant.

Je l'ai exécré à la minute où j'ai mis les pieds dans son bureau. Je m'étais imaginé un homme laid et doux, qui aurait levé les yeux en disant : « Ah... » d'une voix encourageante, comme s'il décelait quelque chose que je ne pouvais voir, alors, j'aurais trouvé les mots pour lui dire combien j'avais peur, peur de m'enfoncer de plus en plus profondément dans un sac noir sans air, sans issue.

Puis il s'adosserait à son fauteuil, il joindrait le bout de ses doigts pour faire une petite colline et il me dirait pourquoi je ne pouvais pas dormir, pourquoi je ne pouvais pas lire, pourquoi je ne pouvais pas manger et pourquoi tout ce que faisaient les gens me semblait tellement vain puisqu'au fond, ils allaient tous mourir.

Et alors, pensais-je, il m'aiderait, pas à pas, à redevenir moi-même.

Mais le docteur Gordon était tout différent. Il était jeune et séduisant, et j'ai vu tout de suite qu'il était vaniteux.

Il avait sur son bureau, une photo dans un cadre d'argent, lui faisant à moitié face et faisant à moitié face à mon fauteuil de cuir. C'était une photo de famille, on y voyait une belle femme aux cheveux bruns, qui aurait pu être sa sœur, souriante au-dessus des têtes de deux enfants blonds.

Je crois qu'un des enfants était un garçon et l'autre une fille, mais il se peut que les deux aient été des garçons ou des filles ; c'est difficile à dire lorsque les enfants sont si petits. Je crois aussi qu'il y avait un chien sur la photo, vers le fond, une sorte d'airedale ou de retriever doré, mais peut-être n'était-ce que la silhouette d'une jupe de femme.

Je ne sais pas pourquoi, mais cette photo m'a mise hors de moi. Je ne voyais pas pourquoi elle devait me faire face à demi, comme si le docteur Gordon voulait me montrer d'emblée qu'il était marié à je ne sais quelle femme célèbre et que je ferais mieux de ne pas me faire des idées.

Et puis je me suis demandé : « Comment ce docteur Gordon pourrait-il bien m'aider puisqu'il a une femme magnifique, de beaux enfants et un chien splendide qui l'entourent comme des anges sur une carte de Noël ? »

— Et si vous me racontiez ce que vous pensez qui ne tourne pas rond ?

J'ai retourné les mots avec méfiance comme des galets polis par la mer qui tout d'un coup pourraient s'ouvrir et se transformer en autre chose avec des mâchoires...

Ce que *je pense* qui ne va pas ?

Cela semblait dire que *tout allait bien,* c'est moi qui ne faisais *que penser* que cela n'allait pas.

D'une voix morne et neutre — pour lui montrer que je ne me laissais pas séduire par ses airs enjôleurs, ni par sa photo de famille — je lui ai raconté que je ne dormais pas, ne mangeais pas, ne lisais pas. Je ne lui ai pas parlé de l'écriture qui pourtant me tracassait plus que tout le reste.

Le matin même j'avais essayé d'écrire une lettre à Doreen qui était dans l'Ouest de la Virginie, je lui demandais si je pouvais venir habiter chez elle et éventuellement trouver du travail dans son collège, comme serveuse ou quelque chose comme ça.

Mais quand j'ai pris mon stylo, ma main traçait d'énormes lettres tordues comme celles d'un enfant, les lignes montaient et descendaient de gauche à droite, presque en diagonale, comme les boucles d'une ficelle posée sur une feuille de papier et sur laquelle quelqu'un aurait soufflé.

Je savais bien que je ne pouvais pas envoyer une lettre comme ça, alors je l'ai déchirée en petits morceaux et je les ai fourrés dans mon sac à côté de ma trousse de maquillage, au cas où le psychiatre aurait voulu les voir.

Mais évidemment le docteur Gordon ne m'a pas demandé de les lui montrer, — puisque je ne lui en avais pas parlé, et j'ai commencé à me trouver futée. Je me suis dit que je n'avais qu'à lui dire ce qui bon me semblait, que je pourrais contrôler l'image qu'il se faisait de moi en lui cachant telle chose, en lui révélant telle autre... tout ça pendant que lui se trouvait tellement brillant.

Pendant tout le temps où je parlais, le docteur Gordon gardait la tête penchée comme s'il priait, et en dehors de ma voix terne et neutre le seul bruit était le tap, tap, tap, de son stylo toujours au même endroit sur le buvard vert, comme un « bâton marcheur » piaffant dans une écurie.

Quand je me suis tue le docteur Gordon a relevé la tête.

— Où m'avez-vous dit que vous alliez au collège ?

Stupéfaite je lui ai répondu que je ne voyais pas ce que le collège avait à voir là-dedans.

— Ahh... !

Le docteur Gordon se renversait dans son fauteuil en regardant par-dessus mon épaule avec un sourire chargé de souvenirs.

J'ai cru qu'il allait me livrer son diagnostic, que peut-être je l'avais jugé trop vite et trop sévèrement, mais il n'a fait que dire : « Je me souviens bien de votre collège. J'y suis allé pendant la guerre, il y avait un poste de WAC ou bient était-ce des WAVES ? »[1]

J'ai dit que je n'en savais rien.

— Oui, c'était bien un poste de WAC, je m'en souviens maintenant. J'étais leur docteur, avant j'étais à l'étranger, mais ça, c'était un sacré lot de jolies filles !

Le docteur Gordon s'est mis à rire.

D'un geste souple, il s'est relevé et il s'est approché de moi en contournant le bureau. Je ne savais pas trop ce qu'il voulait que je fasse, alors moi aussi je me suis levée.

Il a attrapé ma main qui pendait le long de ma jambe et il l'a serrée.

— A la semaine prochaine.

Les ormes en fleur faisaient comme un tunnel d'ombre au-dessus des façades de briques rouges et jaunes de Commonwealth Avenue. Un tram glissait vers Boston dans ses rails étroits et argentés. Je l'ai laissé passer et j'ai rejoint la Chevrolet grise le long du trottoir d'en face.

Je pouvais voir le visage anxieux et jaune citron de ma mère qui m'observait à travers le pare-brise.

— Alors ? Qu'est-ce qu'il a dit ?

J'ai refermé la portière. Elle s'est mal enclenchée, il a fallu que je la rouvre et que je recommence jusqu'au claquement étouffé.

— Il a dit qu'il me reverra la semaine prochaine.

Ma mère a soupiré.

Le docteur Gordon demandait trente dollars à chaque visite.

— Salut, c'est quoi ton nom ?

— Elly Higginbottom.

---

1. WAC et WAVES : *unités féminines de l'armée américaine pendant la Seconde Guerre mondiale.*

Le marin s'est mis à marcher à mon côté et je lui ai souri. J'ai pensé qu'il devait y avoir autant de marins sur l'avenue que de pigeons. Ils avaient l'air de sortir du Centre de recrutement grisâtre, tout en bas, avec des affiches bleues et blanches « Engagez-vous dans la marine ! » collées sur des panneaux tout autour et à l'intérieur.

— Et tu viens d'où Elly ?

— Chicago...

Je n'avais jamais été à Chicago, mais je connaissais un ou deux garçons qui étaient allés à l'université de Chicago et ça me paraissait le genre d'endroit d'où pouvait parfaitement venir quelqu'un d'excentrique et qui perdait les pédales.

— Pour sûr, t'es loin de chez toi !

Le marin a passé son bras autour de ma taille, et pendant un bon moment nous avons marché comme ça, lui serrant ma hanche à travers la jupe verte plissée, et moi, souriant mystérieusement, essayant de ne rien dire qui eût pu prouver que j'étais de Boston ; à tout moment nous pouvions tomber sur Mme Willard ou d'autres copines de ma mère traversant l'avenue après le thé à « Beacon Hill » ou revenant d'un shopping dans la « Cave à Filène. »

Je me suis dit que si jamais j'allais à Chicago, je pourrais définitivement troquer mon nom pour celui de Elly Higginbottom. Comme ça personne ne saurait que j'avais laissé tomber une grosse bourse dans un des grands collèges de l'Est, que j'avais été à New York pendant un mois et que j'avais refusé de prendre pour époux un étudiant en médecine tout à fait sérieux qui serait un jour membre de l' « American Medical Association » et qui gagnerait des tonnes d'argent.

A Chicago les gens m'accepteraient telle que je suis.

Je serais Elly Higginbottom, la simplette, l'orpheline. Les gens m'aimeraient pour mon tempérament gentil et doux. Ils ne me courraient pas après pour me faire lire des livres et écrire de longues dissertations sur le dualisme dans l'œuvre de James Joyce. Et un jour, je pourrais bien épouser un mécanicien de garage, tendre et viril, j'aurais une famille envahissante comme celle de Dodo Conway.

Si ça me chantait.

141

— Qu'est-ce que tu comptes faire quand tu sortiras de la marine ? ai-je brutalement demandé au marin.

C'était la phrase la plus longue que j'aie prononcée et il m'a semblé pris en traître. Il a penché son calot blanc sur le côté pour se gratter la tête.

— Boff... je sais pas trop Elly... peut-être que j'irai au collège avec ma bourse de démobilisation.

J'ai laissé passer un moment.

— T'as déjà pensé à ouvrir un garage ?

— Ça non, ça, ça m'est jamais arrivé.

Je l'observais du coin de l'œil, il n'avait pas l'air d'avoir un poil au-dessus de seize ans.

— Sais-tu quel âge j'ai ? ai-je dit d'un ton accusateur.

Le marin a souri.

— Non. Et je m'en fous.

Je me suis rendu compte que ce marin était vraiment très beau. Il avait un air nordique et virginal. Maintenant que j'étais simple d'esprit on aurait dit que j'attirais les jeunes gens propres et beaux.

— Et bien, j'ai trente ans !

Et j'ai attendu.

— Ben ça alors, Elly, vraiment tu les fais pas !

Et il a serré ma hanche plus fort.

Il a regardé vite à droite et à gauche.

— Ecoute Elly, si on fait le tour des marches là-bas, sous le monument, je t'embrasse...

A ce moment précis j'ai remarqué sur l'avenue une silhouette brune avec des chaussures plates marron qui venait à notre rencontre. A cette distance, je ne pouvais pas bien déceler les traits du visage encore flou, mais je savais déjà que c'était Mme Willard.

— Pourriez-vous m'indiquer le chemin pour la station de métro ? ai-je demandé au marin à haute voix.

— Quoi ?

— Le métro qui va à la prison de l'île aux Cerfs ?

Quand Mme Willard arriverait à ma hauteur, il fallait que je puisse prétendre demander mon chemin au marin, et faire semblant de ne pas le connaître.

— Lâche-moi, ai-je murmuré entre les dents.

— Mais... Elly, qu'est-ce qui se passe ?

La femme approchait, elle est passée sans me jeter

ment à cœur ouvert au marin.

un coup d'œil, ce n'était pas Mme Willard. Mme Willard était dans son chalet des Adirondacks...

J'ai lancé un regard vengeur à la femme qui s'en allait.

— Dis Elly...

— Rien, je croyais que c'était quelqu'un que j'ai connu... Une de ces putains de pionnes à l'orphelinat de Chicago

Le marin a repassé sa main autour de ma taille.

— Tu veux dire que t'as plus d'papa ni d'maman, Elly ?

— Non... et j'ai laissé échapper une larme qui était prête pour l'occasion.

Elle a tracé son chemin brûlant sur ma joue.

— Allons, Elly pleure pas. Cette bonne femme, elle était vache avec toi ?

— Elle était... elle était ignoble !

Les larmes cette fois ont jailli à flots, et pendant que le marin me calmait, me consolait et essuyait mes larmes avec un grand mouchoir propre, sous un orme blanc, je pensais que cette femme en tailleur marron, qu'elle le sache ou non, avait été absolument immonde, c'était elle la responsable de toutes les fausses routes que j'avais suivies, de tous les mauvais tournants que j'avais pris, enfin de tout ce qui m'était arrivé.

— Alors Esther, comment se sent-on cette semaine ? Le docteur Gordon cajolait son stylo comme une longue cartouche d'argent.

— Pareil.

— Pareil ?

Il a soulevé les sourcils d'un air incrédule.

Alors, de la même voix neutre et morne, seulement cette fois-ci j'étais vraiment en colère parce qu'il avait l'air de mettre du temps à comprendre, je lui ai répété que ça faisait quatorze nuits que je n'avais pas dormi, que je ne pouvais ni lire, ni écrire, ni même déglutir sans difficulté.

Le docteur Gordon n'a pas eu l'air impressionné.

J'ai fouillé dans mon sac et j'ai trouvé les morceaux de ma lettre à Doreen. Je les ai sortis et je les ai laissé tomber en cascade sur son buvard immaculé.

146

Gordon propose d'aller à l'hosto pour traitement

Ils y sont restés, immobiles comme des pétales de marguerite dans un pré.

— Et qu'est-ce que vous dites de ça ?

Je pensais que le docteur Gordon verrait immédiatement que l'écriture était épouvantable, mais il n'a fait que dire : « Je crois que si cela ne vous ennuie pas j'aimerais parler à votre mère. »

— Bon...

En fait, ça ne me plaisait pas du tout que le docteur Gordon parle à ma mère. Je pensais qu'il pourrait lui dire que le mieux serait de m'enfermer. J'ai ramassé chaque morceau de ma lettre à Doreen afin qu'il ne puisse pas la reconstituer et apprendre que je projetais de m'enfuir. Je suis sortie de son bureau sans un mot.

J'ai regardé ma mère rapetisser jusqu'à ce qu'elle disparaisse à travers la porte du bureau du docteur Gordon. Ensuite je l'ai vue grandir pendant qu'elle revenait vers la voiture.

— Alors ?

Je voyais qu'elle avait pleuré.

Ma mère ne m'a pas regardée. Elle a mis la voiture en route. Pendant que nous glissions sous l'ombre profonde et aquatique des ormes elle m'a déclaré « Le docteur Gordon ne pense pas que ton état se soit amélioré. Il pense que tu devrais subir un traitement de choc dans son hôpital de Walton. »

J'ai ressenti soudain un élan de curiosité, comme si je venais de lire sur le journal un titre épouvantable concernant quelqu'un d'autre.

— Il veut dire... que j'y vive ?

— Non... a répondu ma mère, et son menton tremblait.

J'étais persuadée qu'elle mentait.

— Dis-moi la vérité, ou je ne te parle plus jamais !

— Est-ce que je ne te dis pas toujours la vérité ? a-t-elle répondu, et elle a éclaté en sanglots.

UN CANDIDAT AU SUICIDE SAUVE SUR UNE CORNICHE AU SEPTIEME ! !

« Après deux heures passées sur une étroite corniche sept étages au-dessus de la foule amassée sur un parking,

Mr George Pollucci a laissé le sergent de police Will Kilmartin, du commissariat de Charles Street lui porter secours par une fenêtre voisine. »

J'ai cassé l'écorce d'une cacahuète tirée d'un sac à 10 cents que j'avais acheté pour nourrir les pigeons, et je l'ai mangée. Elle avait un goût mort comme un vieux bout d'écorce d'arbre.

J'ai rapproché le journal pour mieux voir le visage de George Pollucci, une demi-lune sur un fond de briques et de ciel noir. Je pensais qu'il avait sûrement quelque chose à me dire d'essentiel, et que ce quelque chose serait inscrit sur son visage.

Mais, pendant que je les contemplais, les traits rocailleux de George Pollucci se dissolvaient pour devenir une succession régulière de points gris plus ou moins foncés.

Le paragraphe encore gras de l'encre noire du journal, ne disait pas pourquoi Mr Pollucci se trouvait sur la corniche, ni ce que le Sergent Kilmartin lui avait fait une fois qu'il l'avait entraîné par la fenêtre.

L'ennui quand on saute, c'est que si on se trompe dans le nombre d'étages, on peut se retrouver encore vivant sur la chaussée. Mais j'avais l'impression que sept étages, c'était suffisant.

J'ai plié le journal et je l'ai coincé entre les lattes du banc public. C'était ce que ma mère appelait une feuille à scandales ; remplie de meurtres, de suicides, de vols, de bagarres, et sur chaque page s'étalait la photo d'une fille à moitié nue, les seins dépassant de sa robe et les jambes arrangées de telle sorte qu'on puisse voir au-dessus de ses bas.

Je ne savais pas pourquoi je n'avais jamais acheté de journaux comme ça. C'était le seul genre de choses que je parvenais à lire. Les petits paragraphes sous les photos s'achevaient avant d'avoir eu le temps de se troubler et de se dissoudre. A la maison, je n'ai jamais rien vu d'autre que le « Christian Science Monitor » qu'on trouvait sur le pas de la porte, tous les jours à cinq heures, excepté le dimanche, et qui traitait les suicides, les crimes sexuels et les catastrophes aériennes comme si tout cela n'existait quasiment pas.

148

Un grand cygne blanc avec toute une colonie de petits s'est approché de mon banc, il a contourné une petite île recouverte de buissons et de canards puis il s'en est retourné vers l'arche sombre du pont. Toutes les choses que je regardais me paraissaient extrêmement lumineuses et minuscules.

Je voyais, comme à travers la serrure d'une porte que je ne pouvais ouvrir, mon jeune frère et moi-même, hauts comme trois pommes, tenant chacun un ballon avec des oreilles de lapin, monter dans une barque en forme de cygne et nous bagarrer pour avoir un siège au bord, au-dessus de l'eau constellée de débris de cacahuètes. Ma bouche avait un goût propre et mentholé. Si nous étions sages chez le dentiste, ma mère nous offrait toujours une balade en bateau.

J'ai fait le tour du jardin public. Je lisais le nom des arbres, sur le pont et autour des monuments vert-de-gris, devant le drapeau américain réalisé avec des fleurs et près de l'entrée où l'on peut, pour vingt-cinq cents se faire photographier dans une cabine de toile à rayures orange et blanches.

Mon arbre préféré était le saule pleureur Humaniste. J'étais persuadée, qu'il venait du Japon. Là-bas ils comprennent les choses de l'esprit.

Au Japon, ils s'ouvrent les entrailles dès qu'il y a quelque chose qui cloche.

Je me suis demandé comment ils font. Ils doivent avoir un couteau très affûté... Non, probablement deux couteaux bien aiguisés. Ils doivent s'asseoir en tailleur, un couteau dans chaque main. Puis ils croisent les bras et plantent un couteau de chaque côté de leur ventre. Ils sont nus, parce que sinon les couteaux se coinceraient dans leurs vêtements. D'un seul coup, rapide comme l'éclair, avant d'avoir eu le temps d'y songer à deux fois, ils enfoncent les couteaux et découpent un demi-cercle en haut et un demi-cercle en bas ; comme ça, la peau du ventre tombe par terre comme une assiette et recueille leurs boyaux qui tombent dedans, alors, ils meurent.

Il faut beaucoup de courage pour mourir comme ça.

Moi, mon problème c'est que j'ai horreur du sang.

Je me suis dit que j'allais rester dans le parc toute la nuit.

Le matin suivant, Dodo Conway nous conduisait ma mère et moi, à Walton, et si je voulais fuir, c'était maintenant ou jamais, après, il serait trop tard. J'ai ouvert mon sac et j'ai compté un dollar soixante-dix-neuf cents en petite monnaie.

Je n'avais pas la moindre idée de ce que cela me coûterait d'aller à Chicago et je n'osais pas aller à la banque, parce que je pensais que le docteur avait peut-être prévenu le caissier de m'intercepter au cas où j'aurais l'air de tenter quelque chose de suspect.

Je pouvais faire du stop, mais je n'avais pas la moindre idée de la route qu'il fallait suivre pour aller de Boston à Chicago. Sur une carte, ce n'est pas difficile de trouver son chemin, mais je n'avais que vaguement le sens de l'orientation quand je me retrouvais perdue quelque part. Chaque fois que j'essayais de repérer l'est de l'ouest, on aurait dit qu'il était midi, ou alors il faisait nuageux, et cela ne m'aidait pas du tout, ou alors il faisait nuit, et à part la Grande Ourse et Cassiopée, je ne m'y retrouvais absolument pas parmi les étoiles, c'était une défaillance qui a toujours outré Buddy Willard.

J'ai décidé de marcher jusqu'à la gare des autocars pour me renseigner sur le prix du billet Boston-Chicago. Comme ça, je pourrais aller à la banque et retirer le montant exact du billet, ce qui n'éveillerait aucun soupçon.

Je venais de franchir les portes vitrées de la gare et je me dirigeais vers les comptoirs de prospectus, de tarifs et d'horaires quand je me suis rendu compte que la banque serait fermée maintenant car c'était déjà le milieu de l'après-midi. Il faudrait attendre le lendemain pour retirer de l'argent.

Je devais être à Walton à dix heures.

A ce moment le haut-parleur s'est mis à crachoter pour annoncer les arrêts des bus en partance dehors sur le parking. Comme tous les haut-parleurs, la voix faisait : « Bockkle, bockkle, bockkle... » mais tout d'un coup j'ai reconnu un nom familier. Comme un « do » sur un piano, pendant que tous les instruments d'un orchestre sont en train de s'accorder.

C'était le nom d'un arrêt à deux blocs de chez moi.

Je me suis précipitée dehors dans cette fin de juillet étouffante et poussiéreuse, j'étais en nage, la bouche pleine de sable, comme si j'allais être en retard à un oral difficile, et je suis montée dans le bus rouge dont le moteur ronflait déjà.

J'ai payé mon ticket au chauffeur, la porte s'est dépliée et refermée derrière moi, doucement, comme sur des gonds de velours.

Esther est supposée d'aller à Walton (hosto), mais pense fuguer à Chicago.

CHAPITRE XII

Ils sont à la clinique Gordon.

La clinique du docteur Gordon couronnait une colline herbue au bout d'un long chemin isolé blanchi avec des coquillages concassés. Les murs de planches jaunes de la grande bâtisse, entourée d'une véranda, brillaient dans le soleil ; mais personne ne se promenait sur la pelouse.

Pendant que nous approchions ma mère et moi, la chaleur de l'été s'est abattue sur nous ; une cigale s'est mise à chanter, comme une tondeuse à gazon aérienne, au cœur d'un bouleau derrière nous. Son chant ne faisait que souligner l'ampleur du silence.

Une infirmière nous attendait à la porte.

— Voulez-vous passer dans la salle d'attente je vous prie, le docteur Gordon vous reçoit dans un instant.

Ce qui m'inquiétait le plus c'est que dans cette maison tout avait l'air normal, alors que je savais qu'elle était bourrée de dingues. Il n'y avait ni barreaux aux fenêtres, ni bruits sauvages ou inquiétants. La lumière était douce et dessinait des rectangles sur les tapis rouges, doux mais usés. Des bouffées d'herbe coupée adoucissaient l'air. Je me suis attardée à l'entrée de la salle d'attente.

Pendant un moment j'ai cru que c'était la réplique du salon d'une pension de famille où j'avais séjourné sur la côte d'une île au large du Maine. Les portes-fenêtres laissaient entrer des éclairs de lumière blanche, un piano à queue occupait le coin opposé et un peu partout des gens en vêtements d'été étaient assis à des tables de bridge, dans des fauteuils d'osier bancals, comme on en voit dans toutes les stations balnéaires passées de mode.

Je me suis rendu compte que personne ne bougeait.

J'ai observé plus attentivement, essayant de discerner des preuves tangibles de leur position pétrifiée. J'ai remarqué des hommes et des femmes, des garçons et des filles de mon âge, mais leurs visages avaient quelque chose d'uniforme, comme si on les avait laissés longtemps sur une étagère loin de toute lumière, sous des nuages de fine poussière.

En fait, je me suis rendu compte que quelques-uns d'entre eux bougeaient, mais avec de tout petits gestes, comme des oiseaux, je ne les avais d'abord pas distingués.

Un homme au visage gris comptait un paquet de cartes, une, deux, trois... je croyais qu'il vérifiait si le compte y était, mais non, après avoir terminé il a recommencé. A côté de lui une grosse dame jouait avec un chapelet de bois. Elle tirait un à un tous les grains d'un côté de la ficelle, puis elle les laissait retomber à l'autre bout, click, click, click, les uns sur les autres.

Au piano, une jeune fille feuilletait des partitions, mais quand elle a vu que je l'observais, elle a rentré la tête dans ses épaules et elle les a toutes déchirées en deux.

Ma mère m'a touché le bras et je l'ai suivie dans la pièce.

Sans un mot, nous nous sommes assises sur un sofa plein de bosses qui grinçait au moindre mouvement.

Mon regard glissait par-dessus les gens, vers le flamboiement vert, derrière les rideaux diaphanes. Je me suis crue dans la vitrine d'un grand magasin. Les silhouettes autour de moi n'étaient pas des gens, mais des mannequins d'étalage, maquillés pour ressembler à des humains et placés dans des attitudes qui imitaient celles de la vie.

J'ai suivi le veston anthracite du docteur Gordon dans les escaliers.

En bas, dans le hall, j'avais essayé de lui demander en quoi consistait le « traitement de choc », mais lorsque j'avais ouvert la bouche, rien n'était sorti, mes yeux s'étaient écarquillés et ils avaient fixé le visage souriant et familier qui flottait devant moi comme une assiette pleine d'arrogance.

Au sommet de l'escalier le tapis couleur grenat prenait fin. Il était remplacé par un épais linoléum marron, cloué le long du couloir bordé de portes blanches fermées. Pendant que je suivais le docteur Gordon, l'une d'elles s'est ouverte quelque part et j'ai entendu une femme qui criait.

Tout d'un coup, devant nous, au coin du couloir, une infirmière est apparue qui conduisait par la main une femme en robe de chambre bleue, les cheveux décoiffés tombant jusqu'à la taille. Le docteur a reculé et je me suis écrasée contre le mur.

Pendant qu'on tirait cette femme, elle agitait les bras pour essayer de se dégager de l'infirmière et elle criait : « Je vais me jeter par la fenêtre, je vais me jeter par la fenêtre, je vais me jeter par la fenêtre ! »

L'infirmière, boulotte et musclée dans son uniforme sale, louchait. Elle portait des lunettes tellement épaisses que c'étaient quatre yeux qui avaient l'air de me dévisager par-derrière les énormes verres. Lorsqu'elle m'a regardée avec un sourire de connivence et qu'elle m'a chuchoté pour me rassurer : « Elle croit, qu'elle va sauter par la fenêtre, mais elle ne peut pas sauter, elles ont toutes des barreaux ! », j'essayais de voir lesquels étaient ses vrais yeux, et lequel des vrais était celui qui louchait.

En entrant avec le docteur Gordon dans une pièce nue sur le derrière de la maison, j'ai vu que les fenêtres de ce secteur étaient bel et bien grillagées, que les portes de la chambre, du placard, des tiroirs, du bureau, et de tout ce qui pouvait s'ouvrir et se fermer étaient équipées de serrures afin de pouvoir être verrouillées.

Je me suis étendue sur le lit.

L'infirmière qui louchait est revenue. Elle a dégrafé ma montre et l'a laissée tomber dans sa poche ; elle a commencé à défaire les épingles de mes cheveux.

Le docteur Gordon lui, déverrouillait le placard. Il

en a sorti une table à roulettes chargée d'un appareil qu'il a poussé derrière la tête du lit. L'infirmière a commencé à me frotter les tempes avec une graisse à l'odeur insistante.

Quand elle s'est penchée pour atteindre le côté de ma tête qui était vers le mur, ses gros seins se sont affalés sur mon visage comme un nuage ou un oreiller. Sa chair dégageait une vague puanteur médicinale.

— T'inquiète pas, me disait-elle en souriant, la première fois tout le monde crève de frousse !

J'ai essayé de sourire, mais ma peau était devenue sèche, comme du parchemin.

Le docteur Gordon fixait deux plaques de métal de chaque côté de ma tête. Il les a maintenues en place avec des attaches qui me sciaient le front, puis il m'a donné un fil métallique à mordre.

J'ai fermé les yeux.

Il s'est produit un bref silence, comme un souffle intérieur.

Puis quelque chose s'est abaissé pour m'emporter et m'a secouée comme si c'était la fin du monde. Wheeeee-ee-ee-ee-ee, cela me vrillait à l'intérieur comme dans un espace parcouru d'éclairs bleus, et à chaque éclair de grandes secousses me rossaient jusqu'à ce que je sente mes os se briser et la sève me fuir comme celle d'une plante sectionnée.

Je me suis demandé quelle chose terrible j'avais bien pu commettre.

J'étais assise dans une chaise d'osier, une petit verre à cocktail à la main, rempli de jus de tomate. On m'avait remis ma montre, mais elle avait l'air bizarre, je me suis rendu compte qu'elle était à l'envers. Je sentais aussi la disposition inhabituelle des épingles dans mes cheveux.

— Comment te sens-tu ?

Je me suis souvenue d'une vieille lampe au pied de métal. Une des reliques du bureau de mon père, elle était surmontée d'une cloche en étain qui soutenait l'ampoule et d'où partait un fil torsadé couleur fauve qui longeait le pied et courait jusqu'à la prise.

Un jour, j'ai décidé de déplacer cette lampe. De l'enlever de la table de nuit de ma mère pour la

parle d'un choc électrique

mettre sur mon bureau, à l'autre bout de la pièce. Comme le fil était assez long je ne l'ai pas débranché. J'ai refermé les deux mains autour de la lampe et son fil pelucheux et je les ai bien serrées.

Quelque chose a brusquement jailli de la lampe dans un éclair bleu et m'a secouée jusqu'à ce que j'en grince des dents. J'essayais de retirer mes mains, mais elles étaient soudées. Je hurlais, ou bien un hurlement étranger m'arrachait la gorge. je ne le reconnaissais pas, mais je l'entendais s'amplifier et trembler violemment dans l'air comme un esprit brutalement désincarné.

Mes mains furent soudainement libérées et je me suis effondrée sur le lit de ma mère. Au milieu de la paume droite j'avais un petit trou noir, comme s'il avait été fait avec un crayon.

— Comment te sens-tu ?

— Ça va...

Mais ça n'allait pas du tout, je me sentais mal.

— A quel collège allais-tu déjà ?

Je lui ai dit le nom du collège.

— Ahhh... ! le visage du docteur Gordon s'est éclairé d'un lent sourire, presque tropical, il y avait un poste de WAC là-bas pendant la guerre, n'est-ce pas ?

Les jointures de ma mère étaient blanches comme l'os. On aurait dit que sa peau était tombée pendant l'heure où elle m'avait attendue. Elle a regardé derrière moi le docteur Gordon qui a dû acquiescer ou sourire parce que son visage s'est détendu.

— Encore quelques séances d'électro-chocs Mme Greenwood et je crois que vous constaterez une amélioration magnifique ! l'ai-je entendu dire.

La fille était toujours assise sur le tabouret du piano, les partitions déchirées à ses pieds comme des oiseaux morts. Elle m'observait et je l'ai regardée, elle m'a tiré la langue.

Ma mère suivait le docteur Gordon vers la porte, je suis restée derrière eux et quand ils ont tourné le dos, je me suis retournée vers la fille et je lui ait fait des pieds de nez avec les deux mains. Elle a rentré sa langue et son visage est redevenu de marbre.

Je suis sortie dans le soleil.

Le break noir de Dodo Conway était tapi dans l'ombre des arbres comme une panthère.

Le break avait été commandé par une riche dame de la haute société, elle le voulait noir, sans un seul chrome, avec l'intérieur en cuir noir. Quand on le lui a livré, elle a trouvé ça déprimant, elle affirmait que c'était la réplique exacte d'un corbillard. Tout le monde pensait la même chose et personne ne voulait le lui racheter. Les Conway l'ont finalement enlevé avec une remise formidable et ils ont économisé plusieurs centaines de dollars.

Assise devant, entre Dodo et ma mère, je me sentais muette et soumise. Chaque fois que j'essayais de me concentrer mon esprit glissait comme un patineur dans un espace vide et il pirouettait l'air absent.

— J'en ai ma claque du docteur Gordon ! ai-je dit une fois Dodo et son break noir abandonnés derrière les pins. Tu peux l'appeler et lui dire que je n'y retourne pas la semaine prochaine.

— Je savais bien que ma chérie n'était pas comme ça, a souri ma mère.

— Comment, comme ça ?

— Comme ces gens horribles, tous ces horribles gens, morts, dans cette clinique. Elle s'est arrêtée. Je savais bien que tu déciderais de redevenir comme avant.

LA STARLETTE SUCCOMBE APRES UN COMA DE 68 HEURES !

Je fouillais dans mon sac parmi les morceaux de papier, les écorces de cacahuètes, la monnaie, la boîte en plastique bleu qui contenait dix-neuf lames Gillette, jusqu'à ce que je mette la main sur la photo que j'avais prise l'après-midi même dans la tente à rayures orange et blanches.

Je l'ai rapprochée de la photo floue de la fille morte. Ça collait, bouche pour bouche, nez pour nez. La seule différence, c'étaient les yeux. Sur ma photo, ils étaient ouverts et sur celle du journal, ils étaient fermés. Mais je savais que si on les ouvrait avec le pouce, la morte me regarderait avec cette même expression vide, morte, noire.

J'ai rangé la photo dans mon sac.

« Je vais aller là, au soleil, dans ce parc, cinq minutes à l'horloge en face, et puis j'irai quelque part et je le ferai » m'étais-je dit.

J'ai convoqué le petit cœur de mes voix intérieures.

Ton travail ne t'intéresse pas Esther ?
Tu sais, Esther, tu es bonne pour la névrose !
Tu n'arriveras jamais à rien comme ça !
Tu n'arriveras jamais à rien comme ça !
Tu n'arriveras jamais à rien comme ça !

Un jour, par une chaude nuit d'été, j'avais passé une heure à embrasser un étudiant en droit de « Yale » qui avait les cheveux longs et une allure de singe, simplement parce que j'avais pitié de lui ; il était trop laid. Après, il m'avait dit : « T'es classée poulette ! À quarante ans tu seras bégueule ! »

« Factice ! » avait écrit mon professeur de lettres au collège sur une histoire que j'avais écrite et intitulée : « LE GRAND WEEK-END ».

Comme je ne savais pas ce que signifiait « factice », j'ai regardé dans le dictionnaire : « Factice » : artificiel, faux, toc...

Tu n'arriveras jamais à rien comme ça !

Cela faisait vingt et une nuits que je n'avais pas dormi. Je trouvais que l'obscurité était la plus belle chose au monde. Des millions de formes mouvantes, des millions de culs-de-sac d'ombre. De l'obscurité dans les tiroirs des bureaux, dans les placards, dans les valises, sous les maisons, sous les arbres, sous les cailloux, des ombres derrière les sourires des gens, derrière leurs yeux, de l'obscurité... des kilomètres et des kilomètres et des kilomètres d'obscurité du côté obscur de la terre.

J'ai examiné les deux pansements couleur chair qui formaient une croix sur mon mollet droit.

Ce matin-là, j'avais fait un essai.

Je m'étais enfermée dans la salle de bains, j'avais

159

Elle veut se suicider

rempli la baignoire d'eau chaude et j'avais sorti une lame Gillette.

Quand on a demandé à un philosophe romain, ou à je ne sais plus qui, comment il voulait mourir, il a répondu qu'il s'ouvrirait les veines dans un bain chaud. Je trouvais ça facile de s'ouvrir les veines dans une baignoire, d'être allongée, et de voir la rougeur s'échapper de mes poignets, vague après vague dans l'eau claire, jusqu'à ce que je m'endorme sous une surface aussi écarlate qu'un champ de coquelicots.

Mais quand il a fallu passer aux actes, la peau de mes poignets avait l'air si blanche, tellement vulnérable, que je ne pouvais me résoudre à le faire. C'était comme si ce que je voulais tuer ne résidait pas dans cette peau blanche, ou sous le léger pouls bleuté qui tressautait sous mon pouce, mais quelque part ailleurs, plus profondément, plus secrètement, beaucoup plus difficile à atteindre. Deux gestes suffiraient. Un poignet, puis l'autre. Trois gestes si l'on compte qu'il faut changer la lame de main. Alors, j'entrerais dans la baignoire et je m'y allongerais.

Je me suis avancée devant l'armoire à pharmacie. Si en le faisant, je me regardais dans la glace, ce serait comme si je regardais faire quelqu'un d'autre, comme dans un livre ou au théâtre.

Mais la personne dans la glace était paralysée et trop stupide pour bouger.

Je me suis dit qu'il ne serait pas inutile de faire couler un peu de sang, histoire de me faire la main. Je me suis donc assise sur le rebord de la baignoire et j'ai posé ma cheville droite sur mon genou gauche. J'ai élevé la main droite qui tenait la lame de rasoir et je l'ai laissée tomber de son propre poids sur mon mollet, comme une guillotine.

Je n'ai d'abord rien ressenti. Mais au bout d'un instant j'ai senti une fine impression en profondeur, une grosse goutte brillante et rouge s'est gonflée sur les lèvres de la blessure. Le sang s'accumulait sombrement, comme un fruit pour finalement rouler le long de ma cheville vers le talon de ma chaussure noire, vernie.

A ce moment-là, j'ai voulu entrer dans la baignoire, mais je me suis rendu compte que j'avais perdu l'essentiel de la matinée à flirter avec mes pensées, ma mère n'allait pas tarder de rentrer à la maison et elle me trouverait avant que j'ai eu mon compte.

J'ai donc pansé ma plaie, attrapé mes Gillettes et j'ai pris le bus de onze heures trente pour Boston.

— Désolé mon chou, mais y a pas de métro pour la prison de l'île aux Cerfs, c'est une île !

— Non, ce n'est plus une île, autrefois, c'était une île, mais maintenant on a comblé l'eau avec de la terre et c'est relié à la rive.

— Y a pas de métro...

— Mais il faut que j'y aille !

— Hé ! le gros type dans sa cabine me lorgnait à travers le grillage. Pleure pas, qui t'as là-bas mon lapin, un parent ?

Les gens me bousculaient, me poussaient dans l'obscurité artificiellement éclairée, se dépêchant de s'entasser dans les trains qui ronflaient dans les tunnels sous Scollay Square. Je sentais les larmes jaillir aux coins de mes yeux fatigués.

— C'est mon père...

Le gros type a consulté un plan sur une paroi de sa cabine.

— Voilà comment tu vas faire, tu prends un train sur le quai là-bas, tu descends à Orient Heights, là, t'attrapes un bus avec marqué « La Pointe », il m'a fait un sourire, et il va t'amener droit à la grille de la prison. *Prends le bus pour la prison,*

« Hep vous ! » Un jeune homme en uniforme bleu s'agitait devant sa cabane. *mais en fait c'est à la*

Je lui ai fait signe aussi et j'ai continué.

— Hep vous !

Je me suis arrêtée et j'ai marché lentement vers la baraque située au milieu du sable comme une sorte de salon circulaire.

— Hep ! Vous pouvez pas aller plus loin, c'est le terrain de la prison, interdit aux visiteurs.

— Je croyais qu'on avait le droit d'aller partout sur la plage si on ne dépassait pas la ligne de marée haute...

Le jeune homme a réfléchi un moment. *plage*

161

Elle parle avec le gardien de prison amicalement

— Pas sur cette plage.

Il avait un beau visage d'adolescent.

— C'est un joli coin que vous avez là, c'est comme une petite maison.

Il a jeté un coup d'œil dans sa baraque avec le tapis tressé et les rideaux de chintz. Il a souri.

— On a même une cafetière.

— J'ai habité pas loin d'ici.

— Sans blague ! Moi aussi j'ai grandi dans ce bled.

Je regardais de l'autre côté du sable, le parking, la grille fermée et au-delà de la grille fermée, la route étroite qui conduisait à ce qui autrefois avait été une île et qui était léchée de chaque côté par l'océan.

Le bâtiment de briques rouges de la prison avait l'air sympathique, comme les bâtiments d'un collège au bord de la mer. Sur une bosse de gazon vert, à gauche, je voyais des petits points blancs et des points roses, un peu plus grands, qui se déplaçaient. J'ai demandé au garde ce que c'était.

— Ça, c'est les cochons et la volaille.

Je me disais que si j'avais eu assez de bon sens pour vivre dans cette vieille ville, j'aurais peut-être rencontré ce gardien de prison à l'école, je l'aurais épousé et maintenant on aurait un tas d'enfants. Ce serait chouette de vivre près de la mer avec plein de gosses, de cochons, de poulets... Je porterais ce que ma grand-mère appelait des robes de « ménage », je serais assise dans ma cuisine avec un beau linoléum et mes gros bras, et on boirait beaucoup de café.

— Comment entre-t-on dans cette prison ?

— Faut un permis.

— Non, comment se fait-on boucler là-dedans ?

— Oh... a soupiré le gardien, tu voles une voiture, tu pilles un magasin...

— Y a des assassins ici ?

— Non, les assassins sont envoyés dans une grande prison d'Etat.

— Qui y-a-t-il d'autre ici ?

— Ben... au début de l'hiver on a toutes les vieilles cloches de Boston. Ils balancent une brique dans une vitrine, ils se font ramasser et ils passent l'hiver au chaud, avec la télé, plein à manger et le week-end il y a des parties de basket.

162

— C'est chouette !

— Chouette... si on veut.

Je lui ai dit au revoir et je suis repartie, jetant un seul coup d'œil par-dessus mon épaule. Le gardien était toujours debout devant sa porte et quand je me suis retournée, il m'a fait un geste de la main en guise de salut.

Le rondin sur lequel j'étais assise était lourd et sentait le goudron. Aux pieds du gros cylindre gris du château d'eau, perché sur sa colline, l'estuaire se recourbait dans la mer. A marée haute la barre disparaissait sous les eaux.

Je me souvenais bien de cet estuaire. On y trouvait, au creux de sa courbe, un coquillage particulier qu'on ne pouvait trouver nulle part ailleurs sur la plage.

C'était un gros coquillage, lisse, de la taille de la phalange d'un pouce, le plus souvent blanc, encore que parfois rose ou de couleur pêche. Il ressemblait en plus petit à une conque.

— Maman, y a cette fille qu'est toujours là !

J'ai levé les yeux et j'ai vu un petit garçon couvert de sable remorqué loin de la mer par une femme maigrichonne aux yeux d'oiseau. Elle portait des shorts rouges, un corsage rouge et blanc à petits pois, j'avais oublié que la plage serait bourrée de vacanciers.

Pendant les dix années de mon absence, des cabanes fantaisies, bleues, roses, vert pâle, avaient jailli sur le sable de la Pointe comme une récolte de champignons. Les avions argentés et les dirigeables en forme de cigare avaient cédé la place aux jets qui balayaient les toits en décollant de l'aéroport de l'autre côté de la baie.

J'étais la seule femme en jupe et hauts talons sur la plage, je me suis rendu compte que je faisais sûrement tache. J'avais enlevé mes chaussures de cuir verni parce qu'elles me faisaient trébucher dans le sable. Cela me plaisait de savoir que quand je serais morte, elles resteraient perchées sur ce rondin argenté, pointées vers le large comme une sorte de boussole de l'esprit.

J'ai cherché ma boîte de lames dans mon sac.

Elle parle au ti-cul

Et puis je me suis dit que vraiment j'étais trop idiote, j'avais bien les lames, mais pas de bain chaud.

J'ai pensé louer une chambre. Mais je n'avais pas de bagages, il y avait sûrement des pensions de familles dans cette station balnéaire, mais cela éveillerait des soupçons. De plus dans les pensions de familles, les autres veulent toujours se servir de la salle de bains. J'aurais à peine le temps de le faire et d'entrer dans la baignoire que déjà il y aurait quelqu'un en train de frapper de l'autre côté de la porte.

— Dites, Madame, vous feriez mieux de ne pas rester là, la marée monte.

Le petit garçon s'était accroupi à quelques mètres. Il a ramassé un caillou rond et violacé et il l'a envoyé dans la mer. Elle l'a englouti avec un plof sonore. Il s'est mis à farfouiller à droite à gauche et j'entendais tressauter les galets, comme de la monnaie.

Il a lancé un caillou plat sur l'eau verte et calme, il a rebondi sept fois avant de disparaître.

— Pourquoi ne rentres-tu pas à la maison ?

Le petit garçon a lancé un autre caillou, plus lourd qui a coulé après avoir rebondi deux fois.

— Pas envie.

— Ta maman te cherche...

— Non.

Il avait l'air inquiet.

— Si tu rentres à la maison je te donne un bonbon.

Le petit garçon s'est approché.

— Quel genre de bonbon ?

Je n'avais pas besoin de fouiller dans mon sac, je n'avais que des écorces de cacahuètes.

— Je vais te donner de l'argent pour que tu en achètes.

— Ar-thur !

Une femme s'approchait en effet sur la dune, elle trébuchait et elle jurait à voix basse parce qu'entre ses appels péremptoires on voyait encore bouger ses lèvres.

— Ar-thur !

Elle s'abritait les yeux d'une main comme si cela pouvait l'aider à voir mieux au travers du crépuscule qui s'épaississait sur la mer.

164

Je voyais que l'intérêt de l'enfant s'évanouissait au fur et à mesure que sa mère se rapprochait. Il a commencé par faire semblant de ne pas me connaître. Il donnait des coups de pied dans les galets, comme s'il cherchait quelque chose, puis il est parti.

Je frissonnais.

Les galets étaient froids et lourds sous mes pieds nus. Je me suis mise à penser avec ardeur aux chaussures noires restées sur la plage. Une vague s'est retirée comme une main, puis elle s'est avancée et elle a effleuré mes pieds.

L'humidité semblait provenir du fond de la mer, là où des poissons blancs, aveugles se guident à travers le froid polaire à l'aide de leur propre lumière. J'imaginais des dents de requins et des crânes de baleines jonchant le fond de la mer comme autant de pierres tombales.

J'attendais, comme si la mer pouvait prendre une décision à ma place.

Une deuxième vague s'est écrasée à mes pieds, bordée d'écume blanche, et le froid m'a frappé les chevilles d'une douleur mortelle.

La peur de mourir ainsi me donnait la chair de poule.

J'ai ramassé mon sac et je suis repartie sur les galets gelés jusqu'à l'endroit où mes chaussures montaient la garde dans la lumière violette.

CHAPITRE XIII

— Evidemment que c'est sa mère qui l'a tué !

Je regardais la bouche du garçon que Jody avait voulu me faire rencontrer. Il avait les lèvres épaisses et roses, un visage poupin niché sous des cheveux blonds et soyeux. Il s'appelait Cal ; ce devait être le diminutif de quelque chose, mais de quoi... en dehors de « California » je ne voyais vraiment pas.

— Et comment es-tu si sûr que c'est elle qui l'a tué ?

Il paraît que Cal est très intelligent. Jody m'avait dit au téléphone qu'il était séduisant et qu'il me plairait. Je me demandais s'il m'aurait plu... avant. C'était impossible à dire.

— Ben... d'abord elle dit : « Non, non, non ! », mais après elle dit : « Oui ! ».

— D'accord, mais après elle dit : « Non, non ! » de nouveau.

Cal et moi-même, nous étions allongés sur une serviette à rayures vertes et orange au bord de la mer, de l'autre côté des marais de Lynn. Jody et Mark, le garçon avec qui elle sortait, nageaient. Cal n'avait pas voulu nager, il voulait parler et nous discutions de cette pièce de théâtre dans laquelle un jeune homme apprend qu'il a une maladie du cerveau à cause de son père qui fait des faribioles avec des femmes douteuses. Finalement, son cerveau commence à sérieusement ramollir au point de complètement décrocher,

Jody doit sortir Esther.

tant et si bien que sa mère se demande s'il faut ou non le tuer.

Je soupçonnais ma mère d'avoir téléphoné à Jody pour la supplier de me sortir car je restais toute la journée enfermée dans ma chambre les stores tirés. Tout d'abord je ne voulais pas y aller, parce que je pensais que Jody remarquerait que j'avais changé. Même un aveugle pouvait se rendre compte qu'il ne me restait plus un gramme de bon sens dans la cervelle.

Mais pendant toute la route vers le nord puis vers l'est, Jody n'avait cessé de plaisanter, rire, bavarder et elle ne semblait pas remarquer que je ne répondais que : « Ahhh... » « Mon Dieu... » ou « Sans blague... ».

On a fait griller des hot-dogs sur les grils publics de la plage. En observant très attentivement comment opéraient Jody, Cal et Mark, j'ai réussi à faire griller le mien juste ce qu'il faut pour qu'il ne brûle pas et ne tombe pas dans les braises, comme je le redoutais. Ensuite, quand personne ne m'a vue, je l'ai enterré dans le sable.

Après avoir mangé, Jody et Mark ont couru jusqu'à l'eau, main dans la main, et je suis restée sur le dos à contempler le ciel pendant que Cal continuait à parler de cette pièce.

Je me souvenais de cette pièce uniquement parce qu'il y avait un dingue. Tout ce que j'avais lu sur les fous me restait en mémoire, alors que tout le reste s'évaporait.

— Mais c'est le « oui » qui compte, affirmait Cal, c'est au « oui » qu'elle va revenir à la fin.

J'ai relevé la tête pour regarder l'étendue bleue intense de la mer, comme une assiette bleue au bord sale. Un gros rocher gris, comme la moitié supérieure d'un œuf, sortait de l'eau à environ un mille de la côte rocheuse.

— Avec quoi l'a-t-elle tué déjà ? J'ai oublié...

Je n'avais pas oublié. Je m'en souvenais parfaitement, mais je voulais l'entendre de la bouche de Cal.

— Poudre de morphine.

— Tu crois qu'on a ça en Amérique ?

Cal a réfléchi un moment.

— Je ne pense pas, ça fait très vieux jeu.

Je me suis couchée sur le ventre et j'ai regardé

dans l'autre direction, vers Lynn. Une brume vitreuse s'élevait au-dessus des braises des grils, de la route. A travers la brume, comme au travers un rideau d'eau claire, je pouvais distinguer les hauteurs floues des containers de pétrole, des hangars d'usines, des derricks et des ponts.

Ça avait l'air d'un sacré désordre.

Je me suis retournée sur le dos et j'ai dit d'une voix désinvolte : « Si tu voulais te tuer, comment t'y prendrais-tu ? »

Cal a semblé satisfait que je lui pose la question.

— J'y ai souvent pensé ; je me ferais sauter la cervelle avec un pistolet.

J'étais désorientée. C'était bien une idée d'homme de faire ça avec un pistolet. Je n'avais aucune chance de mettre la main sur un pistolet. Et même si j'en avais l'occasion, je n'aurais pas la moindre idée de l'endroit où je devrais tirer.

J'avais déjà lu des articles sur des gens qui avaient voulu se tuer avec un pistolet, ils n'avaient réussi qu'à sectionner un nerf important et à rester paralysés, ou alors ils se déchiquetaient le visage et la chirurgie faisait des miracles, on arrivait encore à les faire survivre.

Je trouvais que le pistolet comportait de grands risques.

— Quel genre de pistolet ?

— Le pistolet de mon père, il le garde chargé. Je n'ai qu'à rentrer dans son bureau un beau jour et... click !

Cal avait pointé l'index sur sa tempe et esquissé une grimace comique, de ses yeux gris clair écarquillés il me regardait.

— Ton père... il vit près de Boston ? ai-je demandé sans avoir l'air d'y toucher.

— Non, à Clacton-sur-Mer, c'est un Anglais.

Jody et Mark revenaient en courant toujours main dans la main, dégoulinant et se secouant comme deux chiots amoureux. J'ai trouvé qu'on commençait à être trop nombreux, alors je me suis levée et j'ai fait semblant de m'étirer.

— Je crois que je vais aller nager.

La présence de Jody, Mark et Cal commençait à me

taper sur les nerfs, un peu comme un gros morceau de bois qu'on baladerait sur les cordes d'un piano. À chaque instant j'avais peur de perdre le contrôle de mes nerfs, de me mettre à raconter que je ne pouvais ni lire, ni écrire, et que je devais bien être la seule personne au monde à n'avoir pas dormi pendant un bon mois sans tomber raide morte d'épuisement.

J'avais l'impression que mes nerfs fumaient comme les grils et la route saturée de chaleur. Tout le paysage, la plage, l'arrière-pays, la mer et le rocher tremblotaient devant mes yeux comme un décor de théâtre.

Je me demandais à quel endroit de l'espace le bleu stupide et factice du ciel virait au noir.

— Cal, va nager aussi !

Jody lui donnait des bourrades encourageantes.

— Ohhh...

Cal s'est caché le visage avec sa serviette.

— Elle est trop froide...

J'ai commencé à descendre vers la mer.

Pour je ne sais quelle raison, dans la lumière crue de midi, l'eau avait l'air aimable et accueillante.

Je pensais que la noyade devait être la plus douce des manières de mourir, et brûler, la pire. Quelques-uns des bébés dans les bocaux que Buddy Willard m'avaient montrés, possédaient des branchies. Ils traversaient une étape où ils étaient comme des poissons, m'avait-il expliqué.

Une petite vaguelette chargée d'immondices, de papiers gras, de pelures d'oranges, d'algues, s'est écrasée sur mon pied.

J'ai entendu crisser le sable derrière moi et Cal s'est avancé.

— Nageons jusqu'au rocher là-bas.

Je le lui indiquais du doigt.

— T'es folle ! Ça fait au moins un mille !

— Et alors ? T'es un homme ou une poule mouillée ?

Cal m'a prise par l'épaule et m'a basculée dans l'eau.

Quand nous avons eu de l'eau jusqu'à la taille, il m'a enfoncée sous l'eau. J'ai refait surface avec mille éclaboussures, les yeux rougis par le sel. L'eau était verte et à moitié opaque, comme un gros morceau de quartz.

J'ai commencé à nager, un peu à la chien, le visage tourné vers le rocher. Cal crawlait lentement. Après un moment il a redressé la tête et il s'est mis à nager debout.

— Je peux pas... soufflait-il bruyamment.

— D'accord, retourne...

Je pensais nager jusqu'à ce que je sois trop épuisée pour revenir. Pendant que je battais l'eau, les battements de mon cœur cognaient dans mes oreilles comme le moteur d'une voiture.

Je vis, je vis, je vis.

Déjà, ce même matin, j'avais essayé de me pendre.

Dès que ma mère était partie travailler j'avais pris la cordelette de soie de sa robe de chambre jaune. Dans l'ombre feutrée de la chambre, j'avais fait un nœud coulant. Ça m'avait pris longtemps parce que je suis nulle pour faire des nœuds, et je ne savais pas très bien comment il fallait m'y prendre.

Ensuite j'étais partie à la recherche d'un endroit où j'aurais pu accrocher ma corde.

Le problème était que notre maison n'avait pas des plafonds comme il faut. Ils étaient bas, blancs et enduits de plâtre, pas le moindre anneau pour suspendre un lustre, pas la plus petite poutre. Je me suis souvenue avec amertume de la maison que possédait ma grand-mère avant qu'elle la vende pour aller vivre avec nous puis avec ma tante Libby.

La maison de ma grand-mère était une belle maison dans le style dix-neuvième ; avec des chambres à hauts plafonds, des énormes encorbellements pour poser des chandeliers, des placards géants avec des tringles solides, un grenier où jamais personne ne mettait les pieds et qui était rempli de malles, de cages à perroquet, de mannequins de couturier et avec des poutres aussi larges que des mâts de navire.

Mais c'était une vieille maison. Elle l'avait vendue et je ne connaissais personne qui ait une maison de ce genre. Après un moment décourageant, passé à chercher sans succès, avec la corde passée à mon cou, comme une queue de chat jaune, je m'étais assise sur le bord du lit de ma mère et j'avais essayé de serrer la corde avec les mains.

Chaque fois que j'avais tiré sur la corde suffisamment pour que je sente pleurer mes yeux et le sang monter à mon visage, mes mains faiblissaient, elles laissaient glisser la corde et je me sentais mieux à nouveau.

C'est alors que j'ai compris que mon corps possédait plus d'un tour dans son sac ; du genre rendre mes mains molles au moment crucial, ce qui lui sauvait la vie à chaque fois, alors que si j'avais pu le maîtriser parfaitement, je serais morte en un clin d'œil.

Il allait falloir que je le trompe avec le peu d'intelligence qui me restait, sinon il allait m'enfermer pour cinquante ans dans une cage absurde, ayant alors complètement perdu la boule. Quand les gens se rendraient compte que j'étais folle à lier — et cela ne manquerait pas de se produire malgré les silences de ma mère — ils la persuaderaient de m'enfermer dans un asile où l'on saurait me guérir.

Seulement voilà, mon cas était incurable.

Au drugstore du coin j'avais acheté quelques livres de poche sur la psychologie pathologique. J'avais comparé mes symptômes avec ceux qui étaient décrits dans les livres, et bien entendu, mes symptômes étaient ceux des cas les plus désespérés.

En dehors des journaux à scandales, je ne pouvais lire que des livres de psychologie pathologique. C'était comme, si on m'avait laissé une petite faille grâce à laquelle je pouvais tout apprendre sur mon cas pour mieux en finir.

Je me suis demandé après le fiasco de la pendaison s'il ne valait pas mieux abandonner et me remettre entre les mains des docteurs. Mais je me suis souvenue du docteur Gordon et son appareil à électro-chocs personnel. Une fois enfermée, ils pourraient m'en faire tout le temps. J'ai pensé aux visites de ma mère et de mes amis qui viendraient me voir jour après jour, espérant que mon état allait s'améliorer. Mais leurs visites s'espaceraient et ils abandonneraient tout espoir. Ils m'oublieraient.

Ils deviendraient pauvres.

Au début, ils voudraient que je reçoive les meilleurs

soins. Ils engloutiraient tout leur argent dans des cliniques privées comme celle du docteur Gordon. Finalement, quand ils n'auraient plus d'argent, je serais transférée dans un hôpital d'État, avec des centaines de malades comme moi, tous enfermés dans une grande cellule au fond d'une cave.

Plus votre cas est désespéré, plus on vous cache.

Cal avait fait demi-tour et il nageait vers la plage. Pendant que je le regardais, il est sorti de l'eau qui lui arrivait à hauteur du cou. Son corps avait l'air sectionné comme un ver blanc, une moitié dans les vaguelettes vertes de l'eau, l'autre sur fond de sable kaki. Puis il est complètement sorti du vert pour aller sur le kaki et il s'est perdu au milieu des centaines d'autres vers qui se tortillaient ou se prélassaient entre la mer et le ciel.

Je pagayais des mains et remuais les pieds. Le rocher en forme d'œuf n'avait pas l'air d'approcher d'un mètre depuis que Cal et moi l'avions regardé du rivage.

Alors, je me suis rendu compte que cela ne servirait à rien de nager aussi loin que le rocher, parce que mon corps se servirait de ce prétexte pour se coucher au soleil et accumuler des forces pour le retour. La seule chose à faire était de me noyer tout de suite et ici même.

Alors, je me suis arrêtée.

J'ai ramené les mains sur ma poitrine, j'ai rentré la tête et j'ai plongé en me servant de mes mains pour écarter l'eau. La pression écrasait mes tympans et mon cœur. Je me laissais couler, mais avant que je sache ce qui m'arrive, l'eau m'avait déjà recrachée au soleil. Le monde étincelait autour de moi, comme des pierres précieuses, bleues, jaunes, vertes.

Je me suis essuyé les yeux.

Je chancelais après cet effort exténuant mais je flottais sans effort.

J'ai plongé et replongé, mais chaque fois, je remontais comme un bouchon.

Le rocher gris se moquait de moi qui ballottait dans l'eau comme une bouée.

Je savais me reconnaître battue.
J'ai donc fait demi-tour.

Les fleurs s'agitaient comme des enfants vifs et
éveillés, pendant que je les poussais le long du couloir
dans le chariot.

Je me sentais idiote avec cet uniforme de Volontaire
couleur vert cendré, superflue, comparée aux docteurs
et aux infirmières en uniforme blanc ; même comparée
aux filles de salle en uniforme marron qui me croi-
saient sans un mot avec leur balai et leur seau d'eau
sale.

Si l'on m'avait payée, peu importe combien, j'aurais
au moins pu considérer que je faisais un vrai travail,
mais pour une matinée passée à distribuer des journaux, des sucreries et des fleurs, je ne recevais qu'un
déjeuner gratuit.

Ma mère affirmait que le meilleur remède lorsqu'on
pense trop à soi, c'est d'aider ceux qui sont dans une
situation pire que la sienne. Donc, Thérésa s'était
débrouillée pour me faire signer un engagement de
Volontaire dans l'hôpital local. Ce n'était pas facile
d'y entrer comme Volontaire parce que c'était l'ob-
jectif de toutes les membres de la Ligue des Jeunes
Femmes d'Amérique, mais heureusement pour moi,
elles étaient toutes en vacances.

J'avais espéré qu'ils m'enverraient à la surveillante
chargée des cas vraiment désespérés, qu'ils se rendraient compte que malgré mon visage figé et buté,
je ne demandais qu'à bien faire, qu'ils seraient recon-
naissants. Mais le chef des Volontaires, une dame de
la haute société qui fréquentait notre église, m'avait
jeté un coup d'œil et m'avait dit : « Vous irez en
maternité. »

Je suis allée au troisième, à la salle des infirmières
de la maternité et je me suis présentée à la surveillante. Elle m'a confié le chariot à fleurs. Je devais
déposer dans les bonnes chambres les pots qu'il fallait
à côté des lits correspondants.

Mais avant d'arriver à la porte de la première chambre j'ai remarqué que beaucoup de fleurs étaient
fanées et brunissaient. Comme je trouvais ça déprimant pour une femme qui vient d'accoucher de voir

quelqu'un planter un gros bouquet de fleurs fanées à côté d'elle, j'ai donc approché le chariot d'un lavabo dans un recoin du couloir et j'ai commencé à enlever toutes les fleurs fanées.

Et puis j'ai enlevé toutes celles en train de mourir.

Comme il n'y avait pas de poubelle en vue, j'ai fait une boule avec les fleurs que j'avais enlevées et je les ai laissées dans le grand lavabo blanc. Il était froid comme une tombe. J'ai souri, à la morgue de l'hôpital ils devaient faire pareil avec les cadavres. Mon geste, bien que modeste, se faisait l'écho de celui plus noble des docteurs et des infirmières.

J'ai ouvert la porte de la première chambre et je suis entrée en tirant mon chariot. Deux infirmières m'ont sauté dessus et j'ai perçu confusément des étagères et des pharmacies.

— Qu'est-ce que vous voulez ? m'a gravement demandé une des infirmières. Elles se ressemblaient tellement que je n'arrivais pas à les distinguer l'une de l'autre.

— Je distribue les fleurs...

L'infirmière qui m'avait adressé la parole m'a conduite dehors en manœuvrant le chariot d'une main experte et de l'autre elle me tenait par l'épaule. Elle a ouvert la porte suivante et m'a fait entrer, puis elle a disparu.

J'entendais fuser des rires au loin qui ont disparu quand la porte s'est refermée.

Dans la chambre il y avait six lits, chacun occupé par une femme. Elles étaient toutes assises, tricotant, lisant des magazines, se frisant les cheveux tout en jacassant comme des perroquets dans une cage.

Je m'étais imaginé qu'elles seraient en train de dormir, allongées et pâles, je devrais me déplacer sur la pointe des pieds pour voir les numéros de leur lit et ceux inscrits sur du ruban adhésif collé sur les vases, mais avant même que j'aie pu me ressaisir, une blonde platinée, pétulante, le visage triangulaire, m'a fait signe d'approcher.

Je me suis avancée, abandonnant le chariot au milieu de la chambre, mais elle a fait un geste d'impatience et j'ai compris qu'elle voulait que j'amène aussi le chariot.

Je l'ai approché de son lit avec un gentil sourire.

— Hé... mais où est mon pied-d'alouette ?

Une énorme dame tout avachie me fusillait de ses yeux d'aigle depuis le côté opposé de la chambre.

La blonde au visage en lame de couteau s'est penchée sur le chariot.

— Voilà mes roses jaunes, mais elles sont toutes mélangées avec d'épouvantables iris !

D'autres voix se sont jointes à celles des deux premières femmes. Elles se coupaient la parole, parlaient fort et leurs voix étaient chargées de reproches.

J'allais ouvrir la bouche pour expliquer que j'avais jeté les pieds-d'alouette fanés dans l'évier et que j'avais ajouté d'autres fleurs aux bouquets qui avaient l'air trop maigrichons une fois que je les avais triés, mais la porte battante s'est ouverte et une infirmière est entrée pour voir la cause du désordre.

— Ecoutez un peu, où sont passés ces magnifiques pieds-d'alouette que Larry m'a apportés hier soir ?

— Elle a salopé mon bouquet de roses jaunes !

Je me suis mise à courir tout en déboutonnant mon uniforme vert et je l'ai flanqué au passage dans le lavabo où j'avais jeté les fleurs. J'ai dévalé les escaliers quatre à quatre et je me suis retrouvée dans la rue sans avoir croisé une âme.

— C'est par où le cimetière ?

L'Italien en blouson de cuir s'est arrêté et il m'a indiqué un chemin derrière l'église méthodiste. Jusqu'à neuf ans j'avais été méthodiste, mais à la mort de mon père nous sommes devenues unitariennes.

Avant d'être méthodiste, ma mère était catholique. Ma grand-mère, mon grand-père et ma tante Libby étaient toujours catholiques. Ma tante Libby avait quitté l'Eglise catholique en même temps que ma mère, mais comme elle était tombée amoureuse d'un Italien catholique, elle y était retournée.

Récemment moi aussi j'avais envisagé d'aller à l'église catholique. Je savais que les catholiques considéraient le suicide comme un péché mortel. Mais puisqu'il en était ainsi ils parviendraient peut-être à m'en dissuader plus facilement.

Bien sûr, je ne croyais pas à une autre vie après la

Elle envisage aller église catho.

mort, ni à l'Immaculée Conception, ni à l'Inquisition,
ni à l'infaillibilité de ce petit pape au visage simies-
que, ni à rien de tout cela ; mais je n'avais pas
besoin de le dire au prêtre je pouvais très bien me
concentrer uniquement sur mon péché et il m'aiderait
à me repentir.

L'ennui, c'est que l'église, même l'église catholique,
ne vous absorbe pas entièrement. On peut s'agenouil-
ler et prier pendant des heures, mais il faut quand
même manger trois fois par jour, avoir un boulot et
vivre dans le monde.

J'ai voulu savoir depuis combien de temps il fallait
être catholique pour pouvoir devenir nonne. J'ai donc
posé la question à ma mère, en pensant qu'elle saurait
me répondre.

Elle m'a ri au nez.

— Tu crois qu'ils vont accepter quelqu'un comme
toi, comme ça, tout d'un coup, mais il faudrait que tu
saches tous les credo, le catéchisme, et puis, il faut y
croire, d'un bout à l'autre... Enfin... une fille intelligente
comme toi !

Malgré tout, je me voyais quand même devant un
prêtre de Boston. Il fallait que cela soit Boston parce
que je ne voulais pas qu'un prêtre de ma ville natale
sache jamais que j'avais voulu me tuer. Les prêtres
sont épouvantablement bavards.

Je serais tout de noir vêtue, le visage blanc comme
la mort, je me jetterais à ses pieds et je l'implore-
rais : « Oh mon père... aidez-moi ! »

Mais tout ça, c'était avant que les gens commencent
à me regarder de travers, comme les infirmières à
l'hôpital par exemple.

J'étais sûre que les catholiques n'accepteraient jamais
une nonne dingue. Un jour le mari de tante Libby avait
fait une blague à propos d'une nonne qu'un couvent
avait envoyée à Thérésa pour un examen complet.
Cette nonne entendait des harpes et une voix qui
chantait « Alleluia ! ». Seulement, quand on lui posait
des questions un peu plus précises, elle ne savait plus
très bien si la voix chantait « Alleluia ! » ou bien
« Arizona ! ». Cette nonne était originaire de l'Arizona.
Je crois qu'elle a échoué à l'asile.

J'ai tiré mon voile noir sur le menton et j'ai traversé les grilles de fer forgé. Je trouvais ça curieux, depuis le temps que mon père était enterré dans ce cimetière, personne ne l'avait jamais visité. Ma mère ne nous avait pas laissés assister aux obsèques parce que nous étions encore trop jeunes. Comme mon père était mort à l'hôpital, le cimetière et même sa mort m'avaient toujours semblé irréels.

Depuis quelques temps j'avais très envie de payer à mon père ma dette pour toutes ces années d'abandon. Je voulais aussi m'occuper de sa tombe. J'avais toujours été la préférée de mon père, et il me semblait naturel de porter le deuil que ma mère ne s'était jamais préoccupée de porter.

Je pensais que si mon père n'était pas mort, il m'aurait tout appris sur les insectes puisque c'était sa spécialité à l'université. Il m'aurait aussi enseigné l'allemand, le grec et le latin ; peut-être serais-je luthérienne ? Mon père avait été luthérien dans le Wisconsin, mais comme c'était démodé en Nouvelle-Angleterre, il était devenu un luthérien déchu puis un athée amer, comme disait ma mère.

Le cimetière me décevait. Il était à la périphérie de la ville, sur un sol lourd, comme un dépôt d'ordures, et en marchant dans les allées de graviers je sentais au loin l'odeur des marais salants.

Le vieux cimetière était bien avec ses vieilles pierres tombales usées et ses monuments rongés par le lichen, mais je me suis vite rendu compte que mon père devait se trouver dans la partie moderne avec les années quarante.

Les pierres tombales dans la partie moderne étaient frustes et bon marché ; de temps en temps une tombe était bordée de marbre, comme une vieille baignoire remplie de terre. Il y avait des bacs en métal rouillé avec des fleurs en plastique à peu près à l'endroit où devait se trouver le nombril du cadavre.

Une fine bruine s'est mise à tomber du ciel et je me suis sentie très déprimée.

Je ne trouvais mon père nulle part.

Des nuages épais et bas fuyaient le coin de l'horizon où se trouvait la mer pour venir au-dessus des marécages et des baraquements de la plage ; des gouttes de pluie assombrissaient l'imperméable noir que j'avais acheté le matin même.

Une humidité collante me transperçait jusqu'aux os.

J'avais demandé à la vendeuse : « Est-ce que c'est vraiment imperméable ? » Et elle m'avait répondu : « Non, aucun manteau de pluie n'est vraiment imperméable, mais ils peuvent résister à une averse. »

Quand je lui avais demandé s'il existait quelque chose de vraiment imperméable, elle m'avait conseillé d'acheter un parapluie.

Mais je n'avais pas assez d'argent pour un parapluie. Avec les trajets aller et retour à Boston en bus, les cacahuètes, les journaux, les livres de poche de psychologie pathologique et le voyage jusqu'à ma vieille ville natale au bord de la mer, j'avais presque épuisé mes économies new yorkaises.

J'avais décidé que lorsqu'il ne me resterait plus d'argent à la banque, je le ferais ; et ce matin-là j'avais dépensé tout ce qui me restait en achetant cet imperméable.

J'ai enfin trouvé la tombe de mon père.

Elle était cachée derrière une autre tombe, tête à tête, comme on entasse les gens dans les hospices quand il n'y a pas assez de place. La pierre était en marbre rose moucheté, comme du saumon en boîte. Elle ne portait que le nom de mon père et en dessous, deux dates séparées par un trait d'union.

J'ai disposé au pied de la tombe la botte d'azalées que j'avais arrachées sur un arbuste à l'entrée du cimetière. Mes jambes ont cédé sous moi et je me suis retrouvée assise dans l'herbe détrempée. Je ne savais pas pourquoi, mais je pleurais toutes les larmes de mon corps.

Je me suis souvenue que je n'avais pas pleuré lors de la mort de mon père.

Ma mère non plus n'avait pas pleuré. Elle s'était contentée de sourire en disant que la mort était une bonne chose pour lui, s'il avait survécu il serait devenu infirme, invalide à vie et ça, jamais il ne l'aurait supporté, il aurait cent fois choisi la mort.

J'ai appuyé ma tête sur la douce surface de marbre et j'ai hurlé ma peine à la pluie froide et salée.

Esther est au cimetière et pleure son père.

Je savais exactement comment m'y prendre.

A la minute même où les pneus de la voiture ont fait crisser le gravier en partant, quand le bruit du moteur s'est évanoui, j'ai sauté du lit, enfilé à toute vitesse mon chemisier blanc, ma jupe verte imprimée et mon imperméable noir. Il était encore humide de la veille, mais cela n'aurait plus d'importance.

Je suis descendue, j'ai ramassé l'enveloppe bleu pâle sur la table de la salle à manger et j'ai écrit sur le dos en grosses lettres maladroites : « *Je vais faire une longue promenade.* »

J'ai laissé le message à un endroit où ma mère le trouverait inévitablement en rentrant.

Et puis j'ai éclaté de rire.

J'avais oublié l'essentiel !

Je suis remontée quatre à quatre et j'ai tiré une chaise devant le placard de ma mère. Je suis montée dessus et j'ai attrapé un petit coffre vert qui était rangé sur l'étagère du haut. J'aurais pu tordre le couvercle entre mes mains nues tellement le cadenas était fragile, mais je voulais faire les choses avec calme et méthode.

J'ai ouvert le tiroir supérieur droit de son secrétaire et j'ai sorti la boîte bleue à bijoux de sa cachette sous les mouchoirs parfumés en coton d'Irlande. J'ai décroché la petite clé agrafée sur le velours sombre. J'ai ouvert le coffre et j'ai sorti le flacon de comprimés. Il y en avait plus que je ne l'espérais.

Il y en avait au moins cinquante.

Si j'avais dû attendre que ma mère me les accorde un à un, nuit après nuit, il m'aurait fallu cinquante nuits pour en accumuler suffisamment. Cinquante nuits... cela voulait dire que le collège aurait recommencé, que mon frère serait revenu d'Allemagne : il serait trop tard.

J'ai épinglé à nouveau la clé dans la boîte à bijoux, au milieu du fouillis de chaînettes et de bagues en toc. J'ai replacé la boîte dans le tiroir, sous les mouchoirs. J'ai remis le coffre dans le placard et j'ai rangé la chaise au même endroit sur le tapis.

Je suis descendue dans la cuisine. J'ai ouvert le robinet et je me suis versé un grand verre d'eau.

Ensuite j'ai pris le verre et le flacon de comprimés et je suis descendue à la cave.

Une lumière faiblarde filtrait à travers les soupiraux. Derrière la chaudière, il y avait un trou noir dans le mur qui disparaissait sous le passage couvert et qui m'arrivait à hauteur d'épaule. Le passage avait été ajouté à la maison après la construction de la cave et construit au-dessus de cette grotte secrète au sol de terre battue.

Quelques vieilles bûches bloquaient l'entrée. Je les ai un peu repoussées et j'ai posé le verre et le flacon côte à côte sur une des bûches. J'ai commencé à pénétrer dans le trou. Ça m'a pris un bout de temps pour me coincer là-dedans mais finalement après bien des tentatives j'y suis parvenue et j'étais accroupie comme une naine à l'entrée des ténèbres.

La terre était douce sous mes pieds nus, mais elle était froide. Je me suis demandé depuis combien de temps ce petit carré de terre n'avait pas vu le soleil.

Ensuite, l'une après l'autre, j'ai remis les bûches couvertes de poussière en travers de l'entrée de mon trou.

L'obscurité était épaisse comme du velours. J'ai attrapé le verre et le flacon et, précautionneusement à genoux, la tête baissée, j'ai rampé jusqu'au fond du trou.

Mon visage effleurait des toiles d'araignées douces comme de la mousse. Resserrant mon imperméable noir autour de moi comme une ombre secrète, j'ai dévissé le bouchon du flacon et j'ai commencé à avaler les comprimés un à un entre des gorgées d'eau.

Au début il ne s'est rien passé. Mais en approchant du fond du flacon, des lumières bleues et rouges éclataient à intermittence devant mes yeux. Le flacon m'a échappé des mains et j'ai basculé sur le sol.

Le silence s'est retiré... barrant la route aux galets, aux coquillages et à toutes les petites épaves minables de ma vie, puis... à la limite de ma vision il s'est ramassé sur lui-même et d'une seule vague balayant tout, il m'a emportée dans le sommeil.

tentative avec comprimé

CHAPITRE XIV

Il faisait complètement noir.

Je ne sentais que les ténèbres et rien d'autre. Ma tête s'est soulevée pour les explorer, comme celle d'un ver. Quelqu'un gémissait. Un poids écrasant m'a brutalement frappé la joue comme un mur de pierre et le gémissement a cessé.

Le silence est revenu, polissant sa surface comme une eau noire qui se referme après la chute d'un caillou.

Un vent froid m'assaillait. On me transportait à une vitesse fantastique dans un tunnel plongeant vers le centre de la terre. Le vent est tombé, il y avait comme un grondement, celui de voix nombreuses qui se disputaient, protestaient, quelque part... loin. Les voix aussi se sont tues.

Des cisailles se sont refermées au-dessus d'un de mes yeux. Une fente de lumière s'est dessinée comme une bouche ou les lèvres d'une plaie, mais tout d'un coup l'obscurité s'est refermée sur moi. J'essayais de tourner le dos à la source de lumière, mais des mains s'étaient emparées de moi comme les bandages d'une momie et je ne pouvais plus bouger.

Je commençais à croire que j'étais dans une pièce souterraine, éclairée par des milliers de lumières aveuglantes et que cette pièce était remplie de gens qui — sans que je sache pourquoi — me maintenaient couchée.

Les cisailles ont mordu à nouveau et la lumière s'est insinuée dans ma tête. Dans l'obscurité épaisse et chaude comme de la fourrure, une voix a crié : « Maman ! »

L'air bruissait et jouait avec mon visage.

Je percevais l'apparence de la chambre autour de moi, une grande pièce aux fenêtres ouvertes. Un oreiller s'écrasait sous ma tête et mon corps flottait comme vidé de son poids entre des draps fins.

Je sentais la chaleur, comme une main sur mon visage. Je devais être allongée au soleil, si j'ouvrais les yeux, je verrais peut-être des couleurs et des formes se pencher au-dessus de moi, comme des infirmières.

J'ai ouvert les yeux.

L'obscurité était totale.

Quelqu'un respirait près de moi.

— Je ne vois rien !

Une voix enjouée parlait dans les ténèbres.

— Il y a beaucoup d'aveugles dans le monde, un jour... tu épouseras un bel aveugle.

L'homme aux cisailles était revenu.

— Pourquoi vous donnez-vous tant de mal, ai-je dit, cela ne sert à rien !

— Il ne faut pas parler comme ça !

Ses doigts tâtaient la grosse bosse douloureuse au-dessus de mon œil gauche. Il a desserré quelque chose et un vague rayon de lumière est apparu, comme un trou dans un mur. Un visage d'homme me regardait penché au bord du trou.

— Pouvez-vous me voir ?

— Oui.

— Pouvez-vous voir d'autres choses ?

Alors, je me suis souvenue.

— Je ne peux rien voir ! Je suis aveugle !

Le trou a diminué et l'obscurité est revenue.

— Quelle idiotie ! Qui vous a dit ça ?

— L'infirmière !

L'homme a reniflé, il a reajusté le pansement sur mon œil.

— Vous êtes une jeune fille qui a beaucoup de veine, votre vue est absolument intacte.

— Une visite pour vous !

L'infirmière souriait puis a disparu.

Souriante, ma mère est entrée puis s'est avancée vers mon lit. Elle portait une robe violette avec des roues de fiacre, elle avait une mine épouvantable.

Un grand garçon la suivait. D'abord j'ai eu du mal à le reconnaître, parce que mon œil ne s'ouvrait qu'à peine, mais après, j'ai reconnu mon frère.

— Ils m'ont dit que tu voulais me voir...

Ma mère s'est assise sur le bord du lit, la main posée sur ma jambe. Elle débordait d'amour et de reproches. Je voulais qu'elle s'en aille.

— Je ne crois pas avoir dit ça.

— Ils m'ont dit que tu m'avais appelée...

Elle était au bord des larmes. Son visage se ridait et tremblotait comme de la gelée.

— Comment te sens-tu ? m'a demandé mon frère.

J'ai regardé ma mère dans les yeux.

— Pareil.

— Une visite pour vous !

— Je ne veux pas de visite !

L'infirmière s'est dépêchée de sortir et elle a chuchoté quelque chose à quelqu'un dans le couloir. Elle est revenue.

— Il tient beaucoup à vous voir...

J'ai baissé les yeux sur mes jambes jaunes qui dépassaient du pyjama inconnu de soie jaune qu'on m'avait enfilé. Quand je bougeais, ma peau remuait mollement, comme s'il n'y avait aucun muscle dessous, elle était recouverte de poils noirs, courts et drus.

— Qui est-ce ?

— Quelqu'un que vous connaissez.

— Son nom ?

— George Bakewell.

— Je ne connais pas de George Bakewell.

— Il affirme vous connaître.

L'infirmière est ressortie, un garçon que je connaissais est entré et m'a demandé : « Ça ne vous ennuie pas que je m'assoie au bord du lit ? »

Il portait une blouse blanche et je voyais un stéthoscope dépasser de sa poche. J'ai pensé que ce devait être quelqu'un que je connaissais qui s'était déguisé en docteur.

J'avais l'intention de cacher mes jambes si quel-'qu'un entrait, mais maintenant c'était trop tard, je les ai donc laissées dehors, dégoûtantes et moches.

« C'est moi, pensais-je. Je suis comme ça. »

— Tu te souviens bien de moi Esther, n'est-ce pas ?

J'examinais son visage à travers la fente de mon œil valide. L'autre n'était pas encore ouvert, mais l'oculiste affirmait que dans quelques jours il serait parfait.

Ce garçon m'observait comme si j'étais une nouvelle acquisition du zoo, il était au bord de la crise de fou rire.

— Tu te souviens de moi Esther ?

Il me parlait lentement comme on parle à un enfant retardé.

— Je m'appelle George Bakewell, je vais à la même église que toi. Tu es sortie une fois avec mon camarade de chambre à Amherst.

A ce moment-là j'ai reconnu ce type. Il était enfoui quelque part aux confins de ma mémoire — le genre de visage à propos duquel je ne me casserais jamais la tête pour mettre un nom dessus.

— Qu'est-ce que vous faites ici ?

— Je suis interne dans cet hôpital.

Comment ce George Bakewell s'est-il débrouillé pour déjà être médecin ? me suis-je demandé. Il ne me connaissait pas vraiment d'ailleurs. Il voulait seulement voir à quoi ressemblait une fille assez folle pour se suicider.

J'ai tourné la tête vers le mur.

— Fichez le camp, fichez le camp tout de suite ! Ne revenez jamais !

— Je veux me regarder dans une glace.

L'infirmière chantonnait en s'affairant, elle ouvrait tous les tiroirs, rangeait les nouveaux sous-vêtements, chemisiers, jupes et pyjamas que ma mère m'avait achetés et apportés dans une valise noire en cuir verni.

— Pourquoi n'ai-je pas le droit d'avoir une glace ?

On m'avait habillée dans une sorte de linceul à rayures grises et blanches comme de la toile à matelas, avec une grosse ceinture rouge, brillante, et ils m'avaient trimbalée dans un fauteuil.

— Pourquoi ?

— Parce que ça vaut mieux.

L'infirmière a refermé le couvercle de la valise avec un petit claquement.

— Pourquoi ?

— Parce que vous n'êtes pas très jolie...

— Oh, laissez-moi voir !

Elle a soupiré en ouvrant le tiroir de la coiffeuse. Elle a sorti une grande glace dans un cadre du même bois que la coiffeuse et elle me l'a tendue.

D'abord, je n'ai pas compris où elle voulait en venir, ce n'était pas une glace, c'était un tableau.

On n'aurait su dire s'il s'agissait d'un homme ou d'une femme, parce que le crâne était rasé et couvert d'un minuscule duvet de poussin. Une moitié du visage était violette et faisait saillie de façon difforme, tirant vers le vert sur les bords, puis vers le jaune brouillé. La bouche était marron clair avec de chaque côté une blessure peinte en rose.

La chose la plus étonnante dans ce tableau était cet assemblage fantastique de couleurs vives.

J'ai souri.

La bouche dans la glace s'est fendue dans une sorte de grimace.

Une minute après le bruit, une autre infirmière s'est précipitée dans la pièce. Elle a jeté un coup d'œil sur le miroir brisé, puis sur moi, debout au milieu des morceaux de verre et elle a fait sortir la jeune infirmière.

— Qu'est-ce que je vous avais dit ?

— Mais je...

— Qu'est-ce que je vous avais dit !

J'écoutais sans grand intérêt. Tout le monde pouvait briser un miroir, je ne voyais pas pourquoi elles en faisaient tout un plat.

L'autre infirmière, la vieille est revenue dans la chambre. Elle me toisait sévèrement, les bras croisés.

— Sept ans de malheur !

— Quoi ?

— J'ai dit... l'infirmière élevait la voix comme si j'étais sourde... *sept ans de malheur !*

La jeune infirmière est revenue avec un balai et une pelle et elle s'est mise à ramasser les éclats scintillants.

— Ce n'est que de la superstition ! ai-je répondu.

— Hein ? ! !

La seconde infirmière s'adressait à celle qui était à quatre pattes, comme si je n'étais pas là.

— Là où tu sais, ils sauront s'occuper d'elle !

Par la vitre arrière de l'ambulance je voyais disparaître toutes les rues familières dans un entonnoir de verdure. Ma mère était assise d'un côté et mon frère de l'autre.

J'avais fait semblant de ne pas savoir pourquoi on me transportait de l'hôpital local à celui de la ville, pour savoir ce qu'ils allaient me dire.

— Ils veulent que tu sois sous surveillance spéciale, dans notre petit hôpital ils n'ont pas ce genre de service, disait ma mère.

— J'aimais bien comme c'était...

La bouche de ma mère s'est pincée.

— Alors, il aurait fallu mieux te conduire.

— Quoi ?

— Si tu n'avais pas cassé ce miroir, peut-être t'auraient-ils gardée...

Mais bien entendu je savais que le miroir n'avait rien à voir là-dedans.

J'étais assise dans mon lit, les couvertures tirées jusqu'au menton.

— Pourquoi n'ai-je pas le droit de me lever ?

— Les visites de contrôle, vous pourrez vous lever après la visite de contrôle.

L'infirmière tirait les rideaux du lit voisin et une grosse jeune femme italienne est apparue.

L'Italienne avait une masse de boucles noires qui partaient de son front pour monter très haut à la Pompadour et redescendre ensuite le long de son dos. Chaque fois qu'elle bougeait l'énorme masse de cheveux suivait le mouvement, comme si elle était découpée dans du carton noir.

La femme m'a regardée et elle s'est bêtement mise à rire.

— Que faites-vous ici ?

188

Elle n'a pas attendu ma réponse.

— Moi, je suis ici à cause de ma belle-mère qui est canadienne-française.

De nouveau elle riait stupidement.

— Mon mari, sait que je ne peux pas la souffrir, mais malgré ça, il a déclaré qu'elle viendrait nous voir. Quand elle est venue, ça a été plus fort que moi, ma langue a jailli de ma bouche et je ne pouvais plus m'arrêter. Ils m'on emmenée au service des urgences et après, ils m'ont mise ici... elle a baissé la voix... avec les dingues... Et vous, pourquoi vous êtes là ?

Je l'ai regardée bien en face, avec ma bosse violette et mon œil vert.

— Moi, j'ai essayé de me tuer.

La femme m'a observée et brusquement elle a attrapé un roman-photo sur sa table de chevet et elle a fait semblant de lire.

La porte battante en face de mon lit s'est brusquement ouverte et tout un groupe de jeunes gens et de jeunes filles en blouse blanche a pénétré dans la chambre accompagné d'un homme plus âgé aux cheveux gris. Ils se sont regroupés autour de mon lit.

— Et comment se sent-on ce matin Mlle Greenwood ?

J'essayais de repérer celui d'entre eux qui avait parlé. J'ai horreur de parler à un groupe. Quand je dois parler à un groupe, j'essaie toujours d'isoler une personne et de lui parler à elle, mais pendant que je parle je sens que les autres m'observent et me prennent en traître. J'ai également horreur des gens qui vous demandent pleins d'entrain comment vous vous sentez et qui s'attendent à ce que vous leur répondiez « Très bien » alors qu'ils savent pertinemment que vous êtes à l'agonie.

— Je me sens miteuse.

— Miteuse... humm... a dit un garçon, et il a baissé la tête pour cacher un petit ricanement.

Quelqu'un d'autre a écrit quelque chose sur un bloc. Un autre a repris un visage impassible et m'a demandé : « Pourquoi ? »

J'étais sûre que certains garçons ou certaines filles du groupe pourraient bien être des camarades de Buddy Willard. Ils apprendraient que je le connaissais, ils seraient avides de me voir, et après ils parleraient de moi entre eux. Je voulais être dans un endroit où personne de ma connaissance ne puisse m'approcher.

— Je ne peux pas dormir.

Ils m'ont interrompue.

— Mais l'infirmière nous dit que vous avez dormi la nuit dernière...

J'ai regardé le cercle de jeunes visages étrangers.

— Je ne peux pas lire.

J'élevais la voix.

— Je ne peux pas manger.

Je me suis brusquement souvenue que depuis que j'étais ici, je mangeais comme un ogre.

Ils me tournaient maintenant le dos et se parlaient à voix basse. Finalement l'homme aux cheveux gris s'est détaché du groupe.

— Merci Mlle Greenwood, l'un de nous va se charger de vous.

Puis le groupe est passé au lit de l'Italienne.

— Et comment se sent-on ce matin Madame... a demandé quelqu'un et il a prononcé un nom long et plein de « l », comme Mme Tomolillo.

Mme Tomolillo gloussait.

— Je me sens bien docteur, oh oui... je me sens très bien...

Mais elle a baissé la voix et elle a murmuré quelque chose que je n'ai pu entendre. Une ou deux personnes du groupe m'ont jeté des coups d'œil, et quelqu'un a dit : « C'est entendu Mme Tomolillo » et il s'est reculé pour tirer le rideau qui séparait nos deux lits, comme un mur de briques blanches.

J'étais assise sur un banc de bois sur la pelouse entourée des quatre murs de briques de l'hôpital. Ma mère, dans sa robe violette avec les roues de fiacre était assise à l'autre bout du banc. Elle se tenait la tête entre les mains, l'index sur la joue et le pouce sous le menton.

Mme Tomolillo était assise avec d'autres Italiens hilares aux cheveux noirs sur le banc voisin. Chaque fois que ma mère bougeait, Mme Tomolillo l'imitait. Maintenant, elle était assise l'index sur la joue et le pouce sous le menton, la tête penchée sur le côté avec un air songeur.

— Ne bouge pas ! ai-je dit à ma mère à voix basse, cette femme t'imite.

Ma mère s'est retournée pour voir, mais rapide comme l'éclair Mme Tomolillo a laissé tomber ses grosses mains blanches dans son giron et elle s'est mise à parler à ses amis avec animation.

— Mais non, elle ne fait rien... a dit ma mère, elle ne nous regarde même pas.

Mais au moment même où ma mère s'est retournée vers moi, Mme Tomolillo joignait le bout des doigts comme ma mère venait de le faire, elle m'a jeté un méchant regard moqueur.

La pelouse était blanche de docteurs.

Pendant tout le temps où ma mère et moi étions assises là, dans l'étroit cône de soleil que laissaient pénétrer les murs de briques, les docteurs n'avaient cessé de venir vers moi pour se présenter.

— Je suis le docteur Untel, je suis le docteur Untel.

Il y en avait de si jeunes que je savais bien qu'ils n'étaient pas vraiment docteurs ; d'ailleurs l'un d'eux avait un nom qui sonnait exactement comme docteur « Syphilis ». Je me suis donc mise à faire attention, guettant les noms louches et les faux noms. Bien entendu un type brun qui ressemblait au docteur Gordon, sauf qu'il avait la peau sombre alors que celle du docteur Gordon était blanche, s'est approché et m'a annoncé : « Je suis le docteur Pancréas » et il m'a serré la main.

Après s'être présentés, les docteurs se sont dispersés tout en restant assez près pour écouter. Comme je ne pouvais tout de même pas dire à haute voix à ma mère qu'ils notaient tout ce que nous disions, dans ce cas ils l'auraient su, je lui ai donc chuchoté dans le creux de l'oreille, elle s'est vivement écartée.

— Oh ! Esther ! Je voudrais tant que tu coopères. Ils disent que tu ne les aides pas et que tu refuses de faire quoi que ce soit en thérapie rééducative...

— Faut que je sorte d'ici, lui ai-je dit avec le plus grand sérieux, après, j'irais mieux. C'est toi qui m'a collée ici, à toi de m'en sortir...

Je pensais que si j'arrivais seulement à persuader

ma mère de me sortir de là, je pourrais ensuite jouer sur ses faiblesses, comme le garçon au cerveau ramollissant dans la pièce de théâtre, et je saurais la forcer à faire ce qu'il y avait de mieux à faire.⌋

A ma grande surprise ma mère a déclaré : « D'accord, je vais essayer de te faire sortir d'ici, même si ce n'est que pour t'envoyer dans un meilleur endroit. Mais si j'essaie de te faire sortir... elle a posé la main sur mon genou, promets-moi d'être raisonnable... »

Je me suis tournée d'un seul bloc et j'ai regardé dans le blanc des yeux le docteur Syphilis qui prenait des notes sur un minuscule bloc à hauteur de mon épaule.

— Je te le promets, ai-je déclaré à haute et intelligible voix.

Le ⌈nègre⌉ poussait le chariot de nourriture dans la salle à manger des malades. Le département psychiatrique de l'hôpital était tout petit, seulement deux couloirs en « L », bordés de chambres, d'une alcôve où je me trouvais avec d'autres lits, et un petit renfoncement dans le coin du « L », avec une table et quelques chaises, qui était à la fois notre salon et notre salle à manger.

D'habitude c'était un vieil homme blanc qui nous servait le dîner, mais ce jour-là, c'était un nègre. Il était accompagné d'une femme portant des chaussures bleues à talon aiguille et elle lui indiquait ce qu'il fallait faire. Le nègre souriait stupidement et riait sous cape sans arrêt.

Il a apporté à notre table un plateau chargé de trois soupières avec des couvercles en fer blanc et il a commencé par les déposer très brutalement. La femme a quitté la pièce en verrouillant la porte derrière elle. Pendant tout le temps où il plaquait les soupières, les couverts émoussés et les épaisses assiettes de porcelaine blanche, il n'avait cessé de nous dévisager en roulant des yeux. On devinait aisément que nous étions ses premiers dingues.

Personne à table n'a fait un geste pour enlever les couvercles des soupières, l'infirmière était derrière nous pour voir si l'une d'entre nous les soulèverait avant qu'elle s'approche pour le faire elle-même. D'habitude, Mme Tomolillo enlevait les couvercles et ingurgitait le repas de tout le monde, comme une vraie petite mère. Mais ils l'avaient renvoyée chez elle et personne ne semblait vouloir prendre sa place.

Comme je mourais de faim, j'ai soulevé le couvercle de la première soupière.

— C'est très gentil de votre part Esther, a doucement déclaré l'infirmière, voudriez-vous vous servir de haricots puis les passer aux autres ?

Je me suis servie une assiette de mange-tout et je me suis tournée pour passer la soupière à ma voisine, une rousse imposante. C'était la première fois qu'elle avait reçu l'autorisation de venir à table. Je l'avais déjà vue une fois, tout au bout du couloir, debout devant la porte ouverte d'une chambre avec des fenêtres garnies de barreaux dans des renfoncements.

Elle hurlait et riait de façon vulgaire. Elle faisait claquer ses cuisses chaque fois que passait un docteur. L'infirmier en blouse blanche qui était chargé des gens au bout de ce couloir était affalé contre le radiateur, plié en deux, malade de rire.

La rousse m'a arraché la soupière des mains et a déversé le contenu dans son assiette. Les haricots ont formé une montagne devant elle puis le reste est tombé dans ses jupes ou par terre comme de la paille verte.

— Oh ! Mme Môle, s'est écriée l'infirmière d'une voix triste. Je crois qu'il vaut mieux qu'aujourd'hui vous preniez le repas dans votre chambre !

L'infirmière a reversé la plupart des haricots dans la soupière puis l'a tendue à la voisine de Mme Môle. Ensuite elle a emmené Mme Môle qui tout le long du couloir, jusqu'à sa chambre, tournait sur elle-même en nous faisant des grimaces et en grognant comme une vulgaire truie.

Le nègre est revenu et il a commencé à ramasser les assiettes de celles qui n'avaient pas encore mangé de haricots.

— On n'a pas fini ! lui ai-je dit. Attendez une minute !

— Bahh... bahhh...

Le nègre écarquillait les yeux en feignant l'étonnement. Il a jeté un coup d'œil derrière lui, l'infirmière

n'était pas encore revenue de la chambre de Mme Môle.
Le nègre m'a fait une courbette insolente.

— Mamzelle Cochi-Cochonne... a-t-il dit à voix basse.

J'ai soulevé le couvercle de la seconde soupière et
j'ai trouvé un tas de macaronis gelés, complètement
collés par une sorte de glu. La troisième et dernière
soupière était bourrée de haricots verts.

Je savais pertinemment qu'on ne sert pas deux sortes
de haricots au même repas. Haricots et carottes, haricots et petits pois, passe encore, mais jamais des haricots avec des haricots. Le nègre essayait simplement
de voir jusqu'où il pourrait nous charrier.

L'infirmière est revenue et le nègre s'est un peu
écarté. J'ai mangé autant que possible mes haricots
verts, je me suis levée de table, je suis passée du côté
où l'infirmière ne pouvait me voir au-dessous de la
taille et je me suis glissée derrière le nègre qui débarrassait des assiettes sales. J'ai pris de l'élan et je lui ai
donné de toutes mes forces un rapide coup de pied
sur le mollet. Il a bondi en arrière en poussant un
gémissement et il s'est mis à rouler des yeux.

— Oh, Mamzelle, mamzelle, grognait-il en se frot-
tant la jambe, vous au'iez pas dû fai'e ça ! Fallait pas,
v'aiment, fallait pas...

— Voilà ce que ça te rapporte mon vieux... et je l'ai
regardé droit dans les yeux

— Vous ne vous levez pas aujourd'hui ?

— Non...

Je me suis enfoncée plus profondément dans le lit
et j'ai tiré le drap par-dessus ma tête. Puis j'ai soulevé un petit coin de drap et j'ai jeté un coup d'œil.
L'infirmière secouait le thermomètre qu'elle venait de
me retirer de la bouche.

— Vous voyez, c'est normal.

Comme d'habitude j'avais déjà regardé le thermomètre avant qu'elle ne vienne le ramasser.

— Vous voyez bien qu'elle est normale ! Pourquoi
continuez-vous à la relever ?

Je voulais lui faire comprendre que si seulement
mon corps pouvait tomber malade j'en serais heureuse.
Je préférerais avoir n'importe quoi de travers dans

mon corps que quoi que ce soit dans la tête. Mais cette idée me paraissait trop compromettante et trop obsédante pour que je la lui confie, alors, j'ai préféré me taire. Je n'ai fait que plonger plus profondément dans mon lit.

À travers le drap j'ai senti une légère pression étrangère qui m'agaçait la jambe. J'ai jeté un coup d'œil. L'infirmière avait posé son plateau de thermomètres sur mon lit pendant qu'elle me tournait le dos et prenait le pouls de ma voisine qui remplaçait Mme Tomolillo.

Une méchanceté soudaine a commencé à couler dans mes veines, irritante et séduisante comme la sensation d'une dent qui se déchausse. J'ai bâillé et je me suis étirée, j'ai glissé le pied sous le plateau.

— Oh ! !

Le cri de l'infirmière a retenti comme un appel au secours et une autre infirmière est entrée en courant.

— Regardez ce que vous avez fait !

J'ai sorti la tête de sous les couvertures et j'ai regardé par-dessus le rebord du lit. Autour du plateau émaillé retourné, une étoile de fragments de thermomètres scintillait et les billes de mercure tremblaient comme une rosée céleste.

— Je suis navrée... c'est un accident.

La seconde infirmière m'a regardée avec un air sinistre.

— Vous l'avez fait exprès ! Je vous ai vue !

Puis elle s'est précipitée dehors pour rentrer immédiatement avec deux infirmiers qui m'ont emportée, lit et tout, jusqu'à la chambre de Mme Môle, mais avant, j'avais eu le temps de rafler une bille de mercure.

Quelques instants après qu'ils m'aient enfermée, j'ai vu le visage du nègre, une lune couleur de mélasse, qui se hissait sous les barreaux de ma fenêtre, mais j'ai fait semblant de ne pas le voir.

J'ai écarté un tout petit peu les doigts, comme un gosse cachant un secret et j'ai souri au globe d'argent qui épousait le creux de ma main. Si je le laissais tomber, il se briserait en millions de petites répliques de lui-même et si je les rapprochais, elles fusionneraient, à nouveau sans une faille pour reformer une seule bille.

J'ai longuement souri à la petite bille d'argent.

Je n'arrivais pas à imaginer ce qu'ils avaient bien pu faire de Mme Môle.

CHAPITRE XV

La Cadillac noire de Philomèna Guinéa naviguait dans la circulation de cinq heures comme une voiture de cérémonie. Bientôt elle franchirait le petit pont qui enjambe la rivière Charles et je pourrais sans arrière-pensée ouvrir la portière et me ruer sur la balustrade à travers la circulation. Un plongeon et les eaux se refermeraient sur ma tête.

Rêveusement je déchiquetais un Kleenex en petits morceaux et j'étudiais mes chances de réussite. J'étais assise à l'arrière de la Cadillac, ma mère d'un côté et mon frère de l'autre, tous les deux légèrement penchés en avant comme des barres diagonales bloquant chaque porte.

Devant moi, je voyais le cou couleur corned-beef du chauffeur, en sandwich entre sa casquette bleue et les épaules de son veston bleu ; à côté de lui, comme un frêle oiseau exotique, les cheveux argentés et le chapeau aux plumes émeraude de Philomèna Guinéa, l'écrivain célèbre.

Je ne savais pas au juste pourquoi Mme Guinéa était venue. Tout ce que je savais, c'est qu'elle s'était intéressée à mon cas, qu'au sommet de sa carrière, elle aussi avait échoué dans un asile.

Ma mère m'avait raconté que Mme Guinéa avait envoyé un télégramme des Bahamas où elle avait appris mon histoire par un journal de Boston. Elle

197

écrivaine l'a fait sortir et placée ds (Guinéa) endroit chll.

avait télégraphié : « Y a-t-il un garçon dans cette affaire ? » Car bien entendu, si un garçon avait été impliqué, Mme Guinéa n'aurait pu s'en mêler.

Ma mère avait également répondu par télégramme : « Non, c'est la carrière d'Esther. Elle pense qu'elle n'écrira plus jamais. »

Mme Guinéa était donc rentrée à Boston par avion, elle m'avait fait sortir de l'hôpital de la ville pour me conduire dans une clinique privée avec tennis, golf, parc, un vrai country-club, où elle paierait pour moi, comme si j'étais toujours boursière, jusqu'à ce que les docteurs, qu'elle connaissait, m'aient complètement guérie.

Ma mère m'avait dit que je devrais être reconnaissante, elle m'avait dit que je lui avais coûté la quasi-totalité de ses économies, et si Mme Guinéa n'était pas venue, elle ne savait même pas où je serais à l'heure actuelle. Mais moi, je savais très bien où je serais... Je serais dans l'énorme hôpital de l'Etat, à la campagne, tout à côté de la clinique privée.

Je savais bien que je devrais être reconnaissante envers Mme Guinéa, malheureusement je ne ressentais rien du tout. Si Mme Guinéa m'avait offert un billet pour l'Europe, pour le tour du monde, ça n'aurait rien changé du tout, car, où que je me trouve — sur le pont d'un navire, dans un café à Paris ou à Bangkok — je serais toujours prisonnière de cette cloche de verre, je mijoterais toujours dans le même air vicié.

Le ciel bleu déployait son dôme au-dessus de la rivière mouchetée de voiles. Je me suis redressée mais immédiatement ma mère et mon frère ont posé la main sur les poignées des portes. Les pneus chuin-taient sur l'asphalte brûlant du pont. L'eau, les voiles, le ciel bleu et les mouettes défilaient comme sur une carte postale imaginaire, nous avons atteint l'autre rive.

Je me suis affalée sur la profonde banquette grise, j'ai fermé les yeux. L'air de la cloche me confinait comme de l'ouate, je ne pouvais même pas bouger.

De nouveau j'avais une chambre à moi toute seule.

Elle me rappelait la chambre dans la clinique du docteur Gordon — un lit, une armoire, une table, un bureau et une chaise. Une fenêtre munie d'un écran, mais pas de barreaux. Ma chambre se trouvait au premier étage, ma fenêtre à peine au-dessus du sol recouvert d'aiguilles de pin, donnait sur une cour boisée, entourée de murs de briques rouges. Si je sautais je ne pourrais même pas m'écorcher les genoux. La surface des murs avait l'air lisse comme du verre.

Le passage du pont m'avait énervée.

J'avais loupé une chance unique. L'eau de la rivière me passait sous le nez comme une boisson non entamée. Je soupçonnais que même si ma mère et mon frère n'avaient pas été là, je n'aurais pas non plus tenté de sauter.

Quand on m'avait inscrite dans le grand hall du bâtiment principal de l'hôpital, une jeune femme mince s'était présentée.

— Je suis le docteur Nolan. Je serai le médecin d'Esther.

J'étais étonnée d'avoir affaire à une femme. J'ignorais qu'il y avait des femmes psychiatres. Cette femme était à mi-chemin entre Mirna Loy et ma mère. Elle portait une blouse blanche et une jupe longue serrée à la taille par une large ceinture de cuir, elle avait des lunettes stylisées en forme de croissant.

Mais une fois que l'infirmière m'a conduite à travers la pelouse jusqu'au lugubre bâtiment de briques baptisé « Caplan » où j'allais vivre, le docteur Nolan n'est pas venue me voir, mais à sa place tout un tas d'hommes étranges.

J'étais dans mon lit, sous l'épaisse couverture blanche, ils sont entrés un à un et se sont présentés. Je n'arrivais pas à comprendre pourquoi il en fallait tant, ni pourquoi ils tenaient tous à se présenter et je me suis dit qu'ils me testaient pour voir si je me rendais compte qu'ils étaient trop nombreux, je suis devenue méfiante.

Finalement, un docteur élégant aux cheveux gris est entré et m'a annoncé qu'il était le directeur de l'hôpital. Puis il s'est mis à parler des pèlerins et des Indiens... qui avait possédé la terre après eux, quelle rivière coulait à proximité, qui avait construit le premier hôpital, comment il avait brûlé, qui l'avait reconstruit, etc. Je pensais qu'il attendait sûrement que je l'interrompe pour lui dire que je savais bien que toutes ces histoires de pèlerins et d'Indiens n'étaient que des foutaises.

Mais j'ai pensé que peut-être dans tout ça il y avait du vrai, j'ai donc essayé de démêler le vrai du faux, mais avant que j'aie terminée, il m'a dit au revoir.

J'ai attendu que décroissent les voix des docteurs, j'ai rejeté la couverture blanche, enfilé mes chaussures et je suis sortie dans le couloir. Personne ne m'a arrêtée, j'ai tourné le coin du couloir et j'en ai longé un autre qui passait devant une salle à manger ouverte.

Une serveuse en uniforme vert dressait les tables pour le dîner. Il y avait des nappes blanches, des verres et des serviettes en papier. Quelque part dans un coin de ma cervelle, j'ai enregistré le fait qu'il y avait des verres, comme un écureuil stocke une noisette. A l'hôpital de la ville nous buvions dans des gobelets de papier et nous n'avions pas de couteaux pour couper la viande. Elle était toujours tellement cuite que nous pouvions la couper avec une fourchette. Finalement j'ai atteint un grand salon avec des meubles usés et un tapis dont on voyait la corde. Une fille au visage rond, couleur papier mâché, cheveux bruns coupés court, était assise dans un fauteuil en train de lire un magazine. Elle me rappelait une de mes cheftaines scouts d'autrefois... J'ai regardé ses pieds et bien entendu elle portait ce genre de chaussures basses en cuir marron avec une languette à frange qui retombe sur les lacets pour faire sport avec des bouts de lacets qui imitent des glands.

La fille a levé les yeux et elle m'a souri.

— Je m'appelle Valérie, et toi, comment t'appelles-tu ?

J'ai fait semblant de ne pas avoir entendu et je suis sortie du salon pour aller au bout de l'autre aile du bâtiment.

En chemin j'ai vu des infirmières derrière un portillon qui m'arrivait à la taille.

— Où est tout le monde ?

— Dehors...

L'infirmière écrivait inlassablement la même chose sur des petits morceaux de bande adhésive. Je me suis penchée sur le portillon pour voir ce qu'elle écrivait, c'était : E. Greenwood. E. Greenwood. E. Greenwood...

— Où ça dehors ?

— Oh... en rééducation dynamique, sur le terrain de golf, ou alors, ils jouent au badminton.

J'ai remarqué une pile de vêtements à côté de l'infirmière. C'étaient ceux que l'infirmière du premier hôpital avait empaquetés dans la valise de cuir noir lorsque j'avais cassé le miroir. L'infirmière collait les étiquettes sur les vêtements.

Je suis retournée au salon. Je ne comprenais pas comment ces gens-là pouvaient jouer au golf ou au badminton. Après tout, pour qu'ils fassent ça, il fallait vraiment qu'ils soient malades.

Je me suis assise à côté de Valérie et je l'ai observée attentivement. « Oui, ai-je pensé, elle pourrait tout aussi bien être dans un camp de scouts. » Elle lisait un exemplaire défraîchi de « Vogue » avec un grand intérêt.

« Qu'est-ce qu'elle peut bien fiche ici ? » me suis-je demandé. « Il n'y a rien de bizarre en elle. »

— Cela ne vous ennuie pas que je fume ?

Le docteur Nolan se calait dans le fauteuil à côté de mon lit.

J'ai répondu que non, j'aimais bien l'odeur de la fumée. Je pensais que puisque le docteur Nolan fumait, elle pourrait rester plus longtemps. C'était la première fois qu'elle venait me parler. Quand elle repartirait, je retournerais dans mon vieux néant.

— Parlez-moi du docteur Gordon, a-t-elle demandé soudain, l'aimiez-vous ?

Je lui ai jeté un regard soupçonneux. Je me disais que tous les docteurs devaient se ressembler et que quelque part dans cet hôpital, cachée dans un coin, il devait y avoir la même machine que celle du docteur Gordon, prête à me concasser des pieds à la tête.

— Non, je ne l'aimais pas du tout.

— C'est intéressant, pourquoi ?

— Je n'ai jamais aimé ce qu'il m'a fait.

— Ce qu'il vous a fait ?

Je lui ai raconté la machine, les éclairs bleutés, les secousses et le bruit. Pendant que je lui racontais, elle est devenue complètement immobile,

Essaye de faire connaissance avec nouvelle

— C'était une erreur, cela ne doit pas se passer comme ça.

Je l'ai regardée droit dans les yeux.

— Quand c'est bien fait, c'est comme si on s'endormait.

— Si quelqu'un essaie seulement de me refaire ça... je me tue !

Le docteur Nolan a répondu avec fermeté.

— On ne vous fera aucun traitement par les électrochocs ici... ou plutôt, a-t-elle rectifié, je vous préviendrai à l'avance. Je vous promets que cela ne ressemblera en rien à ce que vous avez connu. Savez-vous... il y a même des malades qui aiment ça.

Après le départ du docteur Nolan, j'ai trouvé une boîte d'allumettes sur le rebord de la fenêtre. Ce n'était pas une boîte de la taille habituelle. C'était une boîte minuscule. Je l'ai ouverte et j'ai découvert une rangée de bâtonnets au bout rose. J'ai essayé d'en allumer un et il s'est désagrégé entre mes doigts.

Je n'arrivais pas à comprendre pourquoi le docteur Nolan m'avait laissé une chose aussi idiote. Peut-être voulait-elle savoir si je la lui rendrais ? J'ai soigneusement caché les allumettes-jouets dans l'ourlet de ma nouvelle robe de chambre de laine. Si le docteur Nolan me réclamait ses allumettes, je lui dirais que j'avais cru qu'elles étaient en sucre et que je les avais mangées.

Une nouvelle avait emménagé dans la chambre voisine.

Je pensais que ce devait être la seule personne dans le bâtiment à être arrivée après moi, donc contrairement aux autres, elle ne saurait pas encore combien j'étais pervertie. Je me suis dit que je pourrais y aller, pour essayer de faire connaissance.

La femme était allongée sur le lit dans une robe violette fermée autour du cou par un camée et qui descendait jusqu'à mi-hauteur entre les genoux et les chaussures. Elle était rousse avec un gros chignon, elle portait des lunettes à monture argentée, attachées à sa poche de poitrine par un élastique noir.

— Hello ! ai-je lancé comme ça en m'asseyant sur le lit. Je m'appelle Esther. Et vous ?

La femme n'a pas cillé. Elle fixait le plafond. Je

me sentais humiliée. J'ai pensé que peut-être dès son arrivée, Valérie ou une autre lui avait déjà dit que j'étais une imbécile.

Une infirmière a jeté un coup d'œil par la porte.

— Ah, vous êtes là... Vous rendez visite à Mlle Norris, comme c'est gentil !

Et elle a disparu

J'ignore combien de temps je suis restée assise à observer la femme habillée de violet, à me demander si ses lèvres roses retroussées s'ouvriraient, et si elles s'ouvraient... que diraient-elles ?

Finalement, sans un mot ni un regard, Mlle Norris a balancé de l'autre côté du lit ses pieds chaussés de hautes bottes noires à boutons et elle est sortie de la pièce. J'ai pensé que peut-être elle essayait de se débarrasser de moi en douce. Sans un bruit, un peu en retrait, je l'ai suivie dans le couloir.

Mlle Norris a atteint la porte de la salle à manger et elle s'est arrêtée. Pendant tout le chemin jusqu'à la salle à manger elle avait fait très attention à toujours bien poser les pieds au centre des fleurs de chou qui se dessinaient sur le tapis. Elle a attendu un moment, puis un pied après l'autre, elle a franchi le seuil comme si il y avait une barrière jusqu'à la hauteur de ses genoux. Elle s'est assise devant une table ronde recouverte d'une nappe blanche et elle a déplié sa serviette sur ses genoux.

— Il y a encore une heure avant le dîner ! a crié le cuistot depuis ses cuisines.

Mlle Norris n'a rien répondu. Elle regardait poliment devant elle. J'ai pris une chaise de l'autre côté de la table et j'ai déplié ma serviette. Nous n'avons pas échangé un mot, nous sommes seulement restées assises dans un silence hermétique et fraternel, jusqu'à ce que sonne le gong annonçant dans les couloirs que le dîner était prêt.

— Allongez-vous, je vais vous faire une autre piqûre.

Je me suis roulée sur le ventre, j'ai remonté ma jupe et baissé mes pantalons de pyjamas.

— Mais qu'est-ce que vous portez là-dessous ?

— Des pyjamas, ça m'évite de passer mon temps à les mettre et à les enlever.

L'infirmière a doucement rigolé.

— Quel côté ?

C'était une vieille blague. J'ai soulevé la tête pour examiner mes fesses nues. Elles étaient violacées, vertes et bleues à cause des piqûres précédentes. Le côté gauche avait l'air plus foncé que le droit.

— La droite.

— Comme vous voudrez...

L'infirmière a planté l'aiguille et j'ai tressailli en savourant la minuscule douleur. On me piquait trois fois par jour, chaque jour, puis environ une heure après chaque piqûre on me donnait un verre de jus de fruit sucré et on m'observait en train de le boire.

— Veinarde ! On te fait de l'insuline, avait dit Valérie.

— Mais il ne se produit rien...

— T'inquiète pas, on m'en a fait. Dis-moi quand tu auras fait ta réaction.

Mais il ne se produisait jamais de réaction. Je ne faisais qu'engraisser de plus en plus. Je remplissais déjà les nouveaux vêtements que ma mère m'avait achetés et quand je regardais mon ventre rebondi et mes hanches dodues je trouvais heureux que Mme Guinéa ne m'ait pas vue comme ça, parce que j'avais l'air enceinte.

— As-tu déjà vu mes cicatrices ?

Valérie a chassé ses mèches noires et m'a montré deux traces pâles de chaque côté de son front, comme si elle avait eu des cornes et qu'on les lui ait coupées.

Nous bavardions toutes les deux dans les jardins de l'asile en compagnie du moniteur d'éducation physique. A cette époque on me laissait me promener de plus en plus souvent. Mlle Norris, elle, ne pouvait jamais sortir.

Valérie m'a dit que Mlle Norris ne devrait pas être à « Caplan » mais dans un bâtiment pour les gens plus gravement atteints qu'on appelait « Wymark ».

— Alors, tu sais ce que c'est mes cicatrices ? insistait Valérie.

— Non, c'est quoi ?

— On m'a fait une lobotomie.

J'ai regardé Valérie avec respect, appréciant pour la première fois son calme olympien.

— Comment te sens-tu ?

— Bien ! Je ne suis plus jamais en colère, avant j'étais tout le temps furieuse. Avant, j'étais à « Wymark », mais maintenant je suis à « Caplan ». Maintenant je peux sortir en ville avec une infirmière pour faire des courses ou aller au cinéma.

— Et que comptes-tu faire quand tu sortiras ?

— Oh, je ne m'en vais pas... je me plais ici, a ri Valérie.

— On déménage !

— Pourquoi dois-je déménager ?

L'infirmière continuait joyeusement à ouvrir et fermer les tiroirs, vider les placards, elle pliait mes affaires dans la valise noire.

Je pensais qu'ils allaient me transférer à « Wymark ».

— Oh, vous n'allez que sur le devant du bâtiment, ça vous plaira, il y a beaucoup plus de soleil, a dit l'infirmière avec entrain.

Quand nous sommes sorties dans le couloir, j'ai vu que Mlle Norris aussi déménageait. Une jeune infirmière aussi enjouée que la mienne se tenait dans l'embrasure de la porte et aidait Mlle Norris à enfiler son manteau violet à col d'écureuil râpé.

Pendant des heures et des heures j'avais monté la garde au chevet de Mlle Norris, refusant les distractions, la rééducation, les promenades, les matches de badminton, même le cinéma hebdomadaire que j'aimais bien mais où Mlle Norris n'allait jamais, alors je préférais rêvasser en regardant les cercles pâles et muets de ses lèvres.

Je pensais à l'événement que cela serait si elle desserrait les dents pour parler. Je me serais précipitée dans le couloir, je l'aurais annoncé aux infirmières, elles m'auraient félicitée pour avoir encouragé Mlle Norris et peut-être m'aurait-on accordé le droit d'aller faire des courses, d'aller au cinéma, mon évasion n'aurait plus été qu'un jeu d'enfant.

Mais pendant toutes ces heures, Mlle Norris n'avait pas prononcé un seul mot.

— Où la déménagez-vous ? ai-je demandé.

— Elle va à « Wymark », m'a confié son infirmière à voix basse, j'ai bien peur qu'elle ne s'améliore pas comme vous...

J'ai observé Mlle Norris soulever un pied, puis l'autre, au-dessus de l'obstacle invisible qui barrait le seuil de sa chambre.

— J'ai une surprise pour vous, a dit l'infirmière en m'installant dans une jolie chambre ensoleillée qui dominait le terrain de golf. Quelqu'un que vous connaissez vient d'arriver aujourd'hui.

— Quelqu'un que je connais ?

L'infirmière a ri.

— Ne me regardez pas comme ça, ce n'est pas un policier !

Puis, comme je ne disais rien.

— Elle dit qu'elle est une de vos vieilles amies, elle est dans la chambre d'à côté, pourquoi n'allez-vous pas la voir ?

Je pensais que l'infirmière plaisantait, que si je frappais à la porte voisine, personne ne répondrait, je trouverais Mlle Norris toute boutonnée dans son manteau violet à col d'écureuil, couchée sur le lit, la bouche fleurissant comme un bouton de rose au-dessus du vase qu'était son corps.

Malgré tout, j'y suis allée, j'ai frappé à la porte voisine.

— Entrez ! a crié une voix enjouée.

J'ai entrouvert la porte et j'ai jeté un coup d'œil dans la pièce. Assise près de la fenêtre une grande fille imposante avec ses jodhpurs m'a regardée avec un grand sourire.

— Esther ! !

Elle avait l'air hors d'haleine, comme si elle venait de courir une très longue distance et venait de s'arrêter.

— Quelle veine de te revoir ! Ils m'ont dit que tu étais ici !

— Joan ? ai-je dit avec hésitation, et à nouveau : Joan ! ! cette fois avec confusion et incrédulité.

Joan rayonnait, révélant ses grandes dents brillantes et inoubliables.

— Oui, c'est bien moi, je pensais bien que ça t'étonnerait !

CHAPITRE XVI

La chambre de Joan, placard, bureau, table, chaise et couverture blanche ornée d'un grand « C », était l'exacte réplique de la mienne. Je m'imaginais que Joan apprenant où j'étais, avait loué une chambre à l'asile sous un prétexte quelconque, simplement pour me faire une blague. Cela expliquerait pourquoi elle avait dit à l'infirmière qu'elle était mon amie. Je n'avais jamais fréquenté Joan que de loin.

— Et comment as-tu abouti ici ?

Je me suis pelotonnée sur son lit.

— J'ai lu ton histoire.

— Quoi ?

— J'ai appris ton histoire et je me suis sauvée.

— Qu'est-ce que tu veux dire ? ai-je répondu calmement.

— Bon, Joan s'est enfoncée dans le fauteuil tendu de cachemire à fleurs. J'avais trouvé un travail pour l'été comme secrétaire du chef d'une sorte de confrérie, dans le genre francs-maçons, mais ce n'étaient pas les francs-maçons.

« Je me sentais mal, j'avais des oignons. Les derniers jours j'arrivais à peine à marcher, au lieu de mettre mes chaussures, je mettais des bottes en caoutchouc pour aller travailler. Tu imagines ce que ça a fait à mon moral ! »

Je pensais que ou bien Joan était complètement

207

folle — de porter des bottes en caoutchouc pour travailler — ou bien elle essayait de se rendre compte
de mon niveau de démence si je croyais à tout ça.
De toute façon, il n'y avait que les vieux pour avoir
des oignons. J'ai décidé de faire semblant de croire
qu'elle était folle et que je ne faisais que me prêter
à son caprice.

— Sans chaussures, je ne me sens jamais bien, ai-je
répondu avec un sourire ambigu. Tu avais très mal
aux pieds ?

— Terrible ! Et mon patron — il venait de se séparer
de sa femme, il ne pouvait tout de même pas demander tout de suite le divorce, ça aurait été mal vu chez un
membre d'une confrérie — mon patron donc, n'arrê-
tait pas de m'appeler toutes les trois minutes, et chaque
fois que je bougeais, mes pieds me faisaient un mal de
chien ; mais dès que je retournais m'asseoir à mon
bureau, bzzz, la sonnerie, il y avait quelque chose
d'autre qu'il voulait sortir de son coffre...

— Pourquoi n'es-tu pas partie ?

— Oh, j'ai laissé tomber plus ou moins. Je me suis
mise en congé de maladie. Je ne sortais pas. Je ne
voyais plus personne. J'ai même bouclé le téléphone
dans un tiroir et je n'y répondais plus jamais.

« Alors mon docteur m'a envoyé chez un psychiatre
dans un grand hôpital. J'avais rendez-vous à midi et
je me sentais affreusement mal. Finalement, à midi
et demi, la réceptionniste est venue m'annoncer que le
docteur était parti déjeuner. Elle m'a demandé si je
voulais l'attendre et j'ai dit oui. »

— Et il est revenu ?

L'histoire commençait à devenir trop personnelle
pour que Joan l'ait complètement inventée, mais je la
laissais continuer pour voir ce qui allait en sortir.

— Oh oui ; j'allais me tuer, ne vous déplaise, et je
lui ai dit « Si ce docteur ne m'en sort pas, c'est la
fin ! » Bref, la réceptionniste m'a conduite le long d'un
couloir et arrivées devant une porte, elle me dit :
« Cela ne vous ennuie pas s'il y a quelques étudiants
avec le docteur ? » Qu'est-ce que je pouvais dire ? J'ai
dit « Oh non... » Je suis entrée et j'ai trouvé neuf
paires d'yeux qui me dévisageaient. Neuf ! Dix-huit
yeux. Bon. Si cette réceptionniste m'avait dit qu'il y

aurait neuf personnes en plus dans cette pièce, je serais sortie à l'instant même. Mais, je n'avais plus le choix, il était trop tard. Bref, ce jour-là, il se trouve que je portais un manteau de fourrure...

— En août ?

— Oh, c'était un de ces jours froids et pluvieux et je m'étais dit, tu sais, c'était mon premier psychiatre... Bref, ce psychiatre n'a pas arrêté de loucher sur mon manteau de fourrure pendant tout le temps où je lui parlais et je pouvais m'imaginer sa réaction quand j'allais lui demander la réduction pour étudiants au lieu du plein tarif. Je voyais les dollars danser dans ses yeux. Bref je ne sais plus du tout ce que je lui ai raconté... mes oignons, le téléphone dans le tiroir et comment je voulais me tuer. Il m'a alors demandé d'attendre dehors pendant qu'il parlait de mon cas avec les autres et quand il m'a fait revenir, tu ne sais pas ce qu'il m'a dit ?

— Non ?

— Il a joint les deux mains, il m'a regardée et il a dit : « Mlle Gilling, nous pensons que la thérapie de groupe vous serait hautement bénéfique. »

— « Thérapie de groupe » ?

Je trouvais que ça sonnait aussi faux qu'une chambre d'écho, mais Joan ne faisait pas attention à moi.

— C'est exactement ce qu'il m'a dit. Tu t'imagines ! Je veux me tuer, et je dois venir bavarder de temps en temps avec tout un tas d'inconnus dont pas un ne valait plus cher que moi...

— C'est dingue ! C'est inhumain ! Malgré moi je me sentais concernée.

— C'est exactement ce que j'ai dit. J'ai filé à la maison et j'ai écrit une lettre à ce docteur. Je lui ai écrit une lettre magnifique, lui expliquant comment un type comme lui n'avait pas le droit de prétendre soigner des malades...

— Il t'a répondu ?

— Je ne sais pas. C'était le jour où j'ai appris ton histoire...

— Qu'est-ce que tu veux dire ?

— Oh... Comment la police pensait que tu étais morte et tout ça. J'ai un tas de coupures de journaux quelque part.

Elle s'est levée et j'ai senti une forte odeur de cheval qui m'a chatouillé les narines. Joan avait été championne de jumping au gymkhana du collège et je me demandais si elle n'avait pas couché dans des écuries.

Joan farfouillait dans sa valise et en sortait une liasse de coupures de journaux.

— Tiens, jette un coup d'œil !

Sur le premier article on voyait un agrandissement de la photo d'une fille aux yeux bordés de noir, aux lèvres noires étirées dans un vague sourire. Je n'arrivais pas à me souvenir quand une photo aussi abominable avait pu être prise, jusqu'à ce que je remarque les boucles d'oreilles et le collier de chez Bloomingdale qui scintillaient avec de grands éclairs blancs comme des imitations d'étoiles.

UNE COLLEGIENNE DISPARAIT ! MERE INQUIETE.

L'article sous la photo racontait comment cette jeune fille avait disparu de chez elle le dix-sept août. Elle portait une jupe verte et un corsage blanc. Elle avait laissé un message indiquant qu'elle partait faire une longue promenade. *Mlle Greenwood n'étant pas rentrée à minuit, sa mère a téléphoné à la police,* affirmait l'article.

Le suivant était illustré par une photo de ma mère, mon frère et moi-même, tous ensemble souriant dans notre jardinet. Je ne me rappelais pas non plus quand avait été prise cette photo jusqu'à ce que je remarque que je portais une salopette avec des espadrilles blanches ; je me suis souvenue que j'étais habillée comme ça l'été où j'arrachais des épinards et où Dodo Conway était passée prendre des photos de famille de nous trois un après-midi. *Mme Greenwood nous a demandé de publier cette photo dans l'espoir que cela incitera sa fille à rentrer à la maison.*

DES SOMNIFERES AURAIENT DISPARU
AVEC LA JEUNE FILLE !

Une photo sombre d'une douzaine de personnes aux visages lunaires prise la nuit dans un bois. Je trouvais que les gens au bout de la rangée avaient l'air bizarres et minuscules jusqu'à ce que je me rende compte que ce n'étaient pas des gens mais des chiens policiers.

*Des chiens policiers participent à la battue pour retrou-
ver la jeune fille disparue. Le sergent de police
Bill Hindly nous déclare : « Il ne reste que peu d'espoir ».*

LA JEUNE FILLE RETROUVEE VIVANTE ! !

La dernière photo montrait un policier soulevant une
couverture roulée autour d'une longue forme avachie
avec une tête ébouriffée qui dépassait à une extrémité,
il la déposait dans une ambulance. L'article racontait
que sa mère était descendue dans la cave pour faire
sa lessive hebdomadaire et qu'elle avait perçu de faibles grognements provenant d'un trou inutilisé.

J'ai posé les coupures sur l'étendue blanche du lit.

— Garde-les, a dit Joan, tu devrais les coller dans
un album.

J'ai plié les coupures et je les ai rangées dans ma
poche.

— J'ai donc lu tout ça, a continué Joan, pas comment
ils t'ont trouvée, mais ce qu'il y a avant. J'ai ramassé
tout mon fric et j'ai pris le premier avion pour
New York.

— Pourquoi New York ?

— Oh, je pensais que ce serait plus facile de me
tuer à New York.

— Et qu'est-ce que tu as fait ?

Joan a souri timidement en étendant les mains en
avant, paumes vers le haut. Comme la cime de minuscules montagnes de grandes traces rougeâtres traversaient la chair blanche de ses poignets.

— Comment as-tu fait ça ?

Pour la première fois je me rendais compte que
Joan et moi nous avions quelque chose en commun.

— J'ai passé les poignets à travers la fenêtre de la
chambre de ma copine.

— Quelle copine ?

— Ma copine de chambre au collège. Elle travaillait
à New York, je ne savais pas où aller, et comme je
n'avais presque plus d'argent, je suis donc allée m'installer chez elle, mes parents m'ont trouvée là-bas —
elle leur avait écrit que mon comportement lui paraissait bizarre — mon père a pris le premier avion pour
New York et il m'a ramenée ici.

— Mais maintenant, tu vas bien ? J'étais affirmative.

Joan m'a regardée avec ses yeux brillants, gris comme des galets.

— Je suppose, toi aussi, non ?

Je m'étais endormie après le dîner.

J'ai été réveillée par une voix forte qui criait : « *Mme Bannister ! Mme Bannister ! Mme Bannister !* » En me réveillant je me suis aperçue que je frappais de mes deux poings sur le montant du lit, et que c'était moi qui appelais. Le visage en lame de couteau, grimaçant, de Mme Bannister, l'infirmière de nuit, est apparu en hâte.

— Hé ! On ne veut pas que vous cassiez ça !

Elle a détaché mon bracelet montre.

— Qu'est-ce qui se passe ? Qu'est-ce qu'il y a ?

Le visage de Mme Bannister a esquissé un bref sourire.

— Vous avez fait votre réaction...

— Une réaction ?

— Oui, comment vous sentez-vous ?

— Bizarre, un peu légère et flottante...

Mme Bannister m'a aidée à m'asseoir.

— Ça va aller mieux maintenant. Vous allez vous sentir mieux d'un moment à l'autre. Voulez-vous du lait chaud ?

— Oui.

Et quand Mme Bannister avait porté la tasse à mes lèvres, le lait que je goûtais de la langue pendant qu'il descendait dans ma gorge, avait un goût merveilleux, comme celui d'une mère que tète un bébé.

— Mme Bannister me dit que vous avez fait votre réaction.

Le docteur Nolan s'est assise dans le fauteuil près de la fenêtre et a sorti une minuscule boîte d'allumettes. C'était exactement la même que celle que j'avais cachée dans l'ourlet de ma robe de chambre. Pendant un instant je me suis demandé si une infirmière ne l'avait pas retrouvée et discrètement rendue au docteur Nolan.

Elle a frotté une allumette sur le bord de la boîte

et une flamme brûlante a jailli, je l'ai observée qui aspirait la flamme dans une cigarette.

— Mme Bannister me dit que vous allez mieux.

— Pendant un moment, oui, mais maintenant, c'est de nouveau comme avant.

— J'ai du nouveau à vous annoncer.

J'attendais. Tous les jours depuis je ne sais combien de temps, je passais mes matinées et mes après-midi, enveloppée dans une couverture blanche sur un transat dans l'alcôve à faire semblant de lire. J'avais la vague impression que le docteur Nolan m'accordait quelques jours de répit, mais qu'après elle me dirait tout comme le docteur Gordon : « Je suis désolée, mais votre état ne semble pas s'améliorer, je pense qu'il serait préférable de vous faire quelques séances d'électro-chocs... »

— Alors, vous ne voulez pas savoir de quoi il s'agit ?

— De quoi ? ai-je tristement répondu, et je me suis tassée sur moi-même.

— Vous n'allez plus recevoir de visites pendant quelque temps.

J'ai regardé le docteur Nolan avec étonnement.

— Mais... c'est merveilleux !

— Je pensais bien que cela vous ferait plaisir, a-t-elle dit avec un sourire

J'ai regardé la corbeille à papier derrière mon bureau, le docteur Nolan la regardait aussi. Les boutons rouges et roses d'une douzaine de longues roses dépassaient de la corbeille.

Cet après-midi, ma mère m'avait rendu visite.

Ma mère n'était qu'une des nombreuses personnes qui venaient me voir : mon ancien employeur, la dame du « Christian Scientist » qui se promenait sur la pelouse avec moi et me parlait de la Bible et de la brume qui s'élevait de la terre, qui n'était qu'une illusion, mes problèmes provenaient de ce que je prenais la brume pour la vérité, mais lorsque je cesserais d'y croire, elle disparaîtrait et je me rendrais compte que je m'étais toujours bien portée, il y avait mon professeur de lettres du lycée qui essayait de m'apprendre à jouer au « Scrabble », parce qu'il pensait que cela réveillerait peut-être mon vieil intérêt pour les mots, il y avait aussi Philomèna Guinéa en personne, qui n'était pas satisfaite du tout du traitement des docteurs et qui ne leur envoyait pas dire.

J'avais horreur de toutes ces visites.

J'étais assise dans l'alcôve ou dans ma chambre, une infirmière souriante entrait pour m'annoncer tel ou tel visiteur. Une fois ils avaient même fait venir le prêtre de l'église unitarienne, un homme que j'avais toujours détesté. Il avait été terriblement nerveux. Je voyais clairement qu'il pensait que j'étais complètement timbrée. Je lui avais dit que je croyais à l'Enfer ; certaines personnes, comme moi, doivent vivre en enfer pendant leur existence terrestre, parce qu'après la mort, elles ne pourront pas y aller, puisqu'elles ne croient pas en la vie éternelle après la mort et que tout ce que les gens croient leur arrive après la mort.

J'avais horreur de ces visites parce que je sentais bien que les visiteurs me comparaient avec mes cheveux rêches et gras à ce que j'avais été ou à ce qu'ils auraient voulu que je sois, je savais bien qu'ils partaient complètement déconcertés.

Je pensais que si on me laissait tranquille, je trouverais peut-être la paix.

Ma mère était pire que tous les autres réunis. Elle ne me grondait jamais, elle me suppliait sans cesse, le visage ravagé, de lui dire ce qu'elle avait fait de mal. Elle me disait qu'elle était persuadée que les docteurs lui reprochaient quelque chose parce qu'ils lui avaient posé tout un tas de questions sur ma première enfance, comment j'étais devenue propre, etc. et j'avais été propre très jeune, je ne lui avais jamais causé de gros problèmes.

Cet après-midi-là, ma mère m'avait apporté des roses.

— Garde-les pour mon enterrement, lui avais-je répondu.

Son visage s'était ridé et elle avait l'air au bord des larmes.

— Mais Esther, tu ne te souviens pas quel jour nous sommes aujourd'hui ?

Je pensais qu'on aurait bien pu être le jour du massacre de la Saint-Valentin...

— C'est ton anniversaire !

Et à ce moment-là j'avais flanqué les roses dans la corbeille.

— C'était idiot de sa part, ai-je répliqué au docteur Nolan.

Elle a acquiescé. Elle avait l'air de savoir ce que je voulais dire.

— Je la déteste ! et j'ai attendu la gifle. Mais le docteur Nolan souriait comme si quelque chose lui faisait très plaisir.

— Ça, j'imagine ! a-t-elle dit.

Esther oublie son anniversaire

CHAPITRE XVII

change de place → Belsize

— Aujourd'hui, c'est un bon jour pour vous !

La jeune infirmière débarrassait mon plateau de petit déjeuner et m'a laissée enveloppée dans ma couverture blanche, comme un passager humant le vent du large sur le pont d'un navire.

— Pourquoi ai-je de la chance ?

— Enfin... Je ne sais pas si vous êtes censée déjà le savoir, mais aujourd'hui on vous transfère à « Belsize ».

L'infirmière guettait ma réaction.

— « Belsize » ? Mais je ne peux pas y aller !

— Et pourquoi pas ?

— Je ne suis pas prête. Je ne suis pas assez bien.

— Mais si ! Ne vous faites pas de bile, si vous n'étiez pas assez avancée on ne vous enverrait pas à « Belsize ».

Après le départ de l'infirmière j'ai essayé de découvrir les raisons de ce nouveau changement de la part du docteur Nolan. Que voulait-elle prouver ? Je n'avais pas changé. Rien n'avait changé. « Belsize » était le meilleur de tous les bâtiments. Après « Belsize » les gens retournaient chez eux, à l'école, au travail...

Joan était à « Belsize ». Joan avec ses livres de physique et ses clubs de golf, ses raquettes de badminton et sa voix asthmatique. Joan qui marquait la frontière entre moi et ceux qui allaient parfaitement bien. Depuis qu'elle avait quitté « Caplan » j'avais suivi ses progrès grâce au téléphone arabe de l'asile.

Joan avait droit à la promenade, droit de faire des courses, droit d'aller en ville. J'avais rassemblé toutes mes informations sur Joan en un petit tas amer bien qu'en les accueillant j'éprouvais une joie superficielle. Joan était le double rayonnant de mon vieux Moi, tout spécialement désigné pour me suivre et me tourmenter.

Peut-être Joan serait-elle même déjà partie quand j'arriverais à « Belsize ».

Au moins, à « Belsize » je n'aurais plus à m'en faire pour les électro-chocs. A « Caplan » beaucoup de femmes en recevaient. Je savais lesquelles, parce qu'elles ne recevaient pas leur plateau de petit déjeuner en même temps que nous. Elles allaient aux séances d'électro-chocs pendant que nous déjeunions dans nos chambres. Après, conduites par des infirmières comme des enfants, elles entraient dans le salon, calmes et épuisées pour prendre leur petit déjeuner.

Chaque matin quand j'entendais l'infirmière frapper avec mon plateau, un immense soulagement m'envahissait, je me savais hors de danger pour la journée. Je n'arrivais pas à comprendre comment le docteur Nolan pouvait affirmer que l'on s'endormait pendant une séance d'électro-chocs, à moins d'en avoir subi elle-même. Comment aurait-elle pu savoir que l'on avait seulement l'air de dormir, mais qu'en fait pendant toute la séance on ressentait les volts bleus et tout ce bruit.

On entendait jouer du piano au bout du couloir.

Pendant le dîner j'étais restée sagement assise à écouter les bavardages des femmes de « Belsize ». Elles étaient bien habillées, soigneusement maquillées, plusieurs d'entre elles étaient mariées. Certaines étaient sorties pour voir des amis, et pendant tout le dîner elles n'ont pas arrêté de faire des plaisanteries intimes.

— J'aurais bien appelé Jack, disait une femme prénommée Deedee, seulement j'avais peur qu'il ne soit pas à la maison. Je savais quand même bien où le joindre, c'est couru qu'il était chez elle...

A ma table la petite blonde pleine d'entrain s'est mise à rire.

— Aujourd'hui, j'ai presque réussi à amener le docteur Loring à mes fins...

Comme une petite poupée, elle écarquillait ses yeux bleu clair.

— Je troquerais bien ce vieux Percy contre un modèle plus récent !

A l'opposé de la salle, Joan dévorait ses tomates farcies au corned-beef avec un appétit d'ogre. Elle avait l'air parfaitement à l'aise au milieu de toutes ces femmes. Elle me traitait avec froideur et un petit ricanement comme si j'étais une vague parente de rang un peu inférieur.

Je suis montée me coucher juste après le dîner, mais j'ai entendu de la musique et je me suis imaginé que dans le salon, Joan, Deedee, Loubelle — la blonde —, et toutes les autres riaient et bavardaient de moi pendant que je n'étais pas là. Elles se plaignaient les unes aux autres de ce qu'on m'ait collée à « Belsize » alors qu'on aurait dû m'envoyer à « Wymark »...

J'ai décidé de mettre fin à leur conversation répugnante.

Me drapant dans ma couverture comme dans une étole, je suis descendue vers la lumière et les bruits animés.

Pendant le reste de la soirée j'ai écouté Deedee jouer ses propres chansons sur un piano à queue tandis que les autres, assises en rond bavardaient, jouaient au bridge, exactement comme dans un dortoir de collège, bien que presque toutes aient dépassé de plus de dix ans l'âge du collège.

L'une d'elles, une grande et forte femme aux cheveux gris, avec une voix de basse tonnante, appelée Mme Savage, avait fait ses études à « Vassar ». On voyait bien que c'était une femme du monde parce qu'elle ne parlait que de débutantes. Elle avait l'air d'avoir deux ou trois filles qui cette année auraient dû être débutantes si elle n'avait pas malheureusement fichu leur bal par terre en entrant le même soir à l'asile.

Deedee avait une chanson qu'elle appelait « Le laitier ». Tout le monde disait qu'elle devrait la faire publier, cette chanson deviendrait un « tube ». Au début ses mains pianotaient une petite mélodie sur les

Esther ressemble à fille de magazine

touches, comme le trottinement d'un poney et puis elle introduisait une autre mélodie, qui évoquait un laitier qui sifflote, à la fin les deux mélodies continuaient ensemble.

— C'est vraiment chouette, ai-je dit sans avoir l'air d'y prêter beaucoup d'attention.

Joan était appuyée sur un coin du piano et feuilletait un nouveau numéro d'un magazine de mode. Deedee lui souriait comme si elles partageaient un secret.

— Mais Esther... a dit Joan en soulevant le magazine, ne serait-ce pas toi ?

Deedee a cessé de jouer.

— Laisse-moi voir ! elle a pris le magazine et a jeté un coup d'œil sur la page, puis elle m'a regardée. Oh non, certainement pas ! De nouveau ses yeux allaient de la page à moi. Jamais de la vie !

— Oh, mais c'est Esther ! N'est-ce pas Esther ? a dit Joan.

Loubelle et Mme Savage se sont approchées et je les ai suivies en faisant semblant d'être tout à fait au courant.

Sur la photo on voyait une fille dans une robe sans bretelles dans un tissu nuageux et blanc, elle souriait jusqu'aux oreilles et autour d'elle il y avait tout un tas de garçons. La fille tenait à la main un verre rempli d'un liquide transparent et elle avait l'air de fixer des yeux quelque chose qui se trouvait derrière mon épaule gauche. Un léger souffle m'a frôlé la nuque et je me suis retournée.

L'infirmière de nuit était entrée sur ses semelles crêpe sans se faire remarquer.

— Sans blagues ! C'est bien vous ? a-t-elle demandé.

— Non, ce n'est pas moi ; Joan se trompe du tout au tout. C'est quelqu'un d'autre.

— Oh, dis que c'est toi ! a crié Deedee.

Mais j'ai fait semblant de ne pas avoir entendu et je me suis éloignée.

Alors Mme Loubelle a supplié l'infirmière de faire la quatrième au bridge et j'ai approché une chaise pour regarder bien que je ne connaisse rien au bridge parce que contrairement à toutes les filles aisées, je n'avais pas eu le temps d'apprendre ça au collège.

Je regardais les visages plats et impassibles des

rois, des valets et des reines, j'écoutais l'infirmière à côté de moi qui parlait de sa vie dure.

— Vous autres mesdames, vous ne savez pas ce que c'est de faire deux boulots à la fois. La nuit, je suis ici à vous surveiller et...

Loubelle s'est mise à ricaner bêtement.

— Oh, on est sympa, on est les meilleures de toutes et vous le savez bien !

— Oh, avec vous ça va...

L'infirmière faisait circuler un paquet de chewing gum à la menthe avant de sortir de son emballage d'argent une plaquette rose pour elle-même.

— Vous, ça va, ce sont toutes ces dingues dans l'hôpital d'Etat qui me fichent une trouille bleue...

— Vous travaillez aussi là-bas ? ai-je demandé avec un intérêt soudain.

— Tu parles !

L'infirmière m'a jeté un regard direct et je voyais bien qu'elle pensait que je n'avais pas du tout ma place à « Belsize ».

— Ça ne te plairait pas du tout là-bas Lady Jane !

Je trouvais ça bizarre que l'infirmière m'appelle Lady Jane, puisqu'elle savait pertinemment mon nom.

— Pourquoi ? ai-je insisté.

— Oh, c'est pas un bon coin comme ici. Ici, c'est un vrai club de détente. Là-bas il n'y a rien, pas de rééducation dynamique, pas de promenades, rien dont on puisse parler.

— Pourquoi n'ont-elles pas le droit à la promenade ?

— Pas assez de personnel !

L'infirmière a ramassé un gros paquet, Loubelle a soupiré.

— Croyez-moi mesdames, quand j'aurai ramassé assez d'oseille pour me payer une voiture, je m'en vais, continuait l'infirmière.

— Vous nous quitterez ainsi ? a demandé Joan.

— Tu parles ! A partir de là, je ne m'occupe plus que des cas particuliers, à domicile, et seulement quand ça me chante...

Mais j'avais cessé d'écouter.

J'étais persuadée qu'on avait demandé à cette infirmière de me montrer l'alternative. Ou j'allais mieux, ou je me laissais glisser, comme une étoile filante qui s'éteint, de « Belsize » à « Caplan » puis à « Wymark » et finalement quand le Docteur Nolan et Mme Guinéa m'auront abandonnée, il ne me restera plus que l'hôpital d'Etat à côté.

J'ai resserré la couverture autour de moi et j'ai reculé ma chaise.

— Vous avez froid ? a brusquement demandé l'infirmière.

— Oui, je suis gelée jusqu'aux os ! ai-je répondu en quittant le salon.

Je me suis réveillée tiède et placide dans mon cocon blanc. Une colonne de lumière pâle et hivernale se réfléchissait sur le miroir, les verres posés sur le bureau et la poignée métallique de la porte, les rendant aveuglants. De l'autre côté du couloir j'entendais le bruit matinal des cuisinières qui préparaient les plateaux de petits déjeuners.

J'ai entendu l'infirmière frapper à la porte voisine, tout au bout du couloir. La voix ensommeillée de Mme Savage a tonné et l'infirmière est entrée avec son plateau qui tintait. J'ai pensé non sans plaisir à la cafetière de porcelaine bleue fumante, à la tasse de porcelaine bleue et au gros pot à crème bleu avec des pâquerettes blanches dessinées dessus.

Je commençais à me résigner.

Si je devais chuter, au moins, je m'accrocherais à mon petit confort aussi longtemps que possible.

L'infirmière a gratté à ma porte et sans attendre, elle s'est glissée à l'intérieur.

C'était une nouvelle — elles changeaient tout le temps — au visage émacié couleur sable, aux cheveux blonds et avec un nez osseux, constellé de grosses taches de rousseur. Je ne sais pas pourquoi, la vue de cette infirmière m'a rendue mal à l'aise ; ce n'est que lorsqu'elle a traversé la chambre pour tirer le store vert que je me suis rendu compte qu'elle avait l'air bizarre parce qu'elle venait les mains vides.

J'ai ouvert la bouche pour réclamer mon plateau, mais je me suis immédiatement tue. L'infirmière se trompait, elle me prenait pour une autre. Cela arrivait souvent aux nouvelles. Quelqu'un à « Belsize » devait passer aux électro-chocs, quelqu'un que je ne connaissais pas, et, c'était tout à fait compréhensible, l'infirmière s'était trompée de chambre.

J'ai attendu qu'elle ait fini son petit va-et-vient dans ma chambre, elle mettait de l'ordre, rangeait, bordait, etc. et qu'elle ait ramassé le plateau de Loubelle qui dormait dans la chambre à côté.

J'ai enfilé mes pantoufles, j'ai emporté ma couverture parce que le matin était clair mais très frais, et j'ai filé aux cuisines. La serveuse en uniforme rose remplissait toute une rangée de cafetières bleues avec une énorme bouilloire cabossée qui restait sur le feu.

J'ai regardé avec amour l'alignement des plateaux — les serviettes blanches en papier, pliées en triangles isocèles, coincées sous les fourchettes en argent, les dômes clairs des œufs à la coque dans leur coquetier bleu, les petits ramequins de marmelade d'orange. Je n'avais qu'à tendre la main, réclamer mon plateau et tout rentrerait dans l'ordre.

— Il y a une erreur, ai-je confié à la serveuse. Je parlais de façon confidentielle, penchée sur le comptoir. « La nouvelle infirmière a oublié de m'apporter mon plateau de petit déjeuner ce matin. »

J'ai réussi un sourire éclatant pour bien montrer que je ne lui en voulais pas du tout.

— Quel nom ?

— Greenwood. Esther Greenwood.

— Greenwood, Greenwood, Greenwood...

L'index boursouflé de la serveuse courait le long de la liste des malades de « Belsize » qui était punaisée sur le mur.

— Greenwood... Pas de petit déjeuner ce matin...

Je m'accrochais des deux mains au comptoir.

— Il doit y avoir une erreur, vous êtes sûre que c'est bien Greenwood ?

— Greenwood ! a affirmé la serveuse au moment précis où entrait l'infirmière.

L'infirmière nous jetait des regards interrogateurs à la serveuse et à moi.

— Mlle Greenwood réclamait son plateau, a dit la serveuse en évitant de me regarder.

— Oh... l'infirmière m'a souri, vous aurez votre plateau plus tard ce matin Mlle Greenwood... Vous...

Mais je n'ai pas attendu pour écouter la fin de sa phrase, je me suis lancée aveuglément dans le couloir dans la direction opposée à ma chambre, parce que c'est là qu'ils iraient me chercher, vers le renfoncement, moins confortable que l'alcôve de « Caplan » mais c'était un renfoncement quand même, dans un coin tranquille du couloir, où ni Joan, ni Loubelle, ni Deedee ou Mme Savage n'allaient jamais.

Je me suis accroupie dans le coin le plus éloigné avec la couverture par-dessus la tête. Ce qui me faisait le plus mal, ce n'était pas la séance d'électro-chocs, mais la trahison ouverte du docteur Nolan. J'aimais le docteur Nolan, je l'adorais. Je lui avais offert ma confiance sur un plateau d'argent, je lui avais tout raconté, et elle m'avait promis fidèlement de me prévenir à l'avance si jamais je devais recevoir un nouveau traitement par électro-chocs. Si elle m'avait prévenue la veille au soir, je n'aurais évidemment pas fermé l'œil de la nuit, remplie de peur et d'épouvantables pressentiments, mais le matin, je me serais résignée et préparée. J'aurais longé le couloir entre deux infirmières, passant la tête haute devant Deedee, Loubelle, Joan et Mme Savage comme quelqu'un de calmement résigné qui marche vers la chambre des tortures.

L'infirmière se penchait sur moi et m'appelait.

Je me suis dégagée et je me suis tassée d'avantage. Elle a disparu. Je savais qu'elle reviendrait dans un instant en compagnie de deux infirmiers costauds qui m'emporteraient hurlant et me débattant devant les spectatrices goguenardes qui déjà se regroupaient dans le salon.

Le docteur Nolan a passé un bras autour de mes épaules et m'a serrée contre elle comme une mère.

— Vous aviez dit que vous me préviendriez ! lui ai-je crié à travers la couverture.

— Mais je te préviens, je suis même venue en avance pour te prévenir, et je te parle de mon propre chef.

Je lui ai jeté un coup d'œil à travers mes paupières gonflées.

— Pourquoi ne m'avez-vous rien dit hier soir ?

— J'ai pensé que cela ne ferait que t'empêcher de dormir. Si j'avais su...

— Vous aviez promis que vous me préviendriez...

— Ecoute Esther, j'y vais avec toi. Je resterai là tout le temps et tout se passera bien, comme je te l'ai promis. Je serai là quand tu te réveilleras, et je te raccompagnerai.

Je l'ai regardée, elle avait l'air très inquiète. J'ai laissé passer une minute et puis je lui ai demandé : « Promettez-moi que vous serez là ! »

— Je te le promets.

Le docteur Nolan a sorti un mouchoir blanc et m'a essuyé le visage. Puis elle m'a prise par le bras, comme une vieille amie ; elle m'a aidée à me lever et nous nous sommes mises en route le long du couloir. Ma couverture se prenait dans mes pieds alors je l'ai laissé tomber, mais le docteur Nolan n'a pas eu l'air de le remarquer. Nous sommes passées devant Joan qui sortait de sa chambre, je lui ai fait un sourire méprisant et elle a reculé pour nous laisser passer.

Le docteur Nolan a déverrouillé une porte au bout du couloir et nous sommes descendues un étage jusqu'à d'étranges couloirs qui se rejoignaient pour former un réseau complexe de tunnels et de passages reliant tous les bâtiments de l'hôpital.

Les murs étaient brillants, recouverts de carreaux de faïence comme dans les toilettes publiques, avec des ampoules nues à intervalles sur le plafond noir. Des brancards et des chaises à roulettes étaient rangés ici et là contre les tuyaux sifflants et cognants qui formaient un tissu nerveux inextricable le long des murs luisants. Je m'accrochais avec l'énergie du désespoir au bras du docteur Nolan qui de temps en temps m'encourageait d'un sourire.

Nous nous sommes finalement arrêtées devant une porte portant la mention « Electrothérapie » peinte en lettres noires. J'ai résisté et le docteur Nolan a patienté. Puis j'ai dit : « Finissons-en ! » Et nous sommes entrées.

Dans la salle d'attente, à part moi et le docteur Nolan, il n'y avait qu'un homme blême dans une

225

vieille robe de chambre marron, accompagné de son infirmière.

— Veux-tu t'asseoir ?

Le docteur Nolan indiquait un banc de bois, mais mes jambes étaient tellement lourdes que j'ai pensé que si je m'asseyais ce serait trop dur pour me relever quand viendraient les gens de l'électrothérapie.

— Je préfère rester debout.

Finalement une grande femme cadavérique en robe blanche à smocks est entrée dans la salle d'attente en sortant d'une pièce voisine. Je pensais qu'elle allait s'occuper du type en robe de chambre marron, puisqu'il était là avant moi, mais à ma grande stupéfaction elle est venue vers moi.

— Bonjour docteur Nolan, a dit la femme en me passant le bras autour des épaules. C'est bien Esther ?

— Oui Mlle Huey. Esther, je te présente Mlle Huey qui va s'occuper de toi. Je lui ai parlé de toi.

Je crois que cette femme devait faire pas loin de deux mètres. Elle s'est gentiment penchée sur moi et j'ai remarqué que son visage, avec les dents du milieu protubérantes, avait été autrefois salement rongé par l'acné. On aurait dit une carte des cratères de la lune.

— Je crois que nous pouvons nous occuper de vous tout de suite Esther, Mr Anderson ne vous en voudra pas de le faire attendre, n'est-ce pas Mr Anderson ?

Mr Anderson n'a pas prononcé un seul mot ; alors, avec le bras de Mlle Huey sur mes épaules et le docteur Nolan à ma suite, je suis passée dans la pièce suivante.

A travers les fentes de mes paupières que je n'osais pas trop écarter, de peur de tomber raide morte de trouille, j'ai vu le lit élevé avec son drap tendu comme une peau de tambour, la machine derrière le lit et derrière la machine une personne masquée, je ne saurais dire si c'était un homme ou une femme. De chaque côté du lit il y avait d'autres gens masqués.

Mlle Huey m'a aidée à monter et à m'allonger sur le dos.

— Parlez-moi... lui ai-je demandé.

Elle a commencé à parler d'une voix grave et apaisante pendant qu'elle m'appliquait l'onguent sur les tempes et me fixait les petits contacts électriques de chaque côté de la tête.

— Vous verrez, tout va aller très bien, vous ne sentirez rien, mordez...

Elle m'a mis quelque chose sur la langue ; remplie de panique, j'ai mordu et l'obscurité m'a emportée comme la craie sur un tableau noir.

CHAPITRE XVIII

— Esther ?

J'émergeais d'un profond sommeil réparateur et la première chose que j'ai vue était le visage du docteur Nolan qui flottait devant mes yeux en répétant : « Esther, Esther... »

Je me suis frotté les yeux d'une main maladroite.

Derrière le docteur Nolan je distinguais une femme qui portait une robe chiffonnée à carreaux noirs et blancs et qui était affalée sur une couchette comme si on l'avait laissé tomber d'une hauteur considérable. Avant que je ne puisse enregistrer quoi que ce soit d'autre le docteur Nolan m'a conduite dehors sous le ciel bleu, à l'air frais.

J'étais vidée de toute chaleur et de toute peur. Je me sentais étrangement en paix. La cloche de verre était suspendue au-dessus de ma tête. J'étais la proie du souffle d'air.

— C'était bien comme je te l'avais dit, n'est-ce pas ? a déclaré le docteur Nolan pendant que nous regagnions « Belsize » à travers les feuilles mortes.

— Oui...

— Eh bien ce sera toujours comme ça, a-t-elle décrété avec autorité, tu recevras des électro-chocs trois fois par semaine : mardi, jeudi et samedi.

J'ai avalé une grande gorgée d'air.

— Pendant combien de temps ?

— Cela dépend... de toi... et de moi.

J'ai pris le couteau d'argent et j'ai découpé la coquille de mon œuf. Puis j'ai posé le couteau et je l'ai examiné. J'essayais de me souvenir pourquoi j'avais été fascinée par les couteaux, mais mon attention traversait les mailles du filet et s'envolait comme un oiseau.

Joan et Deedee étaient assises côte à côte sur le banc du piano et Deedee montrait à Joan comment jouer l'accompagnement de « Chopsticks » pendant qu'elle jouait la mélodie.

Je trouvais ça triste que Joan soit tellement chevaline avec ses grandes dents et ses yeux comme des galets gris. Elle ne pouvait même pas conserver un garçon comme Buddy Willard. Le mari de Deedee, lui, vivait manifestement chez une maîtresse quelconque ce qui la rendait amère comme une vieille chatte gâteuse.

— J'ai u-ne lett-re ! chantonnait Joan en passant sa tête ébouriffée par ma porte.

— Tant mieux pour toi !

Et j'ai gardé les yeux baissés sur mon livre. Depuis la fin des électro-chocs après la cinquième séance, j'avais le droit d'aller en ville. Joan me tournait autour comme une abeille asthmatique, comme si la douceur de ma guérison était quelque chose qu'elle pouvait aspirer grâce à ma seule fréquentation. Ils lui avaient retiré ses livres de physique, ses carnets à spirale bourrés de notes qui encombraient la chambre et les sorties lui avaient été supprimées.

— Tu ne veux pas savoir de qui c'est ?

Joan était entrée dans ma chambre et s'était assise sur mon lit. J'avais envie de lui dire de ficher le camp, mais je n'osais pas.

— Vas-y... j'ai marqué la page avec mon doigt et j'ai refermé le livre, de qui est-ce ?

Joan a sorti une enveloppe bleu pâle de sa poche et me l'a agitée sous le nez pour me taquiner.

— Ça alors, quelle coïncidence ! ai-je répondu.

— Comment ça, quelle coïncidence ?

Je suis allée jusqu'à mon bureau et j'ai ramassé une

enveloppe bleu pâle que j'ai agitée devant Joan comme un mouchoir pour des adieux.

— Moi aussi j'ai une lettre ; je me demande si c'est la même...

— Il va mieux, a dit Joan, il est sorti de l'hôpital.

Il y eut un moment de silence.

— Tu vas l'épouser ?

— Non, ai-je répondu, et toi ?

— De toute façon je ne l'aimais pas beaucoup, Joan souriait évasivement.

— Ah... ?

— Non, c'était sa famille que j'aimais.

— Tu veux dire Mr et Mme Willard ?

— C'est ça.

La voix de Joan me descendait le long de l'épine dorsale comme un rêve.

— Je les adorais, ils étaient tellement gentils, rien à voir avec mes parents. J'allais tout le temps les voir... Jusqu'à ce que tu viennes...

— Je suis désolée... et j'ai ajouté : pourquoi n'as-tu pas continué à les voir puisque tu les aimais tellement ?

— Oh, c'était impossible, pas si tu sortais avec Buddy, ça aurait eu l'air... je ne sais pas moi, bizarre.

J'y ai réfléchi un instant...

— Tu as peut-être raison.

— Est-ce que... Joan hésitait, tu vas le laisser venir ?

— Je n'en sais rien...

J'avais d'abord pensé que ce serait épouvantable que Buddy vienne me rendre visite à l'asile — il ne viendrait sans doute que pour faire des gorges chaudes et se taper dans le dos avec d'autres docteurs. Puis, il m'a semblé que ce serait une étape : je le situerais, je le renierais, bien que je n'aie personne d'autre, je lui dirais qu'il n'y avait pas de traducteur simultané, personne... mais je lui dirais que lui non plus, il ne m'intéressait plus.

— Et toi Joan ?

— Oui, a soufflé Joan, peut-être qu'il viendra avec sa mère, je vais lui demander d'amener sa mère...

— Sa mère ! ?

— J'aime Mme Willard. Joan faisait la moue. Mme Willard est une femme merveilleuse... merveilleuse ! Elle a été comme une mère pour moi.

Je revoyais Mme Willard avec ses vêtements thermo-électriques, ses chaussures orthopédiques et ses maximes raisonnables et maternelles. Mr Willard était son petit garçon, il avait la voix haute et claire, comme celle d'un petit garçon. Joan et Mme Willard. Joan... et Mme Willard !

Ce matin-là, j'avais frappé à la porte de Deedee. Je voulais lui emprunter quelques partitions. J'ai attendu quelques instants, puis n'entendant pas de réponse et pensant que peut-être Deedee était sortie et que je pourrais ramasser les partitions sur son bureau, j'ai ouvert la porte et je suis entrée.

A « Belsize », même à « Belsize », les portes avaient des serrures, mais les malades ne disposaient pas de clés. Une porte fermée signifiait qu'on voulait rester seule et elle était respectée autant qu'une porte verrouillée. On frappait, frappait encore, et puis on s'en allait. Je me souvenais de ça, debout dans la pièce obscure qui sentait le musc. Après la lumière éblouissante du couloir je ne voyais presque rien, mais en m'habituant à l'obscurité, j'ai distingué une forme qui se levait du lit. Quelqu'un s'est mis à ricaner bêtement à voix basse. La forme se recoiffait et deux yeux comme des galets m'ont dévisagée dans la pénombre. Deedee était vautrée sur ses oreillers, les jambes nues sous sa robe de chambre de laine verte, elle me regardait avec un petit air moqueur. Elle tenait une cigarette entre les doigts de sa main droite.

— Je ne voulais...

— Je sais, la musique... a dit Deedee.

— Salut Esther ! a fait Joan de sa voix rauque qui m'a donné envie de vomir ; attends-moi, je t'accompagne.

Maintenant, Joan me disait avec le plus grand sérieux « Je n'ai jamais vraiment aimé Buddy Willard, il croyait tout savoir, il croyait tout savoir sur les femmes... »

Je regardais Joan. Malgré mon irritation épidermique, malgré ma vieille antipathie profondément enracinée, Joan me fascinait. C'était comme si j'observais un martien, ou un crapaud particulièrement dégoûtant. Elle ne pensait pas comme moi, elle ne ressentait pas les mêmes choses, mais nous étions assez proches pour que ses pensées et ses sentiments soient comme une image déformée et en négatif des miennes. Parfois je me demandais si je n'avais pas inventé Joan. D'autres fois je me demandais si elle allait continuer à apparaître à chaque crise de ma vie pour me rappeler ce que j'avais été, ce que j'avais traversé, et si elle allait continuer à me balader sous le nez ses propres problèmes personnels qui ressemblaient aux miens.

— Je ne comprends pas ce que les femmes peuvent trouver d'attirant chez d'autres femmes, avais-je déclaré au docteur Nolan lors de notre entretien de la matinée. Que trouve une femme, chez une autre femme, qu'elle ne trouve pas chez un homme ?

Le docteur Nolan s'était tue puis avait répondu : « La tendresse... »

Ça m'en avait bouché un coin.

— Je t'aime bien, me disait Joan, je te préfère à Buddy.

Et alors qu'elle s'étirait sur mon lit en souriant stupidement, je me suis rappelé un petit scandale qui s'était produit dans notre dortoir au collège. Deux filles avaient commencé à se voir trop souvent ; c'étaient une quatrième année, une grosse fille avec une poitrine de matrone, avenante comme une grand-mère, pieuse comme une bigote, et une grande godiche, en première année, dont on racontait souvent que ses rencontres d'un soir trouvaient toutes sortes de moyens ingénieux pour s'en débarrasser au plus tôt. Elles étaient toujours ensemble et un jour, quelqu'un les avait surprises en train de s'embrasser dans la chambre de la grosse fille. Du moins, c'est ce que disait l'histoire.

— Mais, qu'est-ce qu'elles faisaient ? avais-je demandé. Chaque fois que je pensais à des hommes ou à des femmes ensemble, je n'arrivais jamais à m'imaginer clairement ce qu'ils ou elles pouvaient bien faire.

— Oh, avait affirmé l'espionne, Milly était assise sur une chaise et elle caressait les cheveux de Théodora qui était couchée sur le lit.

J'étais désorientée. Je m'attendais à des révélations diaboliques. Je me demandais si les femmes ne pouvaient que rester couchées ensemble pour se caresser.

Bien entendu, la célèbre poétesse de mon collège

vivait avec une autre femme, une vieille diplômée ès lettres classiques, trapue, les cheveux coupés à la Jeanne d'Arc. Quand j'avais dit à la poétesse que je pourrais bien me marier un jour et avoir des enfants, elle m'avait regardée avec horreur.

— Mais que vas-tu faire de ta carrière ? s'était-elle écriée.

J'avais la migraine. Pourquoi attirais-je les vieilles bonnes femmes perverties ? Il y avait cette poétesse, Philomèna Guinéa, Jay Cee, la dame du « Christian Scientist » et je ne sais qui d'autre encore. Elles voulaient toutes m'adopter d'une façon ou d'une autre, et pour prix de leurs bons soins et de leur influence, elles voulaient faire de moi une des leurs.

— Je t'aime.

— Pas de chance Joan, ai-je répondu en ramassant mon livre, je ne t'aime pas, et si tu veux vraiment savoir, tu me donnes envie de vomir.

Et j'étais sortie de la pièce, Joan restait couchée sur mon lit, vautrée comme un vieux cheval.

J'attendais le docteur et je me demandais si je n'aurais pas mieux fait de ficher le camp.

Je savais que ce que j'allais faire était illégal — du moins dans le Massachusetts, parce que cet Etat est bourré jusqu'à la gueule de catholiques — mais le docteur Nolan m'avait dit que ce médecin était un de ses amis, et un homme avisé.

— Vous avez rendez-vous pour quoi exactement ? désirait savoir la réceptionniste, alerte dans son uniforme blanc, en tapotant mon nom sur son bloc-notes.

— Comment pour « quoi » ?

Je pensais que le docteur seul m'interrogerait à ce sujet. La salle d'attente était pleine d'autres clients qui attendaient d'autres médecins, la plupart des femmes enceintes ou avec des bébés et je sentais leurs regards scruter mon ventre plat et vierge.

La réceptionniste m'a jeté un coup d'œil et j'ai rougi.

— Contraception, n'est-ce pas ? avait-elle dit gentiment, je voulais simplement vérifier, pour savoir quels honoraires je dois vous compter. Vous êtes étudiante ?

— Ou-i...

— Alors cela sera demi-tarif, cinq dollars au lieu de dix. Je vous envoie la facture ?

J'allais donner mon adresse, car j'allais probablement être de retour à la maison quand arriverait la facture, mais je me suis imaginé ma mère ouvrant la facture et découvrant ce qu'elle cachait. La seule autre adresse que j'avais était le numéro anonyme de la boîte postale qu'employaient les gens qui ne voulaient pas que l'on sache qu'ils étaient dans un asile. Mais j'ai pensé que la réceptionniste connaissait peut-être le numéro, alors j'ai simplement dit : « Autant payer tout de suite. » Et j'ai sorti cinq dollars de mon sac.

Ces cinq dollars faisaient partie de ce que Philomèna Guinéa m'avait envoyé comme cadeau de convalescence. Je me demandais ce qu'elle penserait si elle savait à quoi j'employais son argent.

Qu'elle le sache ou non, Philomèna Guinéa m'offrait la liberté.

— Ce qui m'horrifie le plus, c'est l'idée de dépendre totalement d'un homme, avais-je dis au docteur Nolan. Un homme ne s'en fait pas le moins du monde, alors que moi, pour rester dans le droit chemin, j'ai un bébé suspendu au-dessus de la tête, comme une épée de Damoclès.

— Est-ce que cela serait différent si tu n'avais plus à te soucier d'un éventuel bébé ?

— Oui, avais-je répondu, mais...

Et je lui avais raconté l'histoire de cette avocate mariée et de la Ligue pour la Défense de la chasteté.

Le docteur Nolan a attendu que j'aie fini. Puis elle a éclaté de rire.

— Propagande ! s'est-elle écriée, et elle m'a gribouillé le nom et l'adresse de ce docteur sur son bloc d'ordonnances.

Je feuilletais nerveusement un numéro de « Bébé Parle ». Les gros visages luisants des bébés rayonnaient à chaque page : des bébés chauves, des bébés chocolats, des bébés ressemblant à Eisenhower, des bébés se retournant pour la première fois, des bébés attrapant leur hochet, des bébés mangeant leur première bouchée de véritable nourriture, des bébés accomplissant tous les gestes compliqués et nécessaires pour grandir pas à pas dans un monde turbulent et angoissant.

Je percevais l'odeur du Pablum, du lait aigre, des couches sales, et je me suis sentie triste et attendrie. Comme cela semblait simple à toutes ces femmes autour de moi d'avoir des enfants ! Pourquoi ne pouvais-je pas rêver de me dévouer comme Dodo Conway à une ribambelle d'enfants piaillant les uns après les autres. Si je devais m'occuper toute la journée d'un enfant, je deviendrais dingue. J'ai regardé le bébé sur les genoux de la femme qui me faisait face. Je n'avais pas la moindre idée de son âge. Autant que je me souvienne, il parlait à la vitesse de l'éclair et derrière ses lèvres roses retroussées, il y avait bien une vingtaine de dents. Sa tête vacillait sur ses épaules, il ne semblait pas avoir de cou et il m'observait avec sa mine platonique et avisée.

La mère de ce bébé souriait continuellement, elle tenait ce gosse comme si c'était la première merveille du monde. Je regardais la mère et l'enfant et je recherchais des preuves tangibles de leur satisfaction mutuelle, mais avant d'avoir trouvé quelque chose, le docteur m'a fait entrer.

— Vous aimeriez donc avoir un diaphragme, a-t-il déclaré d'un air ravi, et j'ai pensé avec soulagement que ce n'était pas le genre de médecin à poser des questions maladroites. J'avais caressé l'idée de lui raconter que j'allais épouser un marin dès que son bateau accosterait au quai de Charlestown et que si je n'avais pas de bague de fiançailles, eh bien c'était parce que nous étions trop pauvres, mais au dernier moment, j'ai abandonné cette histoire attendrissante pour simplement répondre : « Oui ».

Je suis montée sur la table d'examen en pensant : « Je conquiers la liberté. Liberté... Je serais libérée de la peur, libérée du mariage avec un mauvais mari, comme Buddy Willard, uniquement à cause du sexe, libérée des institutions Florence Crittenden où échouaient toutes les pauvres filles qui comme moi ont droit à la contraception. Comme moi, parce qu'elles recommenceront ce qu'elles ont déjà fait, malgré le prix payé... »

En rentrant à l'asile avec ma boîte emballée de

vulgaire papier kraft posée sur les genoux, j'aurais pu être Mme Personne rentrant de la ville avec un kugelhopf préparé par sa tante Germaine ou bien avec un carton à chapeau de chez « La Cave à Filène ». Peu à peu je me suis débarrassée de ma hantise que les catholiques ont des yeux à rayons X, et je me suis sentie plus à l'aise. J'avais bien employé mon droit d'aller faire des courses.

J'étais une femme indépendante.

La deuxième étape : trouver un homme convenable.

achète une contraception (diaphragme)

CHAPITRE XIX

— Je vais devenir psychiatre.

Joan parlait avec son enthousiasme asthmatique habituel. Nous buvions du cidre dans le salon de « Belsize ».

— Oh, ai-je répondu sèchement, c'est formidable !

— J'ai longuement parlé avec le docteur Quinn et elle pense que c'est tout à fait possible.

Le docteur Quinn était le psychiatre de Joan. C'était une femme célibataire, intelligente et perspicace, mais j'avais souvent pensé que si j'avais été soignée par le docteur Quinn, je serais toujours à « Caplan » et même plus probablement à « Wymark ». Elle avait quelque chose d'abstrait qui plaisait à Joan mais qui à moi me glaçait les sangs.

Joan continuait à parler de « Surmoi » et de « Ego », je commençais à penser à autre chose, je pensais au paquet marron toujours intact au fond du tiroir du bas de mon bureau. Je n'avais jamais parlé de « Surmoi » ni de « Ego » avec le docteur Nolan. Je ne savais pas au juste de quoi je lui parlais.

— Je vais vivre à l'extérieur maintenant...

J'écoutais Joan à nouveau.

— Où ça ? ai-je demandé en essayant de cacher ma jalousie.

Le docteur Nolan avait déclaré que sur ses recommandations on me reprendrait au collège pour le second semestre, toujours avec la bourse de Philomèna Guinéa. Mais, comme les docteurs s'étaient opposés à ce que je retourne vivre chez ma mère, je devais rester à l'asile jusqu'au début du second semestre.

Même dans ces conditions je trouvais ça injuste que Joan sorte avant moi.

— Où ça ? ai-je insisté, ils ne vont tout de même pas te laisser vivre toute seule ?

Cela ne faisait qu'une semaine qu'ils laissaient Joan retourner en ville.

— Non, bien sûr que non ! Je vais vivre à Cambridge avec l'infirmière Kennedy. Sa colocataire vient de se marier et elle cherche quelqu'un pour partager son appartement.

— Félicitations !

J'ai levé mon verre de cidre et nous avons trinqué.

Malgré mes profondes réserves, je croyais que je tiendrais toujours beaucoup à Joan. C'était comme si malgré nous, nous étions attachées l'une à l'autre par des circonstances impératives comme la guerre ou la peste, et nous partagions un univers bien à nous.

— Tu pars quand ?

— Le premier du mois.

Elle est devenue songeuse.

— Tu viendras me voir n'est-ce pas Esther ?

— Evidemment !

Mais je pensais : « C'est peu probable. »

— J'ai mal, c'est normal que j'ai mal ?

Irwin n'a rien répondu.

— Parfois ça fait mal, a-t-il dit finalement.

J'avais rencontré Irwin sur les marches de la bibliothèque Widener. J'étais en haut des escaliers qui dominent les bâtiments de briques rouges entourant les cours enneigées et je me préparais à attraper le trolley pour rentrer à l'asile quand un grand jeune homme au visage laid d'intellectuel portant des lunettes s'est approché et m'a demandé : « Pourriez-vous m'indiquer l'heure ? »

J'ai jeté un coup d'œil à ma montre.

— Quatre heures cinq.

L'homme a resserré son bras autour du paquet de

livres qu'il portait devant lui comme un plateau et il a révélé un poignet osseux.

— Mais vous avez une montre !

Il a regardé sa montre d'un air triste, il l'a collée contre son oreille.

— Elle ne marche pas.

Il souriait d'une façon engageante.

— Où allez-vous ?

J'allais dire : « Je retourne à l'asile » mais il avait l'air sympathique, alors j'ai dit : « Je rentre à la maison. »

— Aimeriez-vous d'abord prendre une tasse de café ?

J'hésitais. On m'attendait à l'asile pour le dîner et je ne voulais pas rentrer en retard si près de ma libération définitive.

— Une toute petite tasse de café ?

J'ai décidé d'essayer ma nouvelle personnalité « normale » sur cet homme qui au milieu de mes hésitations m'a appris qu'il s'appelait Irwin et qu'il était un professeur de maths très bien payé. Alors, j'ai dit : « D'accord » et j'ai calqué mes pas sur les siens pendant que nous descendions les marches incrustées de glace.

Ce n'est qu'après avoir vu la garçonnière d'Irwin que j'ai décidé de le séduire. Il vivait dans un appartement confortable et ténébreux au rez-de-chaussée d'une des rues descendantes de la périphérie de Cambridge où il m'avait conduite — pour boire une bière — après trois tasses de café amer, bues dans un café d'étudiants. Nous étions assis dans son bureau sur des chaises de cuir marron confortables, entourés par des piles de livres incompréhensibles et poussiéreux avec des formules artistiquement imprimées sur chaque page comme des poèmes. Pendant que je buvais mon verre de bière — je n'ai jamais aimé la bière glacée en plein hiver, mais je l'avais acceptée pour avoir quelque chose entre les mains — quelqu'un a sonné à la porte.

Irwin a semblé embarrassé.

— Je crois que peut-être c'est une dame.

Irwin avait l'habitude vieillotte et bizarre d'appeler toutes les femmes des « dames ».

— Bien, très bien, faites entrer ! et j'ai fait un grand geste.

Irwin a secoué la tête.

— Vous risqueriez de la traumatiser.

J'ai souri dans mon verre ambré rempli de bière froide.

A la porte on sonnait de façon plus péremptoire. Irwin a soupiré et s'est levé pour répondre. Dès qu'il a disparu je me suis glissée dans la salle de bains et cachée derrière les stores vénitiens en aluminium couverts de poussière, j'observais le visage de moine d'Irwin qui apparaissait dans l'entrebâillement de la porte.

Une grande dame, à la poitrine plantureuse, l'air slave, sanglée dans un volumineux pull de laine naturelle, portant des pantalons violets et des bottes à hauts talons avec des revers en mouton persan, une toque assortie, soupirait des mots inaudibles en plein milieu du courant d'air. J'entendais la voix d'Irwin dans le corridor glacial.

— Désolé Olga... je travaille... non... non... je ne crois pas...

Pendant ce temps les lèvres de la dame s'agitaient et les mots dessinés en fumée blanche flottaient autour de la porte dans les lilas gelés. Puis finalement : « Peut-être Olga... Au revoir Olga... » J'admirais l'étendue — une vraie steppe — de la poitrine emmitouflée de la dame pendant qu'elle reculait vers les escaliers de bois, avec une sorte d'amertume sibérienne sur les lèvres.

— J'imagine que tu as des tas et des tas d'aventures à Cambridge ? ai-je joyeusement déclaré à Irwin en piquant un escargot avec une aiguille dans un des restaurants résolument français de Cambridge.

— Il semble... a reconnu Irwin, avec un petit sourire modeste... que je m'entende assez bien avec les femmes.

J'ai ramassé la coquille d'escargot vide et j'ai bu le jus verdâtre. J'ignorais si cela se faisait, mais après des mois de diète triste et saine à l'asile, j'avais soif de beurre.

J'ai appelé le docteur Nolan depuis la cabine du restaurant et je lui ai demandé la permission de passer la nuit à Cambridge chez Joan. Evidemment, je n'étais pas sûre qu'Irwin m'invite à nouveau chez lui après le dîner, mais je trouvais que la façon dont il s'était débarrassé de la Slave — la femme d'un autre professeur — constituait un encouragement.

J'ai renversé la tête et je me suis servi un nouveau verre de « Nuits-Saint-Georges ».

— Tu aimes le vin...

— Seulement le « Nuits-Saint-Georges ». Je l'imagine... avec le dragon...

Je trouvais que le premier homme avec qui j'allais coucher devait être intelligent pour que je puisse le respecter. Irwin était professeur agrégé à vingt-six ans et il avait la peau pâle et imberbe d'un lycéen de génie. J'avais aussi besoin que ce soit quelqu'un d'expérimenté pour compenser mon ignorance ; les conquêtes d'Irwin me rassuraient sur ce point. De plus, pour des raisons de sécurité, je voulais que ce soit quelqu'un d'inconnu, que je ne reverrais jamais : une sorte d'officiant semi-religieux et anonyme, comme dans les récits des rites tribaux.

Vers la fin de la soirée, je n'avais plus aucun doute quant à la compétence d'Irwin. Depuis que j'avais appris la corruption de Buddy Willard, ma virginité me pesait comme une meule passée au cou. Cela avait eu une telle importance à mes yeux pendant si longtemps que j'avais pris l'habitude de la défendre à tout prix. Je la défendais depuis cinq ans et j'en avais par-dessus la tête.

Ce n'est que lorsqu'Irwin m'a prise dans ses bras pour me porter chez lui, ivre et molle dans la chambre à coucher sombre comme un four que j'ai murmuré : « Tu sais Irwin, je crois qu'il faut que je te dise... je suis vierge. »

Irwin a ri et il m'a projetée sur le lit.

Quelques instants plus tard une exclamation de surprise m'apprenait qu'Irwin ne m'avait pas crue. Je trouvais que c'était une chance d'avoir commencé à pratiquer la contraception le matin même, parce que dans mon état vaporeux, je ne me serais jamais donné le mal de réaliser cette opération délicate et nécessaire. J'étais étendue extasiée et nue sur le couvre-lit rêche d'Irwin attendant que s'opère le changement miraculeux.

Mais je n'ai ressenti qu'une violente douleur suraiguë.

— Ça fait mal ! Est-ce que c'est censé faire mal ?
Irwin n'a rien répondu.

— Parfois, a-t-il finalement répondu.

Au bout d'un moment Irwin s'est levé pour disparaître dans la salle de bains et j'ai entendu couler la dou-
che. Je n'étais pas certaine qu'Irwin ait réussi à accom-
plir ce qu'il voulait faire. Je me demandais si ma
virginité ne l'avait pas gêné d'une façon ou d'une autre.
Je voulais lui demander si j'étais toujours vierge, mais
je ne me sentais pas trop rassurée. Un liquide chaud
me dégoulinait entre les jambes. Je l'ai touché avec
hésitation.

Quand j'ai ramené ma main à la lumière qui filtrait
depuis la salle de bains, mes doigts avaient l'air noirs.

— Irwin, ai-je appelé d'une voix nerveuse, apporte-
moi une serviette.

Il est entré, une serviette de bain nouée autour de la
taille et il m'en a lancé une autre plus petite. Je l'ai
fourrée entre mes jambes et je l'ai retirée presque aussitôt, elle était à moitié noire de sang.

— Je saigne ! ai-je annoncé en m'asseyant d'un seul
coup.

— Oh, ça arrive souvent, tu vas te sentir mieux, m'a
rassurée Irwin.

Je me souvenais des histoires de draps de nuit de
noce souillés de sang et des histoires de capsules d'encre
rouge pour les mariées déjà déflorées. Je me demandais combien de temps cela allait encore saigner et je
restais couchée serrant la serviette. Je me suis dit que
le sang répondait à ma question : je ne pouvais plus
être vierge. J'ai souri dans l'obscurité. Je me sentais
membre d'une grande tradition. Furtivement j'ai appliqué un coin propre de la serviette sur ma blessure, je
pensais que dès que le saignement cesserait, je prendrais le trolley de nuit pour rentrer à l'asile. Je voulais
rêvasser en paix sur ma condition nouvelle. Mais la
serviette était noire et dégoulinante.

— Je... je crois qu'il vaut mieux que je rentre, ai-je
faiblement murmuré.

— Pas déjà... !

— Si, si, je crois que ça vaut mieux.

J'ai demandé à Irwin si je pouvais lui emprunter la
serviette et je l'ai placée comme un pansement entre

mes cuisses. J'ai remis mes vêtements pleins de sueur. Irwin s'est proposé de me raccompagner, mais je ne voyais pas comment il pourrait me ramener à l'asile, alors j'ai plongé dans mon sac pour lui donner l'adresse de Joan. Il connaissait la rue et il est sorti pour mettre la voiture en marche. J'étais trop préoccupée pour lui dire que je saignais toujours. Je continuais à espérer que cela allait cesser d'un instant à l'autre. Mais pendant qu'Irwin conduisait à travers les rues enneigées et désertiques, je sentais le suintement chaud traverser les barrages successifs de la serviette, de ma jupe pour finalement s'étaler sur le siège de la voiture.

Pendant que nous ralentissions en longeant les maisons éclairées, je trouvais heureux de ne pas avoir balancé ma virginité aux orties au collège ou à la maison, car il aurait été impossible de le camoufler.

Joan a ouvert la porte avec un air de stupéfaction ravie. Irwin lui a baisé la main et lui a demandé de prendre soin de moi. J'ai refermé la porte et je m'y suis adossée en sentant le sang déserter mon visage en un seul flot spectaculaire.

— Mais Esther... s'est écriée Joan, que se passe-t-il ?

Je me demandais quand Joan allait remarquer le sang qui coulait le long de mes jambes et glissait comme de la colle dans mes chaussures vernies noires. Je crois que j'aurais pu mourir d'une balle dans la peau sans que Joan fasse quoi que ce soit d'autre que me fixer de son regard inerte en attendant que je lui demande un sandwich ou une tasse de café.

— L'infirmière... elle est là ?

— Non, elle est de garde à « Caplan ».

— Bon...

J'ai réussi à esquisser un pâle sourire en sentant une autre vague de sang traverser le rembourrage trempé et commencer le pénible périple jusqu'à mes chaussures.

— Je veux dire... ça ne va pas du tout.

— T'as un drôle d'air...

— Vaut mieux que tu appelles un docteur...

— Mais pourquoi ?

— Vite !

— Mais...

Elle n'avait toujours rien remarqué.

Je me suis baissée avec un petit grognement et j'ai enlevé une de mes chaussures de chez Bloomingdale, le cuir était brûlé par la neige, je l'ai brandie sous les yeux ébahis de Joan, je l'ai secouée et j'ai regardé Joan pendant qu'elle fixait le flot de sang qui se déversait sur la moquette beige.

— Mon Dieu ! Mais qu'est-ce que c'est ?

— J'ai une hémorragie.

Joan m'a à moitié tirée à moitié portée jusqu'au sofa et elle m'a allongée. Elle a déposé quelques coussins sous mes pieds ensanglantés, puis elle a reculé et elle m'a demandé : « Qui était ce type ? »

Pendant une minute d'angoisse je me suis dit qu'elle allait refuser d'appeler un médecin tant que je ne lui aurais pas tout avoué sur ma soirée avec Irwin, et qu'ensuite elle allait toujours refuser, pour me punir. Mais j'ai compris qu'elle me croirait sur ma bonne mine, que de toute façon elle ne pouvait rien comprendre à ma nuit avec Irwin, que son apparition n'avait été qu'une piqûre dans le plaisir qu'elle éprouvait à me voir.

— Oh, quelqu'un... ai-je fait avec un geste vague. Un autre flot de sang a jailli et de peur j'ai contracté les muscles de mon ventre.

— Apporte-moi une serviette !

Elle est revenue presque instantanément avec une pile de serviettes et de draps. Comme une infirmière efficace, elle a retroussé mes vêtements trempés de sang, elle a repris son souffle en découvrant la première serviette, rouge royale, et elle m'en a appliqué une autre en compresse. J'étais allongée, essayant de ralentir les battements de mon cœur car chaque battement provoquait un autre flot de sang.

Je me suis souvenue d'un cours inquiétant sur le roman victorien où toutes les femmes, les unes après les autres mouraient pâles et nobles dans des flots de sang après des accouchements difficiles. Peut-être qu'Irwin m'avait terriblement et vicieusement blessée, peut-être que couchée, là, sur le sofa de Joan, j'étais bel et bien en train de mourir pour de bon.

Joan s'est assise sur un coussin indien et a commencé à faire la longue liste des médecins de Cambridge. Le premier numéro ne répondait pas. Elle a commencé à expliquer mon cas au second docteur mais après avoir dit : « Je vois », il a raccroché.

— Qu'est-ce qui ne va pas.

— Il ne se dérange que pour ses clients habituels ou pour des urgences, c'est dimanche...

J'ai essayé de soulever le bras pour regarder ma montre, mais ma main était de marbre à mon côté et refusait de bouger. Dimanche ! Le paradis des docteurs... des docteurs à la campagne, des docteurs au bord de la mer, des docteurs avec leur maîtresse, des docteurs avec leur femme, dans leur yacht, des docteurs partout, qui se prennent résolument pour des simples gens comme les autres, et pas pour des docteurs.

— Nom de Dieu ! Dis-leur que je suis une urgence !

Le troisième numéro ne répondait pas. Le quatrième a raccroché dès que Joan a mentionné le mot « règles ». Joan a commencé à pleurer.

— Ecoute Joan... appelle l'hôpital, dis-leur que c'est une urgence, il faudra bien qu'ils m'acceptent...

Joan a repris des couleurs et elle a composé un cinquième numéro. Le service des urgences lui a promis qu'un docteur de garde me soignerait si je pouvais venir jusqu'à l'hôpital. Joan a appelé un taxi.

Elle insistait pour m'accompagner. Je serrais de nouveau mon bandage de serviette avec l'énergie du désespoir pendant que le chauffeur impressionné par l'adresse que lui avait donnée Joan fonçait à toute vitesse dans les rues grises de l'aurore. Il s'est arrêté dans la cour de l'hôpital avec un énorme crissement de pneus.

J'ai laissé Joan payer le montant de la course et je me suis précipitée dans la grande pièce illuminée et vide. Une infirmière a jailli de derrière un rideau blanc. En quelques mots rapides je me suis débrouillée pour lui dire la vérité sur ma situation délicate avant que Joan n'atteigne la porte, clignant des yeux comme une chouette myope.

Le médecin du service des urgences est entré et l'infirmière m'a aidée à monter sur la table d'examen. Elle a chuchoté quelques mots au docteur qui a acquiescé et a commencé à défaire mes bandages sanglants. Je sentais ses doigts qui m'examinaient et Joan qui était raide comme un piquet à mon côté, me tenant la main sans que je sache pour le salut de laquelle de nous deux.

— Ouch... Un geste particulièrement douloureux m'a fait gémir.

Le docteur a sifflé.

— Vous êtes le cas sur un million !

— Qu'est-ce que vous voulez dire ?

— Je veux dire que ça n'arrive comme ça qu'une fois sur un million !

Il parlait d'une voix grave et autoritaire à l'infirmière qui s'est précipitée sur une petite table et a ramené quelques rouleaux de gaze et des instruments chromés.

— Je vois parfaitement d'où vient le problème... a-t-il dit en se penchant.

— D'accord, mais pouvez-vous le résoudre ?

Il s'est mis à rire.

— Certes, certes, je peux vous bricoler ça comme un rien.

J'ai été réveillée par quelqu'un qui frappait à ma porte. Il était minuit et l'asile était silencieux comme une tombe. Je n'arrivais pas à imaginer qui pouvait bien être encore debout à cette heure-là.

— Entrez !

J'ai allumé la lampe de chevet.

La porte s'est ouverte et le visage sombre et énergique du docteur Quinn est apparu dans l'entrebâillement. Je l'ai regardée avec surprise ; je la connaissais, je la saluais en passant d'un signe de tête dans les couloirs, mais je ne lui avais jamais parlé.

Maintenant elle me disait : « Puis-je entrer un instant Mlle Greenwood ? »

J'ai acquiescé.

Elle est entrée et a refermé doucement la porte derrière elle. Elle portait un de ces uniformes bleu marine immaculé avec une blouse unie, blanche comme de la neige qui apparaissait dans l'encolure en « V ».

— Je suis désolée de vous déranger Mlle Greenwood, particulièrement à cette heure de la nuit, mais j'ai pensé que peut-être vous pourriez nous aider au sujet de Joan...

Pendant un instant j'ai cru que le docteur Quinn

248

allait me rendre responsable du retour de Joan à l'asile. J'ignorais si Joan avait compris ou deviné le motif de notre balade à la salle des urgences, mais quelques jours après, elle était revenue vivre à « Belsize » en conservant malgré tout, les plus larges droits de sortie.

— Je ferai ce que je peux, ai-je répondu au docteur Quinn.

Elle s'est assise au bord de mon lit avec un visage grave.

— Nous aimerions savoir où se trouve Joan, nous pensions que peut-être vous auriez une idée.

Tout d'un coup j'ai voulu me dissocier complètement de Joan.

— Elle n'est pas dans sa chambre ?

Le couvre feu de « Belsize » était dépassé depuis longtemps.

— Non. Joan a reçu l'autorisation de sortir au cinéma ce soir, mais elle n'est toujours pas rentrée.

— Avec qui était-elle ?

— Elle était seule.

Le docteur Quinn s'est interrompue un instant.

— Auriez-vous une idée sur les endroits où elle aurait pu passer la nuit ?

— Elle va certainement rentrer. Quelque chose a dû la retenir.

Mais je ne voyais pas du tout ce qui aurait pu retenir Joan à Boston en pleine nuit.

Le docteur Quinn a secoué la tête.

— Le dernier trolley est passé il y a une heure...

— Peut-être va-t-elle rentrer en taxi ?

Le docteur Quinn a soupiré.

— Avez-vous essayé la fille Kennedy ? Là où vivait Joan ?

Le docteur Quinn a hoché la tête.

— Sa famille ?

— Oh, elle ne serait jamais retournée là-bas... mais nous avons essayé quand même.

Le docteur Quinn s'est attardée un moment comme si elle pouvait renifler quelques idées dans la pièce tranquille.

— Bon, et bien nous ferons tout notre possible... et elle est sortie.

J'ai éteint la lumière et j'ai essayé de me rendormir,

mais le visage de Joan flottait devant mes yeux, souriant et désincarné comme le museau d'un chat du Cheshire. J'ai même cru entendre sa voix qui grinçait et murmurait dans la nuit. Mais je me suis vite rendu compte que ce n'était que le vent dans les branches des arbres de l'asile.

A l'aube, j'ai été de nouveau réveillée par quelqu'un qui frappait à ma porte. Cette fois je me suis levée pour ouvrir moi-même. Le docteur Quinn était devant moi. Elle se tenait dans une sorte de garde à vous, comme un frêle sergent, mais son attitude avait quelque chose de curieusement flou.

— J'ai pensé qu'il fallait que vous sachiez... Joan a été retrouvée...

L'emploi du passif m'a glacé les sangs.

— Où ?

— Dans les bois, près des étangs gelés...

J'ai ouvert la bouche, mais rien n'est sorti.

— Une des infirmières l'a trouvée, juste ce matin en venant travailler, poursuivait le docteur Quinn.

— Elle n'est pas...

— Morte, a dit le docteur Quinn, malheureusement, elle s'est pendue.

Joan s'est finalement suicidée.

CHAPITRE XX

Les pelouses de l'asile disparaissaient sous une couche de neige fraîche. Ce n'était pas une pincée comme pour la Noël, mais un véritable déluge de janvier qui atteignait la taille d'un homme. Le genre de chute de neige qui isole les écoles, les bureaux et les églises et qui remplace pour un jour ou même davantage les cahiers, les agendas et les calendriers par une couche pure et immaculée.

Dans une semaine, si je réussissais mon entretien avec le conseil des directeurs, la voiture noire de Philomèna Guinéa me conduirait vers l'Ouest et me déposerait devant les grilles de fer forgé de mon collège.

Le cœur de l'hiver !

Le Massachusetts aurait disparu dans un calme de marbre. J'imaginais les villages recouverts de neige comme sur les tableaux de Grandma Moses, les étendues de marais bruissantes de roseaux desséchés, les mares où les grenouilles et les crapauds rêvent sous leur linceul de glace, le tremblement des bois.

Mais sous cette nouvelle vie trompeusement pure et uniforme, la topographie resterait la même. Au lieu de San Francisco, de l'Europe ou de la planète Mars j'allais apprendre le même vieux décor, les buissons, les arbres et la colline. D'un côté cela semblait facile de recommencer après six mois d'absence là où j'avais si impétueusement décroché.

Tout le monde serait au courant, évidemment.

Le docteur Nolan m'avait franchement prévenue que des tas de gens me traiteraient avec méfiance ou même m'éviteraient comme une lépreuse avec sa clochette. Le visage de ma mère me revenait en mémoire lors de sa première et dernière visite après mes vingt ans : une lune pâle et pleine de reproches. Sa propre fille à l'asile ! Je lui avais fait ça ! Malgré tout, elle avait manifestement décidé de me pardonner.

— Nous recommencerons au point où nous nous étions arrêtées Esther, avait-elle dit avec son doux sourire de martyre, nous ferons comme si tout cela n'était qu'un mauvais rêve.

Un mauvais rêve.

Pour celui qui se trouve sous la cloche de verre, vide et figé comme un bébé mort, le monde lui-même n'est qu'un mauvais rêve.

Un mauvais rêve.

Je me souvenais de tout.

Je me souvenais des cadavres, de Doreen, de l'histoire du figuier, du diamant de Marco, du marin sur le boulevard, de l'infirmière du docteur Gordon, des thermomètres brisés, du nègre avec ses deux sortes de haricots, des dix kilos pris à cause de l'Insuline, du rocher qui se dressait entre ciel et mer comme un gros crâne marin.

Peut-être que l'oubli, comme une neige fraternelle, allait les recouvrir et les atténuer.

Mais ils faisaient partie de moi. C'était mon paysage.

— Une visite pour vous !

L'infirmière couverte de neige mais souriante a passé la tête par la porte et pendant une seconde de confusion je me suis crue de retour au collège, les meubles de sapin blanc, les arbres couverts de neige, les collines n'étaient qu'une amélioration de mes vieilles chaises griffées, de mon bureau et de la vue sur la cour vide.

— Une visite pour toi !

C'était ce qu'avait dit la fille de garde au téléphone de l'étage. Qu'y avait-il de si différent entre nous, les femmes de « Belsize » et les filles qui jouaient au bridge, bavardaient et étudiaient dans ce collège où j'allais retourner ? Ces filles aussi étaient assises sous leur propre cloche de verre.

— Entrez !

Et Buddy Willard casquette kaki à la main s'est glissé dans la pièce.

— Salut Esther.

— Salut Buddy.

Nous étions là, à nous regarder. J'attendais comme un geste d'émotion, même une vague lueur. Rien. Rien qu'un immense ennui poli. La silhouette kaki de Buddy me semblait aussi petite et impersonnelle que ces poteaux marron contre lesquels il se tenait l'année dernière, au bas de la piste de ski.

— Comment es-tu venu ici ? ai-je finalement demandé.

— Avec la voiture de maman.

— Avec toute cette neige ?

— Eh bien justement... je me suis embourbé dans une fondrière. La pente était trop raide pour moi. Est-ce que je peux emprunter une pelle quelque part ?

— On peut demander à un jardinier de nous en prêter une...

— Parfait !

Buddy faisait demi-tour pour s'en aller.

— Attends, je t'accompagne !

Il m'a regardée et j'ai vu passer dans ses yeux un éclair étrange, le même mélange de curiosité et de circonspection que j'avais observé dans les yeux de la bonne femme du « Christian Scientist », de mon vieux professeur de littérature et du prêtre unitarien qui tous m'avaient visitée.

— Oh Buddy ! J'ai éclaté de rire. Je vais bien tu sais !

— Bien sûr, je sais bien Esther, s'est-il dépêché de répondre.

— C'est toi qui ne devrais pas te fatiguer à désembourber une voiture, pas moi...

Et Buddy m'a laissée faire le gros du boulot.

La voiture avait dérapé sur la colline herbeuse de l'asile, elle avait reculé et une roue s'était enfoncée dans une grosse ornière au bord du chemin.

Sur les pentes vierges le soleil émergeait de ses linceuls de nuages gris avec un éclat estival. Je me suis arrêtée dans mon travail pour contempler cette étendue originelle et j'ai ressenti le même frisson profond que j'éprouvais à la vue des arbres ou d'une prairie noyés sous une grosse inondation ; c'était comme si l'ordre des choses avait légèrement glissé pour entrer dans une nouvelle phase.

J'étais heureuse que la voiture se soit embourbée dans la neige molle. Cela empêchait Buddy de me demander ce que je savais qu'il allait fatalement me demander, ce qu'il a effectivement fini par me demander d'une voix grave et nerveuse pendant que nous prenions le thé à « Belsize ». Deedee nous regardait par-dessus sa tasse de thé comme une chatte jalouse. Après la mort de Joan elle était retournée à « Wymark » pour un moment, mais maintenant elle était revenue parmi nous.

— Je me suis demandé...

Buddy reposait maladroitement sa tasse dans sa soucoupe.

— Qu'est-ce que tu t'es demandé ?

— Je me suis demandé... je veux dire... je pensais que peut-être tu pourrais me dire quelque chose...

Buddy a croisé mon regard et pour la première fois j'ai vu combien il avait changé. Au lieu du vieux sourire suffisant et de commande qui jaillissait et s'éteignait à la vitesse des ampoules de flash des photographes, son visage était devenu grave, voire hésitant, le visage d'un homme qui rencontre bien des déceptions.

— Si je peux t'aider Buddy...

— Est-ce que tu crois qu'il y a quelque chose en moi qui rend les femmes dingues ?

Je n'ai pas pu m'en empêcher : j'ai éclaté de rire. Sans doute à cause du sérieux du visage de Buddy et du double sens du mot « dingue » dans une phrase comme celle-là.

— Je veux dire... insistait-il... je sortais avec Joan et puis avec toi, et alors tu... et maintenant c'est Joan qui...

Avec un doigt j'ai poussé une miette de cake dans une goutte brune de thé.

— Bien sûr que non, tu n'es pas responsable ! m'avait répondu le docteur Nolan quand j'étais allée la voir au sujet de Joan, et c'était la seule fois où je l'ai vue en colère.

— Personne n'est responsable ! C'est elle qui l'a fait !

Et elle m'avait expliqué que même les meilleurs

psychiatres comptent des suicides parmi leurs malades, et si jamais quelqu'un devait se sentir responsable ce devait être eux, mais au contraire, eux-mêmes ne se sentent pas responsables...

— Tu n'y es pour rien, tu n'as rien à voir là-dedans.

— Tu es sûre ?

— Absolument sûre !

— Bon, j'en suis heureux.

Il a poussé un soupir de soulagement et il a bu son thé comme s'il s'agissait d'un fortifiant.

— J'ai entendu dire que tu nous quittais ?

Je marchais à côté de Valérie dans le petit groupe encadré d'infirmières.

— Seulement si les docteurs sont d'accord. L'entretien a lieu demain...

La neige tassée craquait sous nos pas et partout on entendait le goutte à goutte musical des petits glaçons que faisait fondre le soleil de midi et qui gèleraient à nouveau avant la tombée de la nuit.

Dans cette lumière éclatante, les ombres des sapins noirs devenaient lavande. J'ai marché un moment en compagnie de Valérie, le long du labyrinthe familier des sentiers de l'asile. Les docteurs, les infirmières et les malades qui passaient dans les sentiers avoisinants disparaissaient jusqu'à la taille derrière les remparts de neige, on aurait dit qu'ils glissaient sur des roulettes.

— Les entretiens... a grogné Valérie, c'est rien du tout ! S'ils veulent te laisser sortir, ils te laisseront sortir.

— J'espère...

Devant « Caplan » j'ai dit adieu à son visage de princesse des neiges derrière lequel il ne pouvait rien se passer, ni de très bon, ni de très mauvais, et j'ai continué seule, mon haleine se transformait en petits nuages, malgré l'atmosphère écrasée de soleil. Le dernier adieu joyeux de Valérie avait été : « Au revoir ! A un de ces jours ! », et j'avais pensé : « Pas si cela dépend de moi... »

Mais je n'en étais pas du tout certaine. Pas du tout. Comment savoir ? Peut-être qu'un jour, au collège, en France, quelque part, n'importe où, la cloche de verre, avec ses déformations étouffantes descendrait de nouveau sur moi ?

Buddy n'avait-il pas dit, comme pour se venger de m'avoir laissée dégager la voiture en restant immobile à côté de moi : « Je me demande qui pourrait bien t'épouser maintenant Esther ? »

— Quoi ? avais-je dit.

Je pelletais de la neige en montagne et je clignais des yeux pour éviter la brûlure des flocons tourbillonnant autour de moi.

— Je me demande bien qui va t'épouser maintenant Esther, maintenant que tu as été ici.

Le geste de Buddy avait englobé la colline, les sapins et les bâtiments sévères recouverts de neige qui faisaient tache dans ce paysage tout en courbe.

Bien entendu, je ne savais pas qui allait bien pouvoir m'épouser, maintenant que j'avais été là où j'avais été. Je ne voyais même pas du tout.

— Irwin... j'ai là une facture...

Je parlais doucement, la bouche collée au combiné de la cabine téléphonique dans le grand hall du bâtiment administratif. D'abord j'avais craint que la standardiste écoute depuis son tableau, mais elle n'avait pas cessé de connecter et déconnecter des fiches sans froncer un seul instant les sourcils.

— Oui... a fait Irwin.

— L'hôpital m'envoie la facture parce qu'ils n'ont pas reçu de réponse à celle qu'ils t'avaient envoyée...

— D'accord, d'accord... je leur envoie un chèque tout de suite, même un chèque en blanc si tu veux.

La voix d'Irwin venait de se transformer de façon subtile.

— Quand est-ce qu'on se revoit ?

— Tu veux savoir ?

— Mais oui, bien entendu !

— Jamais !

Et j'ai raccroché avec un geste résolu. Je me suis demandé si après ça, Irwin enverrait toujours son chèque à l'hôpital, mais je me suis dit : « Bien sûr qu'il va l'envoyer, c'est un professeur de mathématiques, il ne voudra rien laisser traîner. »

Je me sentais inexplicablement soulagée et mes genoux tremblaient.

La voix d'Irwin ne signifiait rien pour moi.

C'était la première fois depuis notre première et dernière rencontre que je lui parlais et j'étais presque certaine que ce serait la dernière. Irwin n'avait pas le moindre moyen de me contacter. Il ne connaissait que l'adresse de l'appartement de l'infirmière Kennedy, mais après la mort de Joan, elle avait déménagé sans laisser de traces.

J'étais totalement libre.

Les parents de Joan m'avaient invitée aux obsèques. Mme Gilling avait même déclaré que j'étais une des meilleures amies de sa fille.

— Tu n'es pas obligée d'y aller, tu sais... tu peux toujours écrire et leur expliquer qu'il vaut mieux que tu ne viennes pas... m'avait dit le docteur Nolan.

— Je vais y aller.

Et c'est ce que j'ai fait. Pendant tout le service funèbre je me demandais ce que je croyais enterrer.

Sur l'autel le cercueil disparaissait sous des fleurs blanches comme sous de la neige, c'était l'ombre noire de quelque chose qui n'existait plus. Autour de moi sur les bancs, les visages étaient cireux dans la lumière des cierges. Les rameaux de sapin abandonnés depuis Noël remplissaient l'air froid d'un encens sépulcral.

A côté de moi les joues de Jody fleurissaient comme de bonnes pommes et ici ou là dans la petite congrégation je reconnaissais d'autres filles de mon collège ou de ma ville natale qui avaient connu Joan. Devant, sur un banc, Deedee et l'infirmière Kennedy baissaient leurs têtes voilées.

Derrière le cercueil, derrière les fleurs, derrière les visages du prêtre et des gens endeuillés je distinguais les pelouses houleuses de notre cimetière. Maintenant il disparaissait sous la neige jusqu'à hauteur des genoux, les pierres tombales émergeaient comme des cheminées sans fumée.

Il y aurait un trou noir de six pieds de profondeur, creusé dans la terre dure. Une ombre en épouserait une autre, le sol étrangement jaune de notre localité refermerait la blessure ouverte dans sa blancheur. Une autre chute de neige effacerait toutes les traces récentes sur la tombe de Joan.

J'ai respiré un grand coup et j'ai écouté le vieux battement de mon cœur.

Je vis, je vis, je vis.

Les docteurs tenaient leur conseil hebdomadaire — vieilles affaires, nouvelles affaires, admissions, libérations, entretiens, etc. Je feuilletais un vieux numéro du « National Geographic » en attendant mon tour dans la bibliothèque de l'asile.

Des malades accompagnés de leur infirmière tournaient autour des rayonnages en parlant à voix basse avec la bibliothécaire. C'était une ancienne de l'asile, une vieille fille myope et effacée et je me demandais en l'observant à quoi pouvait-elle bien savoir qu'elle avait progressé et que contrairement à ses clients, elle était en bonne et parfaite santé ?

— N'aie pas peur, m'avait dit le docteur Nolan. Je serai là, tu connais les autres docteurs, il y aura quelques visiteurs et le docteur Vinning, le chef des docteurs, te posera quelques questions, après tu pourras t'en aller.

Mais malgré les encouragements du docteur Nolan, j'avais une peur bleue.

J'espérais qu'à mon départ je serais pleine d'assurance et de projets d'avenir — après tout, on m'avait « analysée ». Mais au lieu de tout ça, je ne voyais que des points d'interrogation.

Je jetais sans cesse des coups d'œil impatients vers la porte fermée de la salle de réunion. Les coutures de mes bas étaient bien droites, mes chaussures craquelées mais cirées et mon tailleur de laine rouge aussi flamboyant que mes espérances. Quelque chose d'ancien, quelque chose de neuf...

Mais je n'allais pas me marier. Il devrait y avoir, je pensais, un rite pour la « renaissance », raccommodée, rechapée et bonne pour la route, j'essayais d'en imaginer un quand le docteur Nolan est apparue venant de nulle part et m'a touché l'épaule.

— Allons-y Esther...

Je me suis levée et je l'ai suivie jusqu'à la porte ouverte.

Je me suis arrêtée pour prendre une dernière gorgée d'air sur le pas de la porte et j'ai vu le docteur aux cheveux argentés qui le premier jour m'avait parlé des rivières et des pèlerins, mais aussi le visage crevassé et cadavérique de Mlle Huey et d'autres paires d'yeux qu'il m'avait semblé reconnaître sous les masques blancs.

Tous les visages, tous les yeux se sont alors tournés vers moi et me guidant sur eux comme sur un fil magique, je suis entrée dans la pièce.

PAR LOIS AMES

« La Cloche de Détresse » a été édité pour la première fois à Londres en 1963 par William Heinemann Limited, sous le pseudonyme de Victoria Lucas. Sylvia Plath avait adopté ce nom de plume pour son premier roman parce qu'elle doutait de sa valeur littéraire et ne le considérait pas comme un « travail sérieux ». Elle était également soucieuse de la peine que pourrait causer la publication aux nombreux proches dont elle avait légèrement déformé et déguisé les personnalités dans le livre.

Les thèmes principaux de la jeunesse de Sylvia Plath constituent la matière première de « La Cloche de Détresse ».

Elle est née en 1932 dans le Massachusetts et a passé sa première enfance à Wintrop une petite ville du bord de mer proche de Boston. Ses grands-parents maternels étaient autrichiens ; son père professeur de biologie à l'Université de Boston (une autorité réputée en matière d'abeilles) avait émigré de Pologne pour s'installer aux U.S.A. alors qu'il était encore adolescent. Sylvia avait un frère plus jeune de deux ans et demi. Alors qu'elle avait huit ans, un changement radical s'est produit dans la vie de Sylvia Plath : en novembre 1940 son père est décédé d'une longue et pénible maladie, sa mère et ses grands-parents ont alors déménagé vers l'intérieur dans la petite ville de Wellesley, une banlieue conservatrice et bourgeoise de Boston. Pendant que la grand-mère tenait la maison, Mme Plath donnait des cours de secrétariat médical à l'Université de Boston où elle se rendait quotidiennement. Le grand-père de Sylvia travaillait comme maître d'hôtel au Brooklin Country Club où il résidait pendant la semaine. Sylvia et son frère ont fréquenté les écoles locales.

« J'allais à l'école laïque » a-t-elle écrit plus tard, « reellement publique parce que tout le monde y allait ».

Très jeune elle a commencé à écrire des poèmes, à dessiner à l'encre de Chine — et à ramasser des prix pour la première publication de ses poèmes et de ses dessins.

A l'âge de dix-sept ans, son intérêt pour la littérature était devenu discipliné et maîtrisé. Hélas, la publication n'était pas facile ; elle avait déjà envoyé 45 textes au magazine « Seventeen » avant que sa première nouvelle « Et l'été ne reviendra plus jamais... » soit publiée dans le numéro de août 1950. Un poème, « Les Fraises Amères », commentaire sardonique sur la guerre avait été accepté et publié le même mois dans le « Christian Science Monitor ». Dans l'almanach de son école, le « Wellesleyan » la jeune fille qui plus tard se décrira comme une « adolescente enragée et pragmatique » était ainsi dépeinte :

« Chaud sourire... Travailleuse énergique... Bumble Boogie Piano Special... Habile avec de l'encre et des craies... Passe ses week-ends chez « William's »... Les fameux sandwiches... Futur écrivain... Les refus de « Seventeen »... Oh, pour toute licence. »

En septembre 1950, Sylvia est admise au Smith College de Northampton dans le Massachusetts, le plus grand collège de filles du monde. Elle était boursière avec une bourse offerte par le Smith Club de Wellesley et une autre par Olive Higgins Prouty, l'écrivain auteur de *Stella Dallas,* qui sera plus tard une amie et une protectrice. Pendant ces années-là Sylvia écrivait des poèmes selon un mode précis, soulignait des mots dans le Thésaurus relié de cuir rouge de son père, tenait un journal détaillé et un carnet de notes soigné, de plus, elle étudiait avec concentration. Etudiante excessivement brillante elle était élue à des responsabilités au niveau de sa classe et de son collège ; elle était membre du Comité de Rédaction de la « Smith Review », partait en week-end dans des collèges de garçons et publiait des nouvelles et des poèmes dans « Seventeen ». Mais à cette époque elle écrivait dans une lettre : « En regard des succès que je semble remporter que de craintes et de doutes envers moi-même... » Un ami dira plus tard de cette époque : « C'était comme si Sylvia ne pouvait attendre que la vie vienne à elle... elle se précipitait pour l'accueillir, pour forcer les choses à se produire tout de suite. »

Alors qu'elle devenait de plus en plus consciente de

sa qualité de femme, le conflit entre le mode de vie d'une intellectuelle poète et celui d'une femme et d'une mère de famille devenait sa préoccupation essentielle, elle écrivait : « ... il est étonnant de constater que l'essentiel de ma vie s'est déroulé comme dans l'atmosphère raréfiée d'une cloche de verre. » En août 1951 elle remportait le concours de fiction organisé par « Mademoiselle » grâce à une nouvelle intitulée « Un dimanche chez les Minton » et l'année suivante, sa troisième au collège, elle recevait deux prix de poésie décernés par « Smith » et était élue au Phi Beta Kappa, et à Alpha, la Société Honoraire pour le Développement des Arts de « Smith ». L'été 1952 elle était sélectionnée lors du concours Inter-Colleges organisé par « Mademoiselle ». Dans son carnet de notes, elle décrivait le début de ce mois passé à New York dans le style fiévreux du magazine :

« Après avoir été l'une des deux lauréates du prix « Fiction » de Mademoiselle » (500 $!) en août dernier, j'avais l'intention de retourner chez moi quand j'ai remporté une invitation de rédactrice représentante de Smith ; j'ai donc pris le train pour un mois de travail salarié à New York — avec chapeau et hauts talons — dans le building climatisé de « Mademoiselle » sur Madison Avenue... Fantastique, fabuleux... toutes les outrances sont permises pour décrire les quatre semaines de galas et de chaos que j'ai passées comme rédactrice invitée... Je vivais dans le luxe du « Barbizon », je rédigeais des textes, je rencontrais des célébrités, j'étais fêtée et adulée par une cohorte de délégués aux Nations Unies, de traducteurs simultanés, d'artistes... un mois incroyable de tourbillons... la petite Cendrillon de « Smith » rencontrait des idoles : Vance Bourjaily, Paul Engle, Elisabeth Bowen... elle échangeait des articles par correspondance avec cinq jeunes et brillants professeurs de poésie. »

Les poètes étaient Alistair Reid, Anthony Hecht, Richard Wilbur, George Steiner et William Burford dont les photos étaient accompagnées de notices biographiques et de commentaires sur la poésie et les poètes.

Après deux cent trente pages de publicité, le gros numéro d'août 1953 consacré aux collèges était présenté par Sylvia, rédactrice invitée, dans un éditorial intitulé : « 1953 — Mademoiselle fait le point sur les collèges. »

Sous une photo insipide des rédactrices invitées formant une étoile en se tenant la main, toutes habillées de tartans et casquettes d'Eton assorties avec de grands sourires, elle écrivait :

« Cette saison nous sommes des astronomes, ensorcelées par l'atmosphère de la nuit tombante. Avant tout, dans la Constel-

263

lation de la Mode, nous repérons le tartan de « Mademoiselle »,
la versatilité astronomique des pulls et des hommes... des
hommes, des hommes... ! Nous leur avons même enlevé la
chemise du dos ! Ajustant nos télescopes sur les nouvelles des
collèges du monde entier, nous discutons, nous délibérons.
Questions illuminées : la liberté académique, la controverse
sur les cercles féminins, notre génération tant étiquetée (et
tant décriée). Des étoiles de première grandeur projettent une
influence bénéfique sur nos projets de travail et d'avenir dans
nos champs d'élection. Bien que les horoscopes pour nos
prochaines orbites ne soient pas encore achevés, nous, rédactrices invitées de « Mademoiselle », nous comptons sur des
prévisions favorables grâce à cette démonstration d'amitié
que nous fait « Mademoiselle », l'Etoile des Campus. »

Sans nul doute, elle devait être beaucoup plus satisfaite
de la page 358. « « Mademoiselle » a enfin décidé de publier
Chant d'Amour d'une Jeune Fille Folle, ma villanelle
préférée ».

CHANT D'AMOUR D'UNE JEUNE FILLE FOLLE
Villanelle de Sylvia Plath.
Smith College. 1954.

Je ferme les yeux et le monde disparaît ;
Je soulève les paupières et tout renaît.
(Je crois bien vous avoir imaginé.)

Les étoiles valsent dans le bleu et le rouge ;
Une obscurité arbitraire se précipite :
Je ferme les yeux et le monde disparaît.

J'ai rêvé que vous m'ensorceliez dans mon lit,
Vous me chantiez des chants de lune et me rendiez folle de
[vos baisers.
(Je crois bien vous avoir imaginé.)

Dieu culbute du haut du ciel, les feux de l'enfer pâlissent :
Adieu les Séraphins et les créatures de Satan :
Je ferme les yeux et le monde disparaît.

J'ai imaginé que comme promis vous reviendriez.
Mais·je vieillis et je ne sais plus votre nom.
(Je crois bien vous avoir imaginé.)

J'aurais mieux fait d'aimer un oiseau de feu ;
Au moins, quand revient le printemps, ils grondent à nouveau.

Je ferme les yeux et le monde disparaît
(Je crois bien vous avoir imaginé.)

Ce même été « Harper's Magazine » lui achetait pour
100 $ de poèmes ce que Sylvia considérait comme « mon

premier salaire de professionnelle ». Plus tard estimant ces premiers balbutiements, elle écrira : « D'une manière générale, je me sentais portée par une vague de succès, créateur, social et financier — cependant les six mois d'effondrement total n'allaient pas tarder... »

Ce sont les événements qui se sont produits dans sa vie durant l'été et l'automne 53 — l'époque de l'électrocution des Rosenberg, l'époque de l'ascension au pouvoir du sénateur McCarthy, le début de la présidence Eisenhower — que Sylvia Plath a reconstitués dans « La Cloche de détresse ». Des années plus tard, elle décrira le livre qu'elle voulait écrire :

« (...) l'impact du monde des journaux de mode qui semble de plus en plus artificiel et superficiel, le retour pour passer un été mort dans la banlieue de Boston. Mais aussi les failles dans son caractère (celui de l'héroïne Esther Greenwood) qui avaient été maintenues telles qu'elles étaient par l'impact de l'environnement de New York, mais qui vont s'élargir et bâiller de façon alarmante. De plus en plus, sa perception déformée du monde qui l'entoure, le vide de sa propre vie, de celle de ses voisins, vont devenir la seule manière correcte de concevoir les choses ».

Pour Sylvia est alors venu le temps des électro-chocs, de sa disparition montée en épingle ; sa découverte et son hospitalisation pour traitement psychiatrique avec de nouvelles séances d'électro-chocs. Elle a écrit : « Une période de ténèbres, de désespoir, de désillusions — si sombre que seul l'enfer de l'âme humaine peut l'atteindre — puis l'agonie douloureuse de la renaissance et de la régénération psychique. »
Sylvia retourne ensuite au Smith College pour reconquérir « de vieux chevaux sauvages qui m'avaient envoyé valser l'année dernière. »
Au début de l'été suivant elle écrivait : « Un semestre de reconstruction s'achève par une récolte infiniment plus solide bien que moins fracassante que celle de l'année passée. »
A la fin de l'année universitaire suivante, elle avait vendu plus de poèmes, remporté davantage de prix et écrit sa longue thèse de doctorat sur la double personnalité des personnages de Dostoïevsky. En juin 55, elle quittait Smith College, *summa cum laude,* avec en perspective une bourse Fullbright de littérature anglaise pour un an dans le college de Newnham à l'Université de Cambridge. C'est là qu'elle rencontre le poète Anglais Ted Hughes, qu'elle épouse le 16 juin 56 : Bloomsday. La bourse Fullbright de Sylvia sera renouvelée et après des vacances en Espagne,

Ted et elle s'installent à Cambridge pour une seconde année. L'été 1957 ils partent aux Etats-Unis où Sylvia fut jugée par ses collègues « une des deux ou trois meilleures chargées de cours ayant jamais enseigné dans le département de Littérature du Smith College. »

Il est probable que Sylvia rentrait aux USA avec une première version de « La Cloche de détresse » dans ses malles, mais à cette époque elle se concentrait surtout sur la poésie et l'enseignement. En 1958 elle déposait une demande de subvention à la « Eugène F. Saxton Memorial Fellowship » pour achever un recueil de poèmes. La « Saxton Fellowship » avait été créée pour « rendre hommage à un rédacteur exceptionnel de « Harper & Brothers ». La Fondation, suivant le jugement de ses administrateurs, accordait des subventions aux écrivains pour leurs dépenses courantes. L'avis favorable de tous les administrateurs était indispensable pour accorder la subvention. L'un d'entre-eux qui avait déclaré à propos des poèmes envoyés qu'ils étaient « au-dessus de toute critique » avait cependant fait remarquer que « en regardant la biographie de Mme Hughes, je constate qu'elle a déjà reçu pendant une bonne part de sa vie d'adulte des donations de toutes sortes. Peut-être que cela ne lui ferait aucun mal de poursuivre pendant quelque temps son travail d'enseignante dans un excellent collège. Mon avis est défavorable ; bien que je pense que la qualité de ses œuvres lui donne droit à bien des égards. » En octobre 58 la demande était rejetée mais accompagnée d'une lettre personnelle du secrétaire des administrateurs dans laquelle il affirmait que Mme Hughes devait savoir que : « votre demande a éveillé plus qu'un simple intérêt. Votre talent — qui est certain — n'a pas été mis en cause, mais plutôt la nature de votre projet. »

Pendant ce temps les Hughes avaient déménagé dans un petit appartement de Beacon Hill, « vivant dans le plus grand dénuement pendant un an et demi à Boston et écrivant pour voir ce dont nous étions capables ». Sylvia avait pris la décision délicate d'abandonner l'enseignement, de rejeter un avenir académique auquel elle était préparée depuis son enfance, pour une vie plus incertaine, mais qui lui donnerait — du moins elle l'espérait — plus de temps pour écrire. Cependant l'année s'écoulait et son recueil de poèmes était régulièrement présenté et refusé sous différents titres. Elle écrivait :

« Rien ne pue autant qu'un tas d'écrits non publiés, ce qui démontre bien que je n'obéis toujours pas en écrivant à des mobiles purs (Oh, c'est-tellement-amusant-je-ne-peux-pas-m'en-empêcher-qu'importe-que-ce-soit-publié-ou-même-lu)... Je tiens toujours à ce que le rituel s'achève par l'édition. »

266

En décembre 59 Ted et Sylvia retournaient s'établir en Angleterre. En avril 60, naissait leur premier enfant : Frieda. Enfin, un recueil de poèmes de Sylvia, intitulé « Le Colosse » était accepté par William Heinemann Limited et publié en fin d'année. Ensuite Sylvia subissait une fausse couche et une appendicectomie puis, elle tombait à nouveau enceinte. Le 1er mai 61 elle demandait de nouveau une subvention à la « Eugene F. Saxton Fellowship », cette fois afin d'achever un roman qu'elle décrivait comme déjà rédigé au sixième — une cinquantaine de pages. Sur sa demande de subvention, Sylvia réclamait de l'argent pour « frais de babysitter et de nourrice, à 5 $ par jour, six jours par semaine, pendant une année, soit 1 560 $, location d'un bureau à 10 $ la semaine soit 520 $ par an. Total 2 080 $ ... »

« (Actuellement je vis dans un deux pièces avec mon mari et un bébé d'un an. Je dois travailler à temps partiel pour les frais de la vie quotidienne.) »

A une amie elle écrivait qu'elle en était « au-delà du tiers d'un roman traitant d'une collégienne qui est au bord d'une dépression nerveuse qu'elle subira finalement ». Elle écrivait :

« Voilà dix ans que je veux écrire cela, mais j'étais traumatisée à l'idée d'écrire un roman. Mais brusquement lors des négociations avec un éditeur new yorkais pour l'édition américaine de mes poèmes, les digues se sont brisées et je suis restée éveillée toute la nuit en proie à une excitation fébrile. Je voyais comment cela devait être écrit et j'ai commencé le lendemain même, puis je suis allée tous les jours dans un cabinet de travail qu'on m'avait prêté, comme on va au bureau, et j'écrivais de plus en plus. »

En été les Hugues déménageaient dans le Devon où ils s'installaient dans une maison au toit de chaume. Le 6 novembre 61, le secrétaire des administrateurs de la « Saxton Fellowship » lui écrivait qu'ils avaient décidé de lui accorder une subvention de 2 080 $ « la somme que vous avez suggérée ». Sylvia répondait : « Je suis très heureuse d'avoir reçu aujourd'hui votre lettre m'annonçant votre subvention. J'ai l'intention irrévocable d'achever ce roman et la subvention de la « Saxton Fellowship » tombe on ne peut mieux car elle va me permettre de me libérer pour écrire. »

Le 17 janvier naissait leur fils : Nicholas. Les journées étaient partagées entre les bébés, le ménage et l'écriture, mais le 10 février 62 Sylvia envoyait ponctuellement aux administrateurs de la « Saxton Fellowship » son premier rapport trimestriel sur le progrès de son roman.

« Durant les trois derniers mois, le roman a progressé de façon très satisfaisante conformément à mon programme préétabli. J'ai travaillé sur plusieurs brouillons jusqu'à la version finale des chapitres 5 à 8, soit un total de 105 pages achevées. J'ai préparé dans le détail les chapitres 9 à 12 ». Puis elle donnait le détail du plan de « La Cloche de détresse ». Bien que le roman progresse de façon satisfaisante, Sylvia se plaignait à une amie de ne pas pouvoir travailler assez : « Quelques poèmes que j'aime, écrits pendant une année, ont l'air de beaucoup quand ils sont publiés, mais en fait ce ne sont que des moments de satisfaction, séparés par de longues périodes creuses. » Le 1er mai 62 dans le rapport trimestriel suivant elle écrivait aux administrateurs de la « Saxton Fellowship » : « Le roman progresse de façon très satisfaisante et conformément au plan de travail. J'ai achevé les chapitres 9 à 12 (pages 106 à 166) et je prépare en détail la suite du livre. »

En juin 62 elle pouvait dire à une amie : « J'écris à nouveau. Pour de bon. J'aimerais que tu vois quelques-uns de mes nouveaux poèmes. » Elle avait commencé « Ariel » et avait suffisamment confiance pour les montrer, les donner à lire et même les lire à haute voix. Ces poèmes étaient différents, son mari écrivait : « « Tulipes » n'est que le signe précurseur de ce qui va se produire. Elle écrivait ce poème en travaillant comme d'habitude avec le Thésaurus et à toute vitesse, comme on écrit une lettre urgente. A partir de là, elle a écrit tous ses poèmes de cette façon. »

Le 1er août Sylvia envoyait son dernier rapport :

« Le roman s'achève maintenant, il prend forme conformément à ce qui était prévu et j'ai achevé les chapitres 13 à 16 (pages 167 à 221). J'espère que la fin ira aussi bien.

Après des vacances en Irlande, Sylvia et Ted ont décidé de se séparer un moment. L'été avait été difficile. Elle avait subi les assauts répétés d'une grippe accompagnée de fortes fièvres. Un hiver de plus dans le Devon semblait impossible. Elle a commencé à aller et venir à Londres où elle avait « obtenu du travail à la BBC » et où elle cherchait un appartement. Le manuscrit de « La Cloche de détresse » avait été expédié aux administrateurs de la « Saxton Fellowship », Heinemann avait accepté le roman pour l'Angleterre et il était déjà à la composition. Quelques jours avant Noël, Sylvia déménageait avec ses enfants à Londres où elle avait signé un bail de cinq ans pour un appartement.

« ... un petit miracle s'est produit — j'avais visité la tour de Yeats à Ballylea pendant mon voyage en Irlande et je trouvais que c'était l'endroit le plus beau et le plus paisible du monde ; puis marchant un jour pleine d'amertume dans mon quartier chéri de Primrose Hill à Londres, je rêvassais au désespoir de ne jamais trouver d'appartement... Je passe devant la maison de Yeats avec sa plaque bleue « Ici vécut Yeats » — devant laquelle j'étais souvent passée et où je rêvais d'habiter. Il y avait un écriteau : « Appartements à louer ». J'ai couru jusqu'à l'agence et par un miracle que tu ne peux imaginer que si tu as déjà pratiqué la chasse aux appartements à Londres, j'étais la première à postuler... J'y suis maintenant avec un bail de cinq ans et c'est le summum du paradis... c'est aussi la maison de Yeats, ce qui aujourd'hui m'importe énormément. »

Sylvia avait pris la trouvaille de la maison de Yeats comme un signe du ciel. Elle avait dit à une amie que quand elle était sortie ce jour-là, elle savait qu'elle allait trouver un appartement ; ainsi, munie de cette confirmation céleste elle a commencé à bâtir des plans avec une assurance énergique. Elle travaillait sur un nouveau roman et elle continuait les poèmes d' « Ariel ». Elle a raconté à une amie qu'elle considérait « La Cloche de détresse » comme « un travail autobiographique d'apprentie qu'il fallait que j'accomplisse pour me libérer de mon passé. » Mais par contre, elle considérait le nouveau roman traitant d'événements plus récents de son existence, comme puissant, dynamique et urgent.

Quand « La Cloche de détresse » a été puliée en janvier 63, Sylvia a été déprimée par les critiques, encore qu'un autre lecteur n'éprouvant pas les mêmes sensations eût pu les interpréter d'une manière totalement différente.

Lawrence Lerner écrivait dans le « Listener » : « Il y a des critiques de l'Amérique que des névrosés peuvent faire aussi bien que quiconque, voire mieux, et Mlle Lucas les fait fort brillamment. » Le « Times Litterary Supplement » remarquait que l'auteur « a une bonne plume » et poursuivait en disant : « si elle apprend à mettre en forme aussi bien qu'elle imagine, elle écrira un excellent livre. » Dans le « New Statesman », Robert Taubman disait de « La Cloche de détresse » : « C'est le premier livre féminin écrit dans l'optique de Salinger. »

En 1970, Aurélia Plath, sa mère, écrivait une lettre à l'éditeur de Sylvia à New York — Harper & Row — au sujet de la première édition américaine de « La Cloche de détresse » :

Je me rends bien compte qu'aucune explication du « Pourquoi ? » des souffrances personnelles que la publication ici (aux USA) de « La Cloche de détresse » va provoquer dans la vie de nombreuses personnes, ni aucun appel sur aucun autre terrain n'empêchera la publication ; alors, je ne perdrai ni mon temps, ni le vôtre à vous montrer les répercussions iné-vitables... je veux cependant vous parler d'une de mes der-nières conversations avec ma fille au début juillet 62, juste avant, que son univers personnel ne s'effondre. Sylvia m'avait confié les pressions internes qu'elles subissaient en remplissant ses obligations envers la Fondation Eugène Saxton. Comme vous le savez, elle avait reçu une subvention de cette fondation pour lui permettre d'écrire un roman. A cette époque elle fit une fausse couche, suivie d'une appendicectomie et enfin elle donna naissance à son second enfant, Nicholas.

« Ce que j'ai fait — je me souviens l'entendre — c'est ramas-ser ensemble des événements de ma propre vie, ajouter de la fiction pour donner de la couleur... cela donne une vraie soupe, mais je pense que cela indiquera combien une personne solitaire peut souffrir quand elle fait une dépression nerveuse. J'ai essayé de dépeindre mon univers et les gens qui l'habitent tels qu'ils m'apparaissaient vu au travers du verre déformant d'une cloche de verre. »

Puis elle poursuivait : « Mon second livre montrera ce même monde vu par les yeux de la santé. » Pratiquement chaque personnage de « La Cloche de détresse » représente — souvent en caricature — quelqu'un que Sylvia aimait ; chaque per-sonne a librement donné son temps, ses pensées, son affection et dans un cas une aide financière pendant ces six mois, épouvantables de dépression nerveuse, en 1953... Sans commen-taire, ce livre représente la plus vile ingratitude. Ce n'était pas la base du caractère de Sylvia ; c'est pourquoi elle fut tant effrayée quand au moment de sa publication le livre fut large-ment lu et donna même des signes qu'il allait devenir un succès. Sylvia avait écrit à son frère : « on ne doit jamais publier ça aux U.S.A. »

... A lui seul le titre « La Cloche de détresse » devrait suffire à indiquer que ce que je dis est ce que le lecteur avisé doit déduire de sa lecture. »

C'était l'hiver le plus froid que Londres ait connu depuis celui de 1813-14. La lumière et le chauffage étaient coupés à intervalles imprévisibles. Les canalisations gelaient. Elle avait demandé le téléphone, mais bien que son nom figure sur une liste, elle ne l'a toujours pas. Chaque matin avant que s'éveillent les enfants à huit heures, elle travaillait aux poèmes d' « Ariel ». Son imagination était alors dominée par la sensation de l'horreur et de l'implacabilité de l'expé-rience humaine, l'insignifiance et la bouffonnerie des rap-ports humains. Malgré tout elle écrivait intensément, per-suadée que ce qu'elle écrivait personne d'autre n'aurait pu l'écrire. Elle restait toujours aussi pragmatique, elle recher-chait le temps d'exprimer une angoisse délibérée. Sylvia écrivait : « Je me sens comme une arme ou un outil très efficace et recherché de temps à autre... » Elle avait vu un docteur qui lui avait prescrit des sédatifs et conseillé de voir un psychothérapeute. Elle avait demandé un rendez-vous et avait également écrit à son ancien psychiatre de Boston. Ses sinus étaient infectés en permanence, elle avait renvoyé sa jeune fille au pair et attendait une remplaçante pour « m'aider avec les bébés le matin, pour que je puisse écrire, ... les nuits ne me valent rien, je suis trop épuisée, je ne supporte que le brandy, la musique et de l'eau... »

Malgré l'aide d'amis et la promesse du retour du printemps (elle devait retourner dans la maison du Devon le premier mai) elle désespérait et était malade. Mais elle continuait à écrire des poèmes, même durant la dernière semaine de sa vie — plusieurs poèmes extraordinaires. A ceux qui l'entouraient, il semblait qu'elle n'avait pas abandonné. Souvent elle paraissait gaie, enjouée, pleine d'espoirs.

Toutefois, le matin du 11 février 63 elle a mis fin à ses jours. Qui peut expliquer « Pourquoi ? ». Comme Sylvia l'avait écrit plus tôt dans les dernières pages optimistes de « La Cloche de détresse » :

« Comment savoir ? Peut-être qu'un jour, au collège, en France, quelque part, n'importe où, la cloche de verre avec ses déformations étouffantes descendrait de nouveau sur moi ? »

Cette cloche de verre qu'elle avait combattue autrefois et qu'elle avait apparemment brillamment vaincue, mais dont elle pouvait écrire avec la simplicité de ceux qui ont souffert :

« Pour celui qui se trouve sous la cloche de verre, vidé et figé comme un bébé mort, le monde lui-même n'est qu'un mauvais rêve. »

L'IMAGINAIRE

GALLIMARD

Dernières parutions

Ouvrage reproduit
par procédé photomécanique.
Impression Bussière Camedan Imprimeries
à Saint-Amand (Cher), le 3 novembre 1997.
Dépôt légal : novembre 1997.
1ᵉʳ dépôt légal : décembre 1987.
Numéro d'imprimeur : 1/3015.
ISBN 2-07-071218-4./Imprimé en France.

84184